岁月痕

张正义 ◎ 著

上海三联书店

结婚四十年了，二女儿花了近千元非要为我们补拍婚纱照。摄于2013年6月。

1980年，父亲平反后的第一个国庆节，全家相聚于包头共享天伦之乐。

1991年，父亲、三叔与我们兄妹同庆佳节，前排左四、左五为父亲、三叔。

1999年，张氏家族春节大聚会，前排左起二妹夫、二妹、大妹、大妹夫、二哥、作者、作者老伴、四弟媳、四弟。中排左起张恒、张荣、张晶、程晓燕。后排左起周海荣、王建荣、王志强、温建国、程海燕、张虹飞、刘乐、张燕飞、刘晨光。大妹夫抱的是他的外孙王天颖。

父亲 80 岁生日留影。

1997 年春，一向健康的父亲病倒了。图为在内蒙古医院检查后于呼市人民公园留影。

母亲于 1988 年国庆节留影。

1999 年春节，兄弟姊妹相聚于鹿城沙河镇。前排左起四弟媳、二妹、大妹、作者老伴。后排左起二妹夫、四弟、二哥、作者、大妹夫。

亲姊妹。前排左起四弟、二哥、作者。后排左起二妹、大妹。

我们家的新女婿。后排中为大女婿周海荣。

全家游览成吉思汗陵后留影。左起为二女婿金伟、二女儿张晶、老伴、作者、大女儿张荣、大女婿周海荣。

女儿们都成了家,都有了自己的小天地。摄于 1999 年春节。

大女儿一家子。左为大女婿周海荣,中为大女儿张荣,右为大外孙周子皓。摄于 2014 年的野山坡景点。

二女儿一家子。左为二女儿张晶,右为二女婿金伟,后为二外孙金浩瀚,前为外孙女金浩涌。摄于 2013 年。

儿子快有母亲高了。大女儿与其儿子周子皓。摄于 2010 年。

母子情。二女儿与其儿子金浩瀚。摄于 2010 年。

与老伴在武汉东湖留影。摄于 2004 年。

与老伴在海南的大小洞天景点。摄于 2004 年。

2006年与老伴游北戴河偶遇著名相声演员陈寒柏，他虽为名人，特随和，一点架子都没有，我们言明想和他留个影，人家愉快地答应了。图为名人陈寒柏与我们的合影。

含饴弄孙绕膝乐。与老伴、大外孙周子皓游览包头市的银河广场。

笑看外孙绕膝耀。与大外孙周子皓（站立者）、二外孙金浩瀚游览包头市的花苑。

与老伴游览龙庆峡后留影。摄于2002年。

与老伴在包头市九原区卫生局院内留影。摄于 1998 年。

游览包头春坤山。摄于 2007 年。

退休后有了新的爱好——练剑。

2006年，摄于张家界天子山的仙人桥。

前排右二为作者。

与老伴游览山西省左云县境内秦长城后留影。摄于 2016 年 8 月。

2007年，老伴游览苏州狮子林后留影。

2007年，摄于苏州的枫桥夜泊处。后站立者为二女儿、老伴，前站立者为外孙子金浩瀚。

塞外美景胜江南。2000 年，摄于包头市九原区巴音高勒公园一角。

2016 年 8 月，老伴在延安杨家岭参观毛主席旧居。

2013年，摄于包头市鹿园一角。

1998年，老伴在包头市劳动公园留影。

2016年5月，与老伴游览陕西名胜之一的红石峡后留影。

当一回陕北老乡。2016年5月，与老伴游览壶口瀑布后留影。

2016年5月,携老伴参观李自成行宫后留影。

赤脚穿行神光响沙。2016年8月,摄于库布齐沙漠一角。

摄于伊克昭盟达拉特旗广场一角。(2009年)

摄于朔州市右玉县、晋蒙两省交界处的杀虎口景点。(2016年5月)

白云山道观位于陕西省佳县城南 5 公里的黄河之滨，这里白云缭绕，松柏参天，庙宇林立，是全国著名的道教名山。每年的四月初一和九月初九是赶庙会的时间，我们去时正好赶上赶庙会，庙会上人山人海、老的少的、穿红的挂绿的、信男善女顶礼膜拜，烧香的磕头的场面颇为壮观。2016 年四月初一摄于白云山道观。

老伴游览海南省五指山后的留影。摄于 2011 年正月。

这是我们家的第一张全家照，摄于 1952 年秋的呼和浩特市。中排左起是母亲班美英、父亲张桂秀，后排左起是二哥张欢顺、大哥申锐，前排左一是作者，父亲抱着的是大妹。

这是我们家的第二张全家福，1959 年国庆节摄于包头市钢城照相馆。这张照片里又增添了我的二妹（父亲抱着的）和四弟（母亲抱着的）。

1979年8月，父亲平反后我们又欢聚在阿里特苗圃。后排左起为四弟、作者，中排左起是母亲、父亲。前面的两个孩子是作者的女儿。摄于1982年。

父亲平反全家又团聚在包头市。1982年姊妹们带着孩子畅游包头市劳动公园。站立者为二妹，二排左起为作者老伴、右为大妹，三排左起为作者的二女儿张晶、大女儿张荣、外甥女程海燕，前排男孩为外甥刘晨光。

姑嫂博弈。摄于 1983 年春。左一为二妹，中为作者老伴，右一为大妹，站立者为大外甥女。

1966 年家庭惨遭不幸，这是在包头的二哥（右）、大妹（左）和作者，过的第一个亲人天各一方的春节后的留影。

订婚照。摄于 1973 年春。

不富裕但很幸福的四口之家。摄于 1978 年仲秋。

家有小女初长成。后为大女儿张荣,前为二女儿张晶,游包头人民公园后留影。摄于 1980 年仲夏。

金色童年。左起作者的大女儿张荣、外甥女程海燕、侄女张虹飞、侄儿张亮、外甥女程晓燕。

金色童年已经成为美好的记忆,如今他们的孩子都比他们的当时大了许多。

1970年春节,母亲从老家来包头看望作者和大妹。

8旬的父亲竟也喜欢上摩托车。

我像牧马人？1990年夏，摄于内蒙古四子王旗的格根塔拉草原。

从此走向了医学之路。摄于1976年夏。

作者初中毕业时的照片。摄于1966年秋。

老父亲（中立者）参加他大孙子（左一）的婚礼。

回到乡下的父母亲曾在此居住过七八年，现在这里已经是荒草丛生，残垣断壁，只是父亲种下的小树苗已长成大树了。

中共包头市园林处总支委员会

关于对张桂秀同志的平反通知

原苗一苗圃技术员张桂秀同志，在文化革命中，由受林彪"四人帮"反革命修正主义极左路线的干扰破坏，於一九六六年十一月被迫逃亡地主迁返原籍，那时的这种行动是错误的，在落实党的政策工作中，根据内蒙党发〔79〕4号文件精神，经处总支委员会研究决定：

1、政治平反，恢复名誉。

2、销毁一切证明材料（本人检查退还本人）。

3、受株连的亲友同志，发还消除影响。

一九七九年八月十五日

父亲的平反通知书。

2012年，张氏家族首次大聚会时姊妹仨于世外桃源饭店留影。左（大妹）、中（二哥）、右为作者。

2013年，张氏家族又聚会于包头市日盛世豪渔港大酒家。前排左起二妹夫刘贵文、二妹张素贞、大妹张正芳、大妹夫程耀南、怀抱他的二外孙子、二嫂武世青、二哥张欢顺、张正义、外孙子金浩瀚、作者老伴杨凤兰、四弟媳季美珍、怀抱她的孙子张景德、四弟张正忠；后排左起外甥程海燕、大女儿张荣、侄媳妇景云芳、外甥女刘乐、外甥女程晓燕、侄孙子张景博、重外孙温博然、侄儿张恒、侄儿张亮、外甥女婿王志强、二女婿金伟、二外甥女婿温建国、大女婿周海荣、大外孙子周子皓、二女儿张晶、外甥刘晨光的朋友、外甥刘晨光。

张家女婿们与侄儿、外甥雄姿。左起王建荣、张亮（侄儿）、王志强、刘晨光（外甥）、金伟、周海荣、温建国。

2011年，于海南省三亚市三亚桥旁留影。

相聚在乌拉特中旗敖包。左起二妹夫刘贵文、大妹张正芳、四弟张正忠、大妹夫程耀南、二哥张欢顺、作者张正义、作者老伴杨凤兰、二妹张素贞。

姊妹亲。左起景云芳、程晓燕、张虹飞、张晶、张荣、程海燕。

2016年，张氏家族大聚会于包头市天龙生态园。图为相聚时一角。

敖包相会——张氏家族大聚会。2015年摄于内蒙古乌拉特中旗。前排左起张晶、王嘉新、张荣、金浩瀚、程晓燕、景云芳、温君然、程海燕、张虹飞；中排左起刘贵文、张正芳、张正忠、程耀南、张欢顺、张正义、杨凤兰、张素贞；后排左起刘晨光、周子皓、温建国、王志强、周海荣、张亮、王建荣、金伟。

兄弟仨相聚于乌拉特中旗甘其毛道口岸。左起四弟、二哥、作者。(2015年8月)

从 2000 年开始，几乎每年都携老伴乘机出游。

与老伴在九寨沟的犀牛海景点留影。(2009 年 5 月)

2016年5月,我们相携于磅礴浩荡的壶口瀑布前,激动的心情久久不能平静。

2015年8月,与老伴参观包头市奥林匹克体育馆时留影。

2006年，老伴在云南的西双版纳留影。

老伴在西双版纳的孔雀山庄留影。摄于2006年。

老伴红红的衣着与硕大的芭蕉相映美。2011年，摄于海南省三亚市白鹭公园。

2010年，与老伴在三亚市的小东海游览时小憩的瞬间。

2011年春节前，老伴在海南三亚市的鹿回头广场赏花市，她在大片的金桔展区笑得合不拢嘴。

2009年，与老伴在九寨沟的珍珠滩景点留影。

2009年，老伴在游览四川省的都江堰时留影。

2011年，与老伴参观位于广东省广州市黄埔区长洲岛的黄埔军校旧址。

2016年5月，摄于陕西省米脂县的李自成行宫。

2015年，与老伴、外孙于北京水立方前留影。

2006年摄于湖南省张家界市张家界国家森林公园的黄石寨景区一角。

2009年,老伴游览山西晋祠时的留影。

2007年，老伴在游览丽江古城的四方街时留影。

2009年，老伴在西蜀历史上最古老、最具有商业气息的街道之一，早在秦汉、三国时期便闻名于全国的成都锦里游览时留影。

摄于九寨沟的诺日朗瀑布景点。(2009 年)

摄于九寨沟的五彩池景点。(2009 年)

2011年,与老伴游览三亚市的凤凰山后留影。

生命中的好日子。大外孙子周子皓(前二排左四)十二岁圆锁庆典时周氏、张氏家族姻亲欢聚一堂的精彩瞬间。

精彩瞬间。外孙子金浩瀚（前二排左六）十二岁圆锁庆典时金氏、张氏两大家族姻亲合影。

2014年，我们全家游览位于河北省保定市涞水县的国家级风景名胜区——野山坡。前排左起作者、作者老伴、大女儿、二外孙、二女儿、二女婿。后排左起大女婿、大外孙、外甥。

2007 年，老伴游览云南大理三塔时的留影。

2009 年，与老伴在九寨沟的箭竹海景点留影。

2015年8月，在内蒙古乌拉特中旗甘其毛道口岸留影。左起大女儿、大外孙、二外孙、老伴、二女儿。

2006年，老伴游览位于昆明市区东南78公里的石林风景区，在著名的阿诗玛景区留影。

外孙女金浩涌在芍药圃中。摄于 2016 年 4 月。

2016 年 8 月,游览鄂尔多斯野生动物园留影。左起外孙金浩瀚,外孙女金浩涌,二女儿张晶,老伴杨凤兰。

岳丈家春节大聚会。摄于 2005 年。

老伴游览深圳后留影。摄于 2010 年。

序

　　壬辰年的冬天，寒流不断侵袭，气候异常寒冷。

　　过了春节不久，与我相交四十余年的老友张正义先生拿来一叠书稿，嘱我为之作序。我深感自己才疏学浅，且年逾古稀，怕难以胜任，反耽误了他的好书。怎奈盛情难却，只好放下。

　　可当我看罢这部《岁月痕》书稿后，似乎被一缕强烈的阳光温暖了冬天冻僵的心灵，直觉告诉我——为这部书作序，是我义不容辞的责任。

　　《岁月痕》是一部自传体纪实叙事作品，描述自己童年到退休这段漫长的坎坷人生之路。我细细阅读着、欣赏着，好似在品尝一杯陈年醇香的美酒，我深深被感动了，陶醉了。

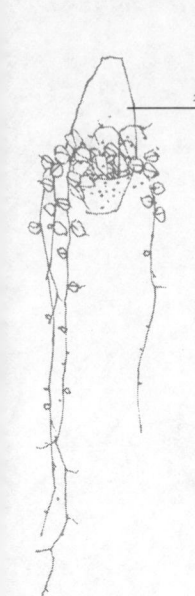

现在，我们经常看到的是那些大话、空话、套话和漂亮至极的废话，随处充斥在我们的政治、经济、文化生活之中。还有一些为追求收视率、票房价值而胡编乱造，让人无可适从的电视剧中的故事情节。写作一旦有了功利目标，就失去了自然和朴素，就不会给读者任何有益的启迪。

而《岁月痕》中，作者把他许许多多的经历、故事、情感重新收拾起来，使之复活成为生命的景象，成为启迪大家的方向盘、导航灯。《岁月痕》从头至尾都说实实在在的话，一颗真真切切的心。形象鲜明、通俗、活泼，流畅朴实，令人可读、可信、可亲，此乃作者的独特写作风格。

由此来看，历史的选择，有着无法抗拒的威力，只有那些当时看起来是琐碎常情的自然宣泄，才具有生命力。《岁月痕》何尝不是如此。我们看作者在叙述自己苦难童年时的一段描写："为了积攒学费，暑假割草卖，寒假背上小木箱摆书摊。衣服是大的穿完改做老二或老三穿；鞋是母亲一针一线做的实纳直底子鞋，上下学路上常常手提鞋子赤脚走，生怕磨坏了鞋底。吃的是玉米面窝头、高粱面糊糊，逢年过节才能吃上一顿白面。每逢中秋节，全家

人分食一个月饼,母亲用刀切成六块,每块只有一小角,每人手里捧着一小角月饼,反复把玩,不肯先吃,看一看,嗅一嗅,舍不得吃下第一口。父母亲看着孩子们,眼中竟噙着泪水。第二天早晨起来,看到小妹手中握着那一角月饼到底没有舍得吃,人却睡得很酣畅。可是小妹枕边还放着另一角月饼,不是父亲的便是母亲自己舍不得吃给小妹放的。"对这样一个小故事的真实而生动的描写,不仅让我们看到在苦难中生活的孩子们的可怜景象,叙述是那样栩栩如生,同时也把父母对子女那种最无私、最纯洁、最伟大的爱,表现得淋漓尽致,让人着实动容。看到这里,我的心在颤抖,两眼湿润了……

生活在苦难中的孩子们并不觉得苦,总是乐呵呵的,不知何为苦,何为愁,而总是苦中有乐,这是实在话。他们在"雪地捕鸟,偶尔看一场露天黑白片电影,或在谷垛上和小伙伴一起看云,看着云卷云舒,不断变化成类似各种动物的图形,看着、笑着、争论着,甚为惬意"。这对孩子们来说,都是很大的乐趣。在稚童心中,缺吃少穿不算苦,只要有家,有父母亲的呵护,就是最大的幸福和快乐。这是稚童才会有的童真的心态。试想,如果作者没有切身体验过这种真实的生活经历,靠"闭门造车"是

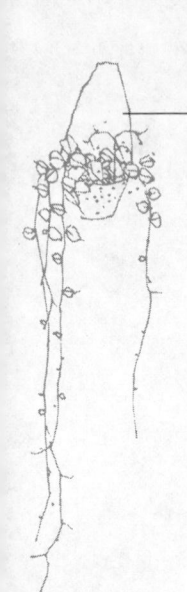

"编"不出这样鲜活而又真实的动人故事的。

由于社会的动荡和家庭的贫困,作者不得不过早地涉入社会,独闯生活,四处奔波,做临时工以谋生计,学过木匠、干过染匠、做过泥瓦工,开过山、修过路,什么脏活累活都置之不顾,只要能赚钱糊口,他都乐意干。令人钦佩的是不论生活有多么艰难困苦,始终把"勤奋学习,增长知识"作为座右铭,并付之于行动,坚持不懈,绝不动摇,凭着坚忍不拔的毅力,利用业余时间刻苦自学中医知识,直至考取北京中医学院,并以优异成绩完成学业,取得文凭。真是"梅花香自苦寒来,功夫不负有心人"。他终于由一名普通工人转为国家正式干部,从工厂调到医疗卫生行政部门工作,并担任了领导职务。我们可想而知,其间他付出了多少心血和汗水。他在困难面前不气馁,功成名就后不张扬,这是他品德高尚之所在。

和他有相同命运经历的人很多很多,可像他这样刻苦自学而改变命运,铸就辉煌的人却少之又少。

《岁月痕》中作者以其丰富的人生阅历,悟出了处世为人的道德准则:

"办法总比困难多",人的一生不可能一帆风顺。遇到困难不畏惧、不气馁,道路是曲折的,前途是光明的。

"学会大爱、博爱，爱家人，爱朋友；善待所有认识和不认识的人，孝敬父母、尊老爱幼，爱惜年轻人如爱惜自己的子女。"

"宽容生活的公与不公，遇事不纠结，不患得患失，径自去接受它，放下它，轻轻地迎接未来美好的生活。"

"人的事，生而尽其动，死而尽其静，听其自然。"

书中许多类似的话语，很值得人们回味和学习。

作者在此前的二十余年里，利用工作之余，勤奋耕耘，先后在十多家报刊发表文章作品数千件，多次获得奖项。出版过《原上草》《含辛花》等文学作品和几部医药卫生保健类书籍。我相信他会继续耕耘下去，他一定会有更多的成就，我们期待着。

有这样一首诗：能工作时就工作，不能工作就写作，二者皆不能，读书、积累、思索。作者就是以这首诗的理念，在他年逾花甲之后，又完成了《岁月痕》的写作。

是"班门弄斧"也好，是盛情难却也罢，写出上述粗浅认识、议论。

谨此为序。

高志荣　癸巳年三月于鹿城寓所

目 录

序 …………………………………………………… 1
一、孩提时代的天真 ……………………………… 1
　　躺在高高的谷垛上看云 ……………………… 3
　　我和无忧无虑的群童 ………………………… 5
　　雪天的乐事 …………………………………… 9
　　偷吃桑葚 ……………………………………… 12
　　好鸟枝头亦朋友 ……………………………… 13
二、少年时代的苦与乐 …………………………… 16
　　总是让人难忘的苦日子 ……………………… 16
　　寒暑假里的苦涩乐趣 ………………………… 20
　　记忆中的1960年 ……………………………… 25
　　让人怀念的露天电影 ………………………… 29
三、初涉启蒙 ……………………………………… 33
四、敢问路在何方 ………………………………… 37
　　愣头小子参加"文革"运动 ………………… 37
　　徒步赴韶山 …………………………………… 41
五、依妙计开出退学证明 ………………………… 48

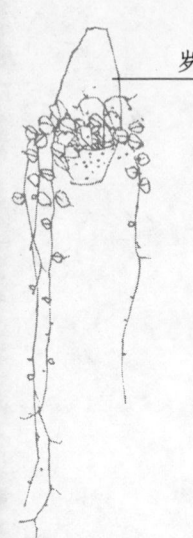

六、独自闯生活 ·· 51

七、由临时工转为国家干部 ·································· 62

八、学医之路 ·· 66

九、"医生练地摊" ··· 75

十、勤奋笔耕 乐此不疲 ······································ 78

十一、集报剪报苦中乐 ·· 82

十二、家里的跌宕春秋 ·· 85

十三、70年代在村里过年 ···································· 105

十四、申冤平反 阻力重重 ··································· 113

十五、好事多磨 贵人相助 ··································· 119

十六、亲情不容易被遗忘，只是容易忽略 ············· 122

十七、陪我走过这一生的人 ································· 132

十八、我的兄弟姊妹们 ·· 141

十九、朋友是旧房墙角的一坛老酒 ······················· 151

二十、社会阅历的积淀 ·· 157

二十一、曾经为光明事业奋斗过而骄傲 ················· 169

　　初识"神医"张朝聚 ································· 169

　　不自觉地和张朝聚一家走到一起 ················ 172

　　我在眼科医院的五年 区卫生局派我去
　　眼科医院工作 ·· 174

我面临的四大难题及真实想法 …………… 175

　　烂尾楼拆迁前后 …………… 176

　　及时掌握员工的思想动态 …………… 177

　　妥善处理医患纠纷 …………… 181

　　建章立制 …………… 183

　　医院实施综合目标管理 …………… 184

　　认真履行书记的职责 …………… 187

　　问心无愧 …………… 195

　　难忘的成都之行 …………… 198

二十二、近花甲热衷于学电脑 …………… 203

二十三、家有小女初长成 …………… 207

二十四、四合院里的老邻居 …………… 219

二十五、镜头记录下的酸甜苦辣 …………… 227

二十六、旅行途中的欢乐 …………… 238

　　花钱旅游不冤枉 …………… 238

　　美丽的长白山 …………… 239

　　山水皆靓丽的张家界 …………… 244

　　七彩云南 …………… 249

　　候鸟三亚情 …………… 252

　　磅礴浩荡的壶口瀑布 …………… 257

　　　　康熙皇帝的行宫——岱海 …………… 261

二十七、白头翁的驾驶梦 ………………… 266

二十八、不可忘怀的平凡老人 …………… 275

二十九、"情有独钟"抖空竹 ……………… 283

三十、余霞尚满天 ………………………… 292

附：习作六篇

一、为了千万双眼睛

　　——记张朝聚和他的眼科医院 ……… 299

二、包头朝聚眼科医院党建工作初见成效 … 305

三、一位眼科医生的博爱情怀

　　——记包头朝聚眼科医院院长张小利 … 313

四、成功自有非凡处

　　——包头市郊区卫生事业发展纪实 …… 325

五、为了千万双眼睛（歌词）

　　——包头朝聚眼科医院院歌 …………… 336

六、健康路上我们与您相伴（歌词）

　　——包头金氏中医医院院歌 …………… 338

后记 …………………………………………… 340

一、孩提时代的天真

我是共和国的同龄人,听父母亲说我出生在内蒙古卓资县的一个小山村,后随双亲辗转在绥远省的归化城生活,1951年父亲在绥远省林训班毕业分配到包头县工作,我们家又一起搬到包头。那时的包头还不大,父亲工作的单位多设在城乡接壤的边缘地段,我们家当然也就住在县城周边的村子里。因此,我有机会接触许多农村的孩子和农村的事情。

清明前后我们常在田野、渠畔挖辣麻麻、浪胖胖,以后我们又采摘酸溜溜、红果果、沙奶奶、马茹茹等野生植物的果实当水果品尝,有时还在山药地里支几块石头烧山药吃,小伙伴们的脸个个灰头土脸……但个个雅兴不减,我记得最清楚的还是我们一群孩童爬到树上捋食榆钱钱的

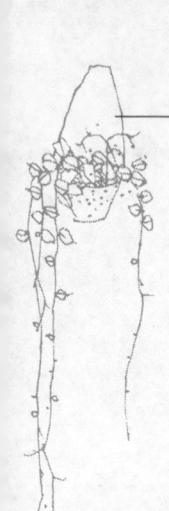

情形：

"当一场透雨过后，微风暖暖地一吹，榆树枝头突然绽出朦胧的青绿，不消一两日，青绿变成一朵朵细小的嫩芽组成的柱状花朵，仿佛微雕大师笔下的翡翠，细密、整齐、精致而又富有韵律，摇曳在枝间，洋溢着一种生命的美好，透着一种焦急和新奇。须臾间，这些青绿便出落成一串串榆钱，汁液饱满，紧紧相拥。花瓣如龙鳞、似钢片、若松塔，在阳光下晃动着簇新的身形，无风时，静如淑女，风起时，动如顽童，晶莹剔透，鲜绿可人，将枝丫点缀得既臃肿又富有生气。捋一把榆钱放入口中，清爽滑溜，淡淡的清香混着隐隐的微甜，在舌尖流连不绝，让人齿间留香，欲罢不能，全身毛孔滋发着春天的鲜嫩和清新呢。"我摘的这段榆钱钱的生长以及我们捋食榆钱钱的情景，正是我们当时真实的情感写照，现在忆起当初仍回味无穷。

岁月有痕，记忆飘香，人越是年岁大，对许多事物的激情已经渐渐淡化，许多陈年旧事也开始模糊，唯有童年的故事，却是一天天清晰起来。"人的童年，大都是虚度过来的，但它给予生命的，恰恰是最本质的需要。"

躺在高高的谷垛上看云

八月（农历）的天气分外清爽。

金秋之际正是收获喜悦的季节，村里的场面上堆满了沉甸甸的谷穗、红彤彤的高粱头、金灿灿的玉米棒子……

大人们在场面上忙着切谷穗、割高粱头、掰玉米棒子。切好的谷穗集中放在场面的空地上，许多的人围在一起用连枷敲打着[①]，在人们一攸一扬的重复劳作下，谷穗上的米粒很快就脱落下来。虽说是单调的劳动，倒像是一种艺术表演。更有趣的是用碌碡压谷穗的场景：一老把式头戴一顶破草帽，以他自己为圆心，缰绳为半径，一只手拽着缰绳，一只手拿着那长鞭，套一牲畜拉着碌碡一圈一圈地来回转着[②]，老把式嘴里还不断哼着山曲，悠闲自得。后面的碌碡随着牲畜的快慢欢快地颠簸滚动着。人们不时把切了穗的谷子杆一捆一捆地捆起来，又一捆一捆码在一起，用不了多长时间，高高的谷垛就像小山一样耸了起来。

[①] 连枷：由一个长柄和一组平排的竹条或木条构成，用来拍打谷物、小麦、豆子、芝麻等，使籽粒掉下来。也称桲枷。

[②] 碌碡：石制的圆柱形农具，总体类似圆柱体，中间略大，两端略小，宜于绕着一个中心旋转。用来轧谷物、碾平场地……

岁月痕

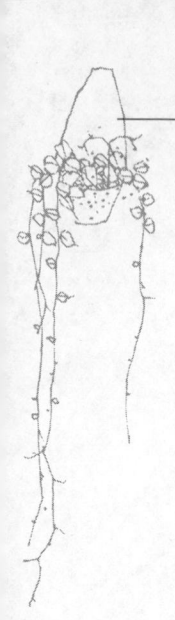

　　孩子们不时在场面里堆放的一捆捆的谷子杆①、高粱杆、玉米杆里捉迷藏，头上的汗被小手擦得黑一道白一道，头上、衣服上挂满了高粱叶、玉米叶子也毫不在乎，个个小脸上绽放着纯洁的笑容。我悄悄爬到高高的谷垛上，让同伴们好半天找不到我，在我扮鬼脸或有意的提醒下，小伙伴们还是很快发现了我，大家统统爬到谷垛上手舞足蹈跳啊笑啊，玩得累了，躺在谷垛上看云，甚为惬意。

　　蓝蓝的天空，飘荡着朵朵白云，蔚为壮观，小伙伴们用手指着飘来的白云有的说像家里养的小白兔，有的说像生产队里的大白马、花白牛，有的说像村里一群可爱的小狗……小伙伴们时时发生争吵，都说自己看到的就是大白马，但大多时候，小伙伴都静静地躺在谷垛上看着云卷云舒，看着奔跑的大白马一会儿就变成了一群花白牛，顽皮的花白牛瞬间又变成了一大群小白兔，正当小伙伴们数着多少只小白兔的时候，小白兔又变成了几条银白色的巨龙吞云吐雾，欲从天上俯冲下来，吓得翠花直叫，说着说着，就拉着她哥哥要走。

----

① 场面：碾打庄稼的坪地。

我和无忧无虑的群童

父亲在苗圃工作，我们家住在城边，也就是现在人们说的城乡结合部。已到了上学的年龄，大人还没有让我上学的意思，主要原因是家离城里的学校比较远。为了安全，大人们决定选择村里的学校让我们上学。其实，村里的学校并不比城里的近多少，只是考虑安全方面多些。那时我们小，家属院里该上学的孩子又多，每天我们这帮群童结伴同行倒也不觉得有多远。村里的小学是一出坡[①]，就是早晨去上学，中午在学校吃点自带的干粮，下午两三点就放学了。

我们上学的时候，正是三年自然灾害期间，粮食按人定量供应，加上副食又特别奇缺，所以家家户户老感到缺吃的东西，大人尚且能忍饥挨饿，可孩子们却不管这些，饿了就喊，渴了就喝。我们上学带的干粮最好的也就是些玉米饼、冻山药干片、豆饼、麻生饼等，那个时候能吃上这些就很不错了，哪像现在的孩子们吃的喝的，真可是天

[①] 一出坡：当地方言，指用一个时间段办事情。

岁月痕

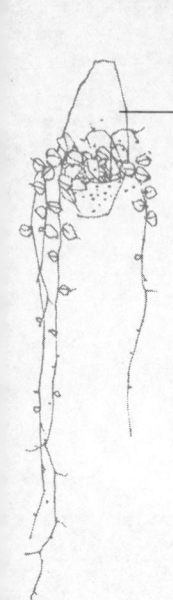

地之差呀。那时候，我们小并不感到苦，整天无忧无虑，天大的困难自有父母顶着，从不知道什么叫苦，每天乐呵呵地背上个破书包，领着一帮小伙伴去上学。上学的路上是大片大片的菜地，或者麦田、西瓜地。当肚子饿的时候，我们就擅自闯入菜地拔些水萝卜、胡萝卜，也不管脏不脏，在身上擦擦就边走边吃，说也怪，也不知道是身体好还是抵抗力强，从来也不闹肚子。有一天放学晚了，我们一群孩子又在路边庄稼地里玩捉迷藏，天也渐渐黑了下来，才记起了回家。此刻饥肠辘辘的肚子确实也饿了，小家伙们就悄悄地钻到了路畔的西红柿地里，摘一个就往怀里揣一个，那时也有护秋的社员，我们不敢在地里吃，听我一声口哨声，小家伙们就像小松鼠一样蹭地蹿出了菜地，到了明亮点的地方，才知道摘到的西红柿都是生的青格蛋①，有麻涩感，吃不成。后来听大人们说，凡是熟的西红柿，都是靠西红柿架的下面，摸着热乎软和，光滑的。

当麦苗灌浆的时候，我们这帮小子们常常在麦田里互相追逐疯跑或者捉迷藏，但大多数时间我们是掐麦穗吃麦

---

① 青格蛋：本地方言，即未成熟的、生的果实。

粒里的浆液，两只不太干净的手捋住麦穗稍微一挤，麦穗上白色的浆液立马就会流出来，一股清香的味道便在田野里飘荡，小家伙们吃着笑着，也时常会误将麦芒吃进嘴里，麦芒会顺着咽喉自行一直往里钻，是很难受的。

当糜黍、玉米、高粱正拔高吐穗的时节，也是学校暑假放假的时候，正好是孩子们打莓莓的好季节①。大片大片的糜黍地、玉米地、高粱地常常有我们这帮小家伙的踪迹，我们站在广袤的田野上，用自己的小手在眼前搭个凉棚，很快就会发现庄稼地里的美味——莓莓，打莓莓既是游戏，又可谓美味。大家把糜黍等苗上没有吐出穗子的部分掐下来，用手剥开外皮，里面就会露出白白的略带黑色的菌体，吃起来淡淡的有股鲜嫩清香的味道，因为，这种东西吃起来惹馋，小家伙们常常把自己的嘴角、脸颊染得黑黑的。玉米地和高粱地里的莓莓要大许多，还可以拿回家蒸熟炒着吃，如果过了这个最好的时期，或者莓莓老了，莓莓就会变黑呈粉状，这时候就不能吃了。长大了我才知道莓莓那是由玉米或其他黍类黑粉菌的孢子传染而产

---

① 莓莓：本地方言，是指高粱、玉米、糜、黍等庄稼因病而生的畸形穗，其初生叶，包在叶皮之内，色白而嫩，可生食。蒸熟蘸盐啖之，其味尤佳。其老熟者，则变黑成粉状，全然无用。

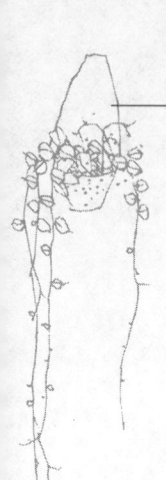

生的黑粉病，玉米上长了这种莓莓，就会影响玉米的产量。

等到西瓜熟的时候，大片的西瓜地，也是我们常常光顾的地方，我们专瞅亮红晌午①，太阳很毒，晒得人们直往下流汗，但这是最好的偷瓜时间，看瓜的老爷爷正在窝棚里歇响，老爷爷喂的狗也耷拉着脑袋，舌头伸得老长，在窝棚的阴凉处卧着。西瓜地里圆圆的大西瓜很多，一眼望不到边。我们把小褂一脱，一个一个地往西瓜地里爬，地上热辣辣的，烫得我们的小肚皮很疼，但为了能吃上西瓜，也全然不顾。我是打冲锋的，小伙伴们紧随身后，我把摘下的好西瓜用手使劲拨拉到我身后的小伙伴身边，他再往后传递，就这样西瓜一个一个地就滚到了路边的水渠里。水渠两边长着高高的柳树，渠畔上长满了野草和许多不知名的野花，虽说是热天，但这里清风凉爽。我们把偷来的西瓜，往树上一磕碰，掰成两半，用手掏着西瓜瓤吃，小伙伴们笑着吃着，西瓜汁流得到处都是，大家毫不在乎，渠里瓜皮扔得四零八散，一片狼藉。为不引起看瓜爷爷的怀疑，我们还把这些瓜皮进行过掩埋。有时运气不

---

① 亮红晌午：本地方言，夏天的正中午。

佳也让看瓜的老爷爷逮住，但大多数只是被看瓜老爷爷吓唬吓唬，临走还给我们带个西瓜让我们在上学路上吃。我们也不谦让，抱着西瓜嘻嘻哈哈地朝上学的路上走去。

雪天的乐事

20世纪50年代的北方隆冬，天寒地冻，若遇上下雪天，那景致真是白雪皑皑、千里冰封、万里雪飘、山舞银蛇、原驰蜡象，并不算大的北国包头的城乡被银妆素裹，满天皆白，虽没有东北林海雪原那样的壮观，但也分外妖娆。那时我们的家就安在父亲工作的苗圃，这个单位的四周全是树木，离城也远。大雪过后，山桃、丁香、香樟、刺槐、山楂、丝棉木等树上爬满了弯弯曲曲的积雪，挺拔的新疆杨高耸蹿入云端，落叶松、美人松在白雪的映衬下更显得郁郁葱葱，高大的杨树和婀娜多姿的垂柳只剩下干骨架，但与仍傲立在白雪大地的常青树松柏来比也毫不逊色，其他树种在这个季节各有各的神韵，似乎憋足了劲，熬过隆冬就离春天不远了。树地里的各种野草也被厚厚的雪掩埋着，形成凸凹起伏波浪型的积雪层，雪地上有许多挺好看的也不知道是什么动物留下的踪迹。这个时候正是

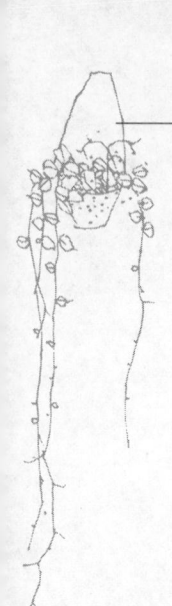

去野地里下套子、埋夹子打野兔、山鸡等野味的最好时刻，大人们常常三五成群地出去护林，顺便捎带打些野味，运气好的时候收获颇丰。小孩子们在家里也待不住，互相追逐着打雪仗，或站在房上欣赏漫漫无际的大雪天，听百年老榆树枝头上叽叽喳喳乱叫的麻雀声，或偶尔飞过来、落在树梢上的喜鹊也喳喳地啼叫半天，它们肯定在议论这大雪天到哪里备午餐。

小时候的下雪天永远是件大事，院落庭前就成了孩子们活动的滑冰场。我们一帮孩子，先把雪踩平做个滑道，然后跑老远起步，到了滑道上收步，两腿稍微叉开一点，看谁能滑得最远。在互相追逐玩耍的过程中，常常是一身汗，小脸冻得红红的，但兴致极高。

当然，孩子们兴致最高的还是用筛子扣鸟。我们常在麻雀经常出没的牲口棚、谷垛、场面等附近地面，用枳芨扫帚扫开一小片积雪，把自制的马尾套铺在扫开的地面上，再在上面撒些米粒，用不了多久，马尾套上就会套住许多鸟。最有趣的是在撒米粒的地方支起一个筛子，支筛子的小木棍上系上绳子，然后把绳子慢慢地顺延到一个隐蔽的地方，静静地等待麻雀们的光顾。用不了多长时间，无处可觅食的麻雀就会成群结队地飞过来，落在我们支筛

子的地上，叽叽喳喳跳跃着呼朋唤友来享受。这时只要慢慢把绳子拉紧，然后快速地一拉，筛子底下就扣住了不少麻雀，受惊的麻雀一呼而起，飞得无踪无影，被扣在筛子里的麻雀惊恐地乱扑腾，我们赶紧跑过去摁住筛子，慢慢地往筛子里塞麦秸，等把麦秸草塞满了筛子，麻雀被一个个紧贴在筛子边，这时候便可把麻雀一个一个地从筛子里取出来，看到这些小家伙左顾右盼诚惶诚恐的样子，真是既高兴又可怜。我们迅速地把这些小鸟放在早已准备好的鸟笼子里，这些小生灵以为得到解脱了，惊恐的样子似乎安静了许多，但仍在笼子里上蹦下跳。楞头小子二狗用雪和了一把泥，麻利地把一只麻雀糊了起来，顺手就投到炉膛里，须臾，一只活蹦乱跳的麻雀就被烤熟了，几个小伙伴争抢着品尝。我急忙问二狗子，你咋知道用这样的办法烧烤麻雀。二狗子冲我扮个鬼脸，嬉皮笑脸不紧不慢地说："我老偷我妈攒的鸡蛋，又不敢冲着、煮着吃，喝生鸡蛋又挺难受的，小舅告诉我鸡蛋可以烧着吃，味道还蛮不错，方法就像烧烤麻雀一样，不信你试试！"说着又用泥糊住了一只麻雀投到炉膛。我不想让他们继续伤害这些小生灵，提着鸟笼子就跑了。几个小家伙猛地追上来，从我手中夺走了鸟笼，还正言厉色地警告我："真没胆量，

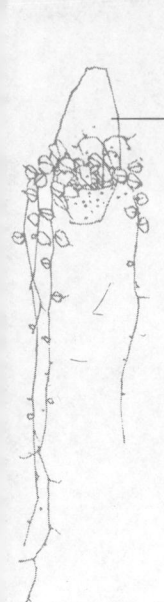

连四害也可怜。"那个时期全国城乡正在搞"除四害"活动，麻雀就是四害之一，记得我二哥单位的人常到我们村灭四害，他们用小木棍在水井壁、房檐头掏麻雀窝、砸麻雀蛋，还用网拉、鸟夹逮、竹竿打等手段来消灭麻雀。据老人们讲全民总动员消灭麻雀的活动搞得轰轰烈烈，如火如荼。后来，人们逐渐认识到麻雀虽然糟蹋庄稼，但也吃各种害虫，就再也不讨厌麻雀了。

偷吃桑葚

在父亲工作的西苗圃的西侧（即现在小宾馆所在地）有很大一片桑树，每到仲夏初，叶间青青的桑果就开始簇簇地冒出来，并开始变色了，有的变得又白又肥，有的则逐渐变红，然后变紫、变黑。等到桑葚养到最肥最漂亮的时候，我们这帮小孩子就成帮结队地去桑林解馋了，树不高，骑在树杈上，伸伸手就能摘到，而且这种偷吃桑葚的办法颇为奇特，脚离地，看桑林的老人总发现不了我们，惹得看桑园的老头叫苦连天。他看桑园办法也独特，是躺在树底下看有没有人来，我们老在树上吃，好长时间他是不会发现我们的，直到我们吃得肚子大大的，小背心里也塞得满满的，才从树上出溜下来跑出林子，这时常能听到老头儿的吆喝声。

吃着还没下树的桑葚，岂是一个鲜字了得，首先是嘴边，一股桑叶的清香味儿直冲鼻腔，勾起津液阵阵，然后轻轻一咬，甘甜的汁液溢向两颊，回味起来，还有些微酸，但这样的感觉是刚上树的时候，等到大把的桑葚揉入嘴巴里，就顾不上什么清香跟回味了，那感觉，就是甜。那时的小孩子平日里也没有什么零食，好不容易有这么一次感觉甜的机会，直到吃得嘴巴成了茄子色，方才心满意足地从树上下来，溜之大吉。

好鸟枝头亦朋友

小时候，我最喜欢三叔家屋檐下住着的燕子，每当这些小生灵在窝中喃喃细语，或在场院中比翼双飞时，心中常想，何时春燕归我家？听大人们说，燕子是自然界的灵物，谁家屋檐下有燕子住着，谁家就有福气。何不把三叔家的燕子窝给掏了，好让小燕子到我家住！这个念头常常在我心中忽闪。可三叔不知咋知道我的心思，常吓唬我说，谁敢掏燕子窝，谁得红眼病，所以，我一直没敢掏。

待我稍大些的时候，家里住上了新式瓦房。这种房没有房檐，自然就没有燕子来筑巢了。但我常常用自制的鸟

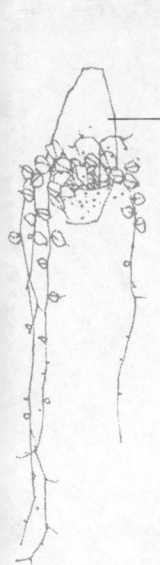

夹逮小鸟玩。星期天，我还呼朋唤友，捧着大小鸟夹，在小树林、庄稼地旁支鸟夹逮小鸟。我们先在鸟夹上系上小虫什么的作为诱饵，然后把鸟夹埋伏在鸟儿出没的地方，用不了多久，便能逮住各种小鸟。当时的心情，尤其是夹住鸟的一刹那间，欢乐的心情是无法用语言表达的。记得最惬意的一次，是我用鸟夹打住了一只叫红靛儿的小鸟，它灰褐色的羽毛、娇俏的身姿，婉转的鸣叫声，尤其胸前点缀的那片红彤彤的羽毛，更加使我爱不释手。我情不自禁地喊来了做活的妈妈。妈妈看了也说好，可她说鸟是人类的朋友，不要随意伤害它们，还是把鸟放了吧！当时我真有点舍不得，既然妈妈说了，我也只好放鸟入林。说也怪，自从把鸟放飞后，住院治病的父亲竟然很快康复，鸟真给我们家带来了好运。

　　从此，我对鸟更加有了情感，不仅自己不随意捕捉，而且还劝说朋友们不去伤害它们，为了弥补心中的空虚，我特别喜欢诵读有关鸟的诗句："独怜幽草涧边生，上有黄鹂深树鸣"、"千里莺啼绿映红，水村山郭酒旗风"、"旧时王谢堂前燕，飞入寻常百姓家"……尽管当时并不懂得诗意，只是这些诗句与鸟有关，所以极好诵吟。

　　时过境迁，已过花甲之年的我，爱鸟之心不亚于孩

提，仍然喜欢与鸟交友，当然最喜欢聆听各种鸟鸣声。有空时，也极愿意去鸟市逛逛，更热衷于与养鸟的行家攀谈。听他们说，鸟鸣是人们最爱听的自然乐章，许多轰动世界的音乐旋律，大多出自鸟鸣的启示。好鸟枝头亦朋友，这种大自然的音乐，为人们的生活增添趣乐和生机！

二、少年时代的苦与乐

总是让人难忘的苦日子

让人难忘的苦难，回忆起来真是苦中有乐。

大概是我上小学四五年级的时候，根本不知道什么叫苦难，虽然每天吃的玉米面窝窝头，喝高粱米、玉米面糊糊，逢年过节才能吃上顿白面，但每天乐呵呵的，不知愁苦。有一天放学的路上碰到了父亲，他给了我一把炒麦粒，吃得我满口生津，至今想起来还滋滋有味。当时我就觉得这真是天下最好的食物，这也许就是当年朱元璋喝珍珠翡翠白玉汤的感觉吧。苗圃只经营各类树苗等业务工作，父亲哪里弄到这些麦粒？事后才知道苗圃为了缓解职工生活上的困难，自己开些荒地种些麦子补贴职工生活。

播种（记忆中 20 世纪 50 年代播种用的麦种上是不加任何颜色的）后他们从机械缝里、仓库旮旯抠捡出些麦种，几个职工用火炒了炒，暂度饥肠辘辘，父亲还没有舍得全吃了，装在衣兜里给我们姊妹留着。

二哥已经参加了工作，经常不在家，我就成了家里的老大，老百姓常说小子不吃十年闲饭，家里的许多事情我都得帮着父亲来完成。比如往房顶上晾白菜，往地里送粪（苗圃在单位附近让职工自己找些荒地种些蔬菜等以补贴生活）、翻地、除草，打掐葫芦花、捡柴禾……那个时候，我最怕的日子就是星期日，因为在那个日子我要帮着父亲去锄地（当年，三年自然灾害，人们的日子很苦，为了补贴家用，父亲单位在田埂地边给每个职工划分了一些荒地，让大家自种些黍米等）。父亲一次锄两到三垄，我锄一垄，仍然撵不上父亲，常常落在后头，尽管这样还累得腰酸腿痛，直起身子望望，父亲早就锄到了地头又折了回来。禾苗长势喜人，往地里一蹲，谁也看不见谁。我悄悄地躺在地里偷点懒歇一会儿，不想竟睡着了。等我醒来，天将要黑了。父亲也没有责怪我，他见我睡得正香也没有叫醒我。我和父亲把剩下的地锄完，天已经全黑了。为了早点往家赶，我和父亲找了条捷径小路，但这条小路，要

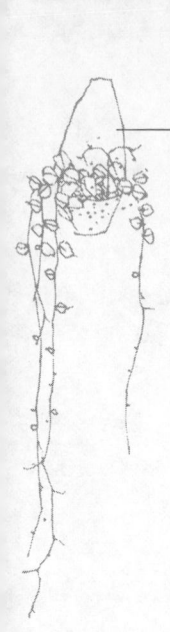

经过乱坟岗，我十分害怕，更不敢回头，我紧紧跟着父亲，一点也不敢回头看，杂草丛中时不时地飞起只小鸟，把我吓得毛骨悚然，我紧紧拽住父亲的衣角，大气也不敢出，腿脚似乎也不听使唤，深一脚浅一脚、跌跌撞撞，回家后好长时间心还怦怦直跳。我问父亲怕不怕，父亲说他胆子大不怕。我想他一定也是怕的，只是他将这种怕深深地隐藏在心底，不让孩子知道，因为他深知，肩头上的家庭重担不允许他胆小，于是便用"我胆子大"这么一句，将一切恐惧和害怕轻描淡写地划掉，完成一个父亲的责任。

还有件事，我记得最清楚：那是我帮助父亲到粮站买粮食，那天买粮的人很多，从早上去了粮站到中午才买上。

我们住在城市的边缘，离粮站大约有十几里地远，全家六口人的粮食百十来斤几乎都在父亲的背上，我只拿些零零星星的东西。等把粮食背回来，父亲已是大汗淋漓，只见父亲放下背上的粮，也顾不得擦擦汗，就赶紧打开装着十几斤白面的口袋（那时候，每人供应2斤白面），看了又看，猛地抓起一把面就放到了自己的嘴里，闭着眼睛慢慢咀嚼着，是饥渴所为，还是在品尝白面的滋味，向往，苦涩……他脸上的表情严肃、惆怅，还不时用手抚摸着面口袋。当时父亲的一举一动至今仍清晰地在我的脑海中留下深深的烙印。我当时确实理解不了他的举动，至今想起才有所悟：生活之重担的分量和无奈。

现在，月饼到处都是，在任何一个商店都很容易买到，想吃，随时随处都能吃到，已非什么稀罕物。可是，我小时候，却非如此，那时国家穷、家庭也穷，不仅无钱买，即使有钱，也是凭票供应，很难自由地买到。"那金黄色、油汪汪的提浆月饼浸润了我幼时的心。沉甸甸的、香喷喷的月饼，泛着金黄色的光芒。略微焦糊的面饼凸印着精美的图案，边缘还像硬币的四周一样，均匀地刻了一圈竖状条文。轻轻咬一口，酥软的饼坯化在嘴里，舍不得下咽。掰开看馅，青红丝搅着白色的果仁、粉红色的砂糖，像一件精美的艺术品，放在舌尖，都不忍心嚼"。

从我记事起，我们家每到中秋，月饼都是切开分着吃，母亲常将一个月饼用刀切成六块，每份只有一角，每个人手中都捧着了一角月饼，舍不得吃，反复在手中把玩着，嗅一嗅，看一看，总是不忍咬下第一口。当我咬下第一口时，我回头看着父亲，看到父亲眼中噙着泪水，母亲也偷偷地擦眼泪。

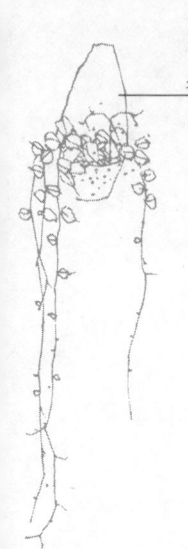

最让人怜爱的，还是我的小妹，第二天早晨我们醒来，看到小妹的手中握着那一角月饼，人却睡得很酣畅，她的那一角月饼到底是没有舍得吃。小妹的枕边还放着一角月饼，不知是父亲的还是母亲的。

寒暑假里的苦涩乐趣

我的假期生活不像现在的孩子们，可以和父母亲结伴去旅游观光。那时家里就父亲一人工作，供养我们兄弟姊妹几个上学，确实有些吃力，可是日子再苦，母亲力主让我们上学。那时我虽小，但也懂得了为家里减轻负担。每到假期我得拔草、摆小人书摊来挣学费或贴补家用。

每到暑假我带领弟妹去拔草，然后把拔来的草晾晒到一个小土坡上（离城远，不能卖鲜草）。每天都是上午拔草，下午晾草、翻草，晚上收集起来，用草袋子遮苫好。整个假期日复一日，天天如此，一个假期下来，姊妹们的学费基本就解决啦。

拔好的草最难的是往回背，自己个子小，一次也背不了多少，只能背个百十来斤。草拔好后，用绳子捆起来，放在比较高的地头或渠畔上，我便蹲下去，把身子钻在草里，用力把捆在草上的绳子扣在自己的肩膀上，两腿一使劲，屁股一撅，草就被我背起来了，走起路来身子就得向前弓着，背上的草把我大半个身子隐藏着，需要看清前面的东西，自己要使劲把头往草里扛压才行，要不始终就得低着头走路，身子一摇一摆，头上的汗水直往下滴，等把草背到目的地，后背的衣服全被汗水浸透了，脱下来用手一拧就是一把水。现在我的背有些驼，可能就是那时背草留下的后遗症。

记得有一次，我们兄妹几个顺着渠畔去拔草，每人的背上都背着一些拔好的草，但不多。这时水渠里不知从那里流下来不少浑浊的洪水，水流很急，小弟想从渠的这头奔到渠的那头，不想没有奔过去，一下子掉在水渠里让水冲倒。小弟人小，个子也不高，他在水中站起来洪水又把他冲倒，我真真切切看到他背上的草在洪水里一漂一漂地直往前移动。当时把两个妹妹吓坏了，慌得都说不出话来，我什么也顾不得想，一下子就跳到水渠里（当时的水渠有1米多深，2米宽），水立刻就把我冲倒，连喝了好几口渠中的洪水，又挣扎着站了起来，只觉得脚底下让洪水冲的只往下陷，总也站不稳，经过几个扑腾，总算把小弟从水里捞回来。我也不敢带着他们回家，兄弟俩脱下湿衣服，晾晒了好半天，才穿上往家走，我还严厉告诫弟妹

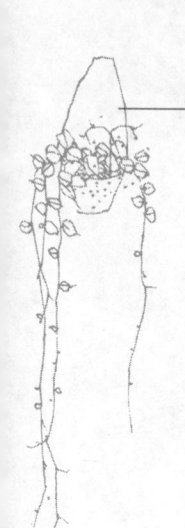

们，不许把今天的事告诉父母亲。事后，听大人们说苗圃浇地的洪水，是包头昆都仑水库泄洪时放下的水，水流很急，真有点后怕。

暑假是拔草挣学费，寒假就是在东河区红星影剧院门前摆小人书摊。我的小木头箱里有《聊斋》《红楼梦》《水浒》《三国演义》《西游记》等近二百本小人书。天气好的时候，我便背着个小木箱去出摊。先把自己带的布铺在红星影剧院门前的水泥地上，然后一本一本地把小人书按书名摆好。在你摆书的过程中就有小读者来了，给上我一分钱，拿上小人书就蹲在墙角看起来，这个时候你得既看好自己的书摊，还得盯住看小人书的人，要不然，小家伙就把你的书拿跑了，尤其是比较好看的小人书，更得多留心。从前半晌出摊到后半晌收摊，这样一天下来也能挣个五六毛钱，但有时也赔本，辛苦一天丢好几本小人书。没有小朋友来看书，我就自己看，四部古典名著我都是看小人书后才对这些经典著作有了朦胧的认识。长大后，才陆续拜读了这些名著。

虽说家里的经济不宽裕，但这并不影响我的学习热情，我可是全校数一数二的好学生。除了在课堂上注意听讲，课外学习也非常用功。那时家里穷，也没有什么像样

的学习环境，厨房和卧室的门头上吊着一个 15 瓦的白炽灯泡，发着暗淡的光，距灯泡约四五尺的下面放着一张旧椅子，再搬个小板凳就是学习的书桌。自己常常要在这种环境下学习 3 个多小时才去睡觉。不知不觉中牺牲了自己的双眼视力。但那个时候就知道，不用功读书绝对不会有好成绩。

家里姊妹们多，又都是半大娃娃，老大穿过的衣裤常常要改做后给老二或老三再穿。那个时侯，我们穿的鞋子是买不起的，常常穿母亲做的家做鞋，家做鞋虽然省钱，但是特别费工，做一双鞋得花很多工，从捻麻绳、打衬子、垛底、纳帮、纳底、绱鞋和楦鞋等各道工序都是很费工的。母亲常常要一针一线地去做。我记得母亲常把碎布头找出来，用浆糊一块一块糊贴在板子上做成做鞋的衬子，再把衬子剪成鞋底和鞋帮的样子，摞好几层后，再把鞋底的边子用白布镶好边，就可以用麻线一针一针地开始纳鞋底。母亲用锥子在鞋底上先锥个眼儿，然后把穿着麻线的针顺着针锥锥开的眼儿纫过去，然后把麻线用劲勒得紧紧的，再在自己的头上把针篦一篦，才再进行第二针的缝纳。纳鞋底的针迹慢慢地在鞋底上铺展开来，密密麻麻的麻线针迹，就像是悦耳的歌谱，这里不知有多少母亲的

岁月痕

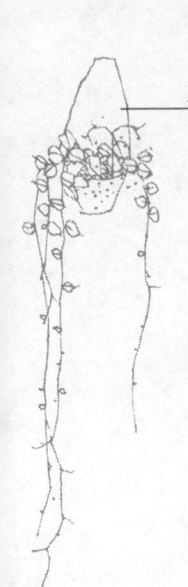

心血注在上面。看着母亲纳鞋底的情形，颇有几分抑扬顿挫的架势，尤其晚上夜深人静的时候，烛光下母亲一针针纳鞋底的情形至今记忆犹新。母亲为了这个家，不知付出了多少，可她总是默默无闻，从来不把这些说出来。这些看来极细小的情节，却是最伟大的情怀，在我自己当了父亲后才有所体验。

家做鞋不分左右，是正底鞋，不论哪只脚穿哪只鞋都行。家做鞋为耐穿都做得很厚实，鞋帮都是打了衬，用针线纳出来的，所以，穿起来都是硬邦邦的，一点也不柔和，尤其是新鞋，穿上后卡得脚生疼，挺受罪。知道母亲做鞋子的辛苦，小小年纪也知道"报得三春晖"，每逢夏季的上下学路上，两只手常常提着鞋子要赤着脚走路，生怕磨坏了鞋底。那时我们穿的鞋子是实纳帮子，而且是直底子鞋，两只鞋子可以左右换着穿，老在一头穿，大脚趾早早地就会从鞋里张开嘴。左右脚换着穿耐穿，只是苦了自己的双脚，刚把这边穿得顺当了，又该换那只了，直到现在，我的左右大脚趾各自向左右方向偏着。母亲那时也不讲什么情面，凡看到我们不换着穿鞋，就会厉声呵斥。我们也不敢多说什么，多半是顺着她的意思去做，却苦了自己的脚。

记忆中的1960年

记得还是我上小学的时候，全国大炼钢铁，我记得清清楚楚，曾经和小伙伴们拿着小锤子砸矿石，一星期总有好几个半天去操场上砸矿石，也不知干什么用，朦胧记得砸碎就行。干这些事的时候大约是1958年。

1959年隆冬的一个下午，我放学早些，回到家见母亲忧心忡忡，心不在焉地做着饭，心中不免有些诧异，是不是又和父亲吵架了，自己也不敢多问，赶紧去厨房拉风箱。母亲把笼屉稳到蒸锅上心事重重地对我说："孩子，困难的日子就要来了，白面馒头就难吃到了。"后来我才知道，国家号召全民勒紧裤带，还清苏联的债务，度过三年的自然灾害，国家实行人口定量供应粮食，而且还是粗粮多，细粮少，这项政策一直延续到改革开放的时候才退出历史舞台。从1960年开始，玉米面、高粱米等接踵而至，人们的一日三餐就是"小高炉"窝头、发糕、拿糕[①]，逢年过节才能吃顿白面，吃得人们烧心吐酸水。那时候什么东西都是限量的，凭票供应，粮食每人每月28到30

[①] 拿糕：本地传统食品，即用玉米面、荞麦面做的当地小食。

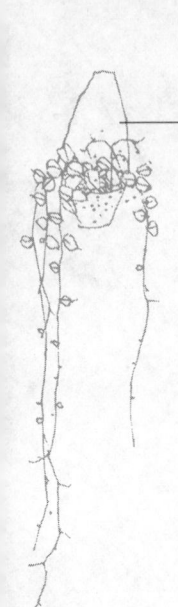

斤，小孩子按年龄供给，食油每人每月半斤，做衣服有布票，买棉花的有棉花票，不论购买什么生活用品均有票证。生了病的，凭医院的证明，粮站可以多供应点细粮。粗粮就粗粮吧，想吃饱还是不行，因为这些粮食也是凭粮本供应的。

从1959年的冬季开始，三年困难期间，各种物质很缺乏，尤其是吃的东西，更为稀缺。那时流行的一句口头禅："主食不够锅炉补"，意思就是吃不饱，可以用锅炉里的水来充饥。很多人家在挖野菜，吃野菜，不少人因为吃的野菜有毒而中毒，还有的人吃了圆叶灰菜而得了浮肿。能够多吃上些豆饼渣、麻生渣、糖菜渣就算不错的人家。

那个时候的自由市场很红火，一只斤半重的小公鸡要卖十五六块，一头蒜、一个红辣椒块数八毛，可见，当时物质奇缺的程度已经相当严重。糕点、糖果也很贵，一般人家是买不起这些东西的，当时人们曾编成顺口溜说："高级点心高级糖，高级老汉掏茅房"，后来还真的应了这句话，在"文化大革命"期间，有很多高级知识分子受到冲击和不公正的对待，他们除了受批斗就是打扫厕所、喂猪养羊……

东河区原兴新大街、青山区的原红房子等自由市场在

当时很是繁华，卖什么的都有，只是价格很贵，那个时候，许多人的工资才三四十元，虽然想买的东西多，但苦于囊中羞涩，只能饱饱眼福。我记忆最深的是在原兴新大街自由市场，有一个卖羊杂碎的小摊，摊主的面前摆放着一口大铁锅，腰上扎着白色的围裙，头上戴着顶回民小圆帽，两只袖子挽得高高的，他面前的锅里翻滚着热热的羊杂碎，腾腾的热蒸汽不时从这口锅里飘起浓浓的香气，这种香气向四处飘洒，馋得逛自由市场的人们直流口水，特别是摊主的叫卖声更诱人，常撩拨得人们垂涎欲滴："肥淋淋的、热呼呼的，尽肉没菜，香得日怪①。"摊主就吆喝，还不时用汤勺把羊杂从锅里往上撩着，锅上面漂着红红的辣椒、肥肥的油花花不时在锅中翻滚着，羊杂碎散发出的香气，确实令人驻足相看，流连忘返。

逛市场的人一个又一个从你眼前走过，他们瑟缩着手和脚，但都要朝卖羊杂碎的摊点观望，有的还不断抿着上下嘴唇，摸摸白茬皮袄里的道叉叉②，又恋恋不舍地走开了，也有的干脆就拉开摊前简陋的桌旁长条板凳，吆喝着快快给上碗羊杂碎，辣椒要多搁点。沸腾的羊杂碎，一瓢

---

① 日怪：本地方言，好奇的意思。
② 道叉叉：本地方言，即衣服上的口袋。

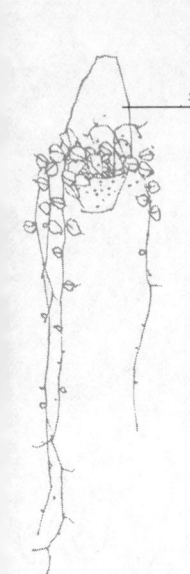

舀出来，泼到碗里，还直冒泡泡，红红的辣椒，漂一层，像是在燃烧，碗里的羊肺、羊肝、羊肚、羊头肉的香气一下子朝你的鼻孔袭来，再上点香菜，没等着吃，一口汤喝下去，心里就跟着滚烫起来，再冷再疲劳的身子，往这板凳上一坐，一下子就天地如春了。如今，我们的生活好了，吃羊杂碎都是在馆子里，饭馆的环境相当不错，羊杂碎也做得更加精细，但却总也吃不出那种火辣辣、香喷喷的味道来。

　　那个时候，几乎家家户户都缺吃少穿，有家底的人家可以买高价粮救急，没钱的只好自己"减肥"了。学校基本不安排体育课或者体育竞赛，篮球场、足球场常常空着。那个时候我们正是长身体的时候，似乎对食物的需求特别强烈，姊妹几个常常抢着洗锅，为的是顺便刮铲刮铲玉米面糊糊的锅底或者剩菜剩饭……后来听人说道：那时不仅城里吃商品粮的人挨饿，就连直接种田的农民，特别像有"黄河百害，唯富一套"的河套地区（今巴彦淖尔一带）本是旱涝保收的、有名的米粮川，听老人们说当时那些当地的农民也挨饿。据后来报载，挨饿现象在当时是很普遍的，有的省份还饿死了不少人。现在人们还常说笑话，谁谁是1960年生的，严重营养不良。那时，我们小，日子窘成啥样,我们并不知道,只是觉得老吃不上白面馒头。这样的日子,可是苦了家家的父母亲。我记得父母常常挑野菜、捋榆树叶,千方百计让自己的子女填饱肚子。

让人怀念的露天电影

记起小时候看露天黑白电影,觉得特别有趣,特别是想看又没有钱的时候。

那时,我们家在农村居住,每当秋收闲暇时节,村里来了放电影的叔叔们,孩子们雀跃欢呼,大人们舒展了眉头。在当时的背景条件下,这可是一件非同小可的大事情,乡亲们兴高采烈地放下手中的营生,早早地吃了饭,提溜①上一个小板凳,或在腋下夹一把掃把,提溜一块半头砖,爱吸烟的人腰里别上个烟袋锅,从四邻八乡涌到放电影的地方。

电影常常在村公所或者小学校的操场上放,地上栽上两根杆子,再在杆子上挂上白白的银幕和喇叭,银幕的四边镶裹着紫天鹅绒边。喇叭上的线顺着杆子下来一直延伸

---

① 提溜:当地方言,垂手拿着。

岁月痕

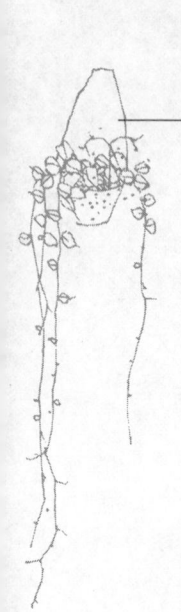

到放映机的旁边。放映机放在学生用的小方桌上，旁边竖着不太长的一根杆子，这根杆子上吊着个灯泡，灯光下放电影的叔叔正在忙碌着。他们打开放电影的机器，试着与银幕对着光线和角度，并装好了片子，开始用手在麦克风上试着敲打了几下，喇叭里就立刻传出来砰砰的声音。紧接着放电影的叔叔就开始用普通话讲解科学知识或者宣传党的政策。有时候村里的领导也借这个机会通知乡亲们这事或那事。孩子们对这些毫无兴趣，就盼着电影赶快放。记得最早看到的电影是无声的黑白的，后来才看到有声的。虽说是黑白无声电影，但对我们还是有着无限魅力的。

记得最真切的一次是有一年的冬天，放电影的叔叔又到了我们村，这次电影是在村里的一家大院里放，大门上吊着大苫布，苫布旁边开着一个小门，凡是买了票的，就从这个小门高高兴兴地进去。那时看场电影只要五分钱，有时家里不给看电影的钱，自己又十分想看，我就在这家院的周围徘徊，急得自己抓耳挠腮、坐立不安。大门外的发电机嘟嘟地响个不停，扰得我心烦意乱，两只小眼睛直直地盯着大门洞苫布旁的小门，看着乡亲们出出进进真是眼馋。眼看电影就要开始了，自己还在院子外头溜达，急

切想看电影的心情令我铤而走险。我慢慢地走到大门口，身子紧紧贴在苫布的一边，趁人不备，撩开苫布以迅雷不及掩耳之势溜进院中，赶快钻到人群中，生怕被人发现，当时，心中像揣着十五个水桶七上八下地砰砰乱跳。端坐在场院中的男男女女老老少少们伸长着脖子，睁大着眼睛，屏着气，全神贯注地盯着挂在场院杆子上的银幕上的一举一动，有时专注得连眼睛都忘了眨，生怕少听了一句台词，少看一个动作。从模糊到清晰，从懵懂到理解，用不了多长时间，乡亲们很快就带着唏嘘和感叹融进电影的剧情里了，且心情随着剧情不时地起起落落、跌跌宕宕。我们这帮小孩子，对电影上的剧情懵懵懂懂，只是跟着大人们的心绪发着呆笑，当大人们叹息的时候，我们这群小孩子也跟着煞有介事地学着他们长长地叹一口气。那痴痴的样子，至今想起来都觉得可笑无比。

　　现在还朦朦胧胧记得：麦浪滚滚的田园风光、农民们正在田野里忙乎，也不知是拍的哪个山区的农家生活等片段。新闻片后就放映《白毛女》的电影，当看到白毛女被黄世仁逼得走投无路的情景时，放电影的场子里尽是凄凄的哭声，不少乡亲激动得举起拳头高呼要打倒黄世仁。可见，电影的这种宣传效果和宣传力度是多么大啊！

岁月痕

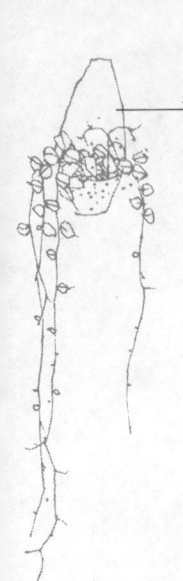

那时，我对电影这一新鲜事物是非常感兴趣的，感到十分的奥妙神奇。这是怎么把那么多的人、那么多的景、那么多惟妙惟肖的声音和动作，以及演员的嬉笑怒骂放到小小的片子上的？又是怎样让这些东西传到白白的幕布上的？

三、初涉启蒙

小时候，极不情愿却又不容抗拒地步入校园，从此只好与无忧无虑的童年时光说拜拜。

我的小学是在农村读的（那时我父亲的工作单位在郊区，所以我们只能就近选择学校）。就读的学校是新城小学（即原包头市郊区新城乡政府所在地），离家也有十几里路，路上要过一大片树林，两条洪水渠，另外就是大片大片的庄稼地。记得家属院去这所学校上学的孩子还数我年龄大点，每天我们也就是两三个孩子相跟着往返于学校和家。学校也就十几个班，六个年级，每个年级两三个班。记得我的班主任是个四川姑娘，家乡腔调很浓，我们还常常学她的家乡话，她也学我们本地的话，常常因学话满教室飘荡着欢乐的气氛。但这个小个子班主任特别厉

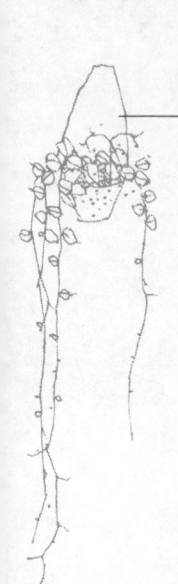

害，在她的课堂谁也不敢捣乱，因此我们这个班学习氛围很浓厚，我的学习成绩又非常好，老能得到班主任老师的表扬，每个学期都能往家里拿个奖状回来，父母亲因此特别骄傲，他们在邻居们面前好像挺有面子的。

因为父亲的工作调动，我又由农村学校转到了城里的学校，还没有和同学们熟悉多长时间，又转到了现在的九原区的甲浪湾小学。这个学校大部分孩子都是附近村里的，个个憨厚善良、老实本分，学习很用功，就是学习方法不恰当，所以学习成绩平平。虽说这所学校的办学条件有些差，但孩子们的学习劲头很足。

那个时候学校每学期安排学工学农的课程，在农村自然以学农为主，我在同学们的帮助下学会了锄地、割麦子、种山药，识别农作物，这些东西在书本上是学不来的。在这段时间我还学到了农民伯伯们的勤劳善良、朴实诚恳的作风，也学会了在农田劳动时如何防暑。记得那时最好的防暑茶就是把小米炒了，再用它熬成清清的米汤。说也怪，我们喝了这种米汤，在地里干活从来也没有中过暑。正当我和这些农村孩子们打得火热时，母亲说村里的学校教学质量有些差，眼看就要升中学了，怕我跟不上学业，又让我转学到了东河区的西脑包小学，我真有点舍不得和这些农村小朋友分开，迫于无奈，我们暂时分别了，但经常联系，有些小朋友到现在仍然交往着。

　　城里的学校上下午都有课，这可就苦了我，家离学校仍然很远，中午来不及回家，只好带些吃的。那时家里穷，连个饭盒也舍不得买，还是二哥从厂子里找了两个墨盒，洗刷了一下当饭盒，这个饭盒用了一个多月，还能闻到油墨的味道。中午的吃饭问题解决啦，随之而来的就是每天早上上学的事，自己最头疼。城里不像农村学校作息时间是一出坡，八九点才往学校走。城里的学校上学的时间早，尤其是升初中后，还有早自习，早晨六点半就得到学校。夏天还好说，最难的是冬天，早晨六点多天黑乎乎的，伸手不见五指，常常是摸索着行走，好歹这路自己很熟，也走不错。赶上有月亮的时候，小路也看得清些，寒光照在树上、荒野上显得分外清凉，偶尔从草丛中飞起小鸟什么的，吓得自己额头上都浸着汗珠。有时候，听到背后有其他声音，也绝对不敢回头张望。我的同学曾经告诉我，人的肩膀上有两盏灯，一回头就吹灭了肩上的灯。从家到学校要走十几里路，一路上要穿过一片树林、经过一座铁路桥、钻两个涵洞和血料场（就是屠宰牲畜后的下水等都集中在这里进行二次加工的工厂）才能走到巴彦塔拉

岁月痕

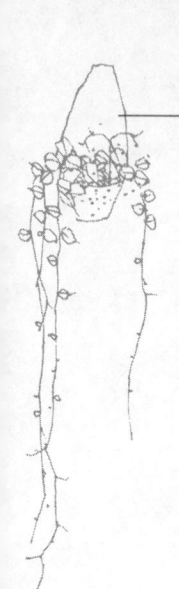

大街西脑包段。我最怕经过血料场，因为这个厂里喂着好几条狗，我一经过那里，那几条狗就会窜出来围住我狂叫不止，这只冲上来，那只掉头跑，犬吠声不绝于耳，吓得我不知如何是好。有一次，实在吓得不行腿一软我就蹲了下来。说也奇怪，我一蹲下狗就跑了，真没想到狗也有怕惧，它们肯定以为我在找东西打它。就这样蹲下起来，起来蹲下好几次，才能走过血料场。到了学校还气喘吁吁身上汗津津的。后来，每当要经过血料场，我就在路上捡些石头之类的东西拿在手里防备狗咬。运气好的时候，血料场的看门大爷就把狗叫了回去，但有时大爷也贪睡，他唤狗的时候少，狗要来咬我的时候多些。直到现在我还是很怕狗，就连小哈巴狗我都怕，也许是"一朝被蛇咬，十年怕井绳"。

母亲为我上学，常常起早贪黑，我还没有起床，她已经把饭做好了。尽管当时条件太艰苦，吃得很差，不是玉米糊糊、拿糕，就是拌汤，最好的吃的，也就是一块烤馒头片。不管做的是什么吃的，母亲总要让我肚子里有食，身上热呼呼地去上学。尽管我有时不听话常惹母亲生气，可她老人家一点也不记我，每天天不亮即起，为我做早餐。

四、敢问路在何方

愣头小子参加"文革"运动

1966年的7月中旬,包头八中初三的毕业考试已经结束,正等待分数和填报中考志愿的时候,"文化大革命"运动来了。学校陷入一片混乱,学生也不上课了,想什么时候来就什么时候来。学生们有时成群结队地去一些所谓的"牛鬼蛇神"家中翻箱倒柜破四旧,学校老师吓得也不敢教学。大礼堂里挂满了大字报,刺耳的大喇叭里不断传出横扫一切牛鬼蛇神,破四旧、封资修、游街、搞批判斗争等内容……

记得最清楚的是学生们批斗老师,从下午批斗会就开始了,也记不得是谁主持,只要人群里有人喊把谁谁揪出

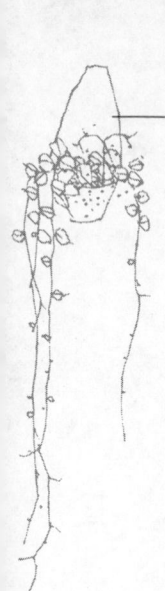

来，这个老师就站到了挨斗的位置，受到了批斗。先有人数落一顿这个老师的莫须有罪名，然后就有同学们跟着伸拳头、喊口号，往被批斗的老师身上贴纸条。被批斗的老师戴着纸高帽，身上贴满了白纸条。虽说是夏天的夜晚，刮来的风还是有点凉飕飕的，特别是夜风把老师身上的白纸条吹得哗哗作响，还确实有些凄凉的感觉。夜已经很深了，批斗会还在进行。偌大的操场上，点着数盏高瓦数的白炽灯泡与天上的月亮相互映衬。一个晚上就揪出了三十几个老师，批斗会台上站满了被批斗的对象。我当时一点睡意也没有，明明是好好的老师怎么会是坏分子？他们教我们学科学文化、学习怎样做人……怎么这么多的好老师都成了牛鬼蛇神？我暗暗扪心自问，但不敢和别人说出自己的心里话，只好彷徨、等待。当时自卑感强烈，时间就这样一天天地流失着。

运动还在如火如荼地进行着。一群被"文化大革命"冲昏了头脑的年轻人，在最美好的年纪做着最荒唐的事。这批狂热的小将们真正行动起来了，破四旧、斗牛鬼蛇神的行为在学校周围迅速展开。

"文革"抄家盛行，那时，因为革命不用介绍信，那些戴着红卫兵袖章的青少年，可以随便闯进他们认为是地

主、反革命或者资本家的家，任意搜抄钱财，被抄的家庭是不敢违抗的。凡是黑五类的人家都在被搜查的范围，我们一伙中学生在学校造反派的派遣下，冒冒失失地东家进西家出，到当时被认为有问题的人家里进行搜查。其实，什么也没查找到，倒是把人家的屋子搞得乌烟瘴气，诚实的老百姓对"文革"运动也甚为不解，任凭这些小将们胡作非为，也不敢说半句话。

小将们还嫌闹得不够，从学校周围又转到了邻近的旗县闹革命。那个时候，一说革命造反派，一路绿灯，坐车不用花钱，随心所欲，小将们想干什么，就能干什么。也不知道是谁发的号令，我们班的一些同学，又被派遣到五原县进行革命宣传。这些不知天高地厚的黄嘴茬子中学生驻县政府、进公社、乡村，居然敢对县政府官员讲政策、摆道理、谈平等、提意见，气势不凡地指手画脚；以革命者自居召集乡亲们宣传破四旧，改革旧风俗；就在我们搞得轰轰烈烈的时候，上面又通知，说我和王仲贤、李忠、杨瑞山、张云勤等几个同学属于"黑五类"家属的范畴，不应该到外地进行革命宣传活动，并勒令我们尽快赶回。天下的事情就是说不清楚，刚才还是革命的，一会儿就成了被革命的，刚才还夸夸其谈"文化大革命"，突然间就

岁月痕

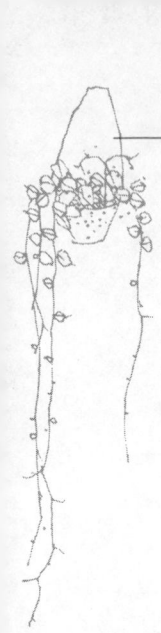

成了"牛鬼蛇神"。

我和李忠、杨瑞山、王仲贤等五六位同学立即从五原乘火车返包。仲夏的下午7点钟左右，我们从东河火车站出来，互相也没打个招呼，心事重重无精打采，竟各自往自己家奔去。我那时在包头市第八中学住校（家离学校远），只好回到学校宿舍，五分钱买了个焙子就了口水，也算是最好的晚餐了。天也不早了，可我怎么也睡不着，披衣而起，索性到外面走走。

校园里静得可怕，不知从什么地方蹿出的小猫猛然间从身边溜走，吓得我毛骨悚然。学校早没有了朗朗的读书声，教室里乱七八糟，我们班的教室门虚掩着。偶尔还能听到教室里隐隐约约的说话声。是谁在教室里？我也不敢大声出气，慢慢地挪着步子，贴着教室的门，想一听究竟：

"家被造反派抄了，东西扔了一院子。父母亲不让在家里住，兄弟们各奔东西，我没地方去，只好回到学校。"这是王仲贤同学在说。"我也一样，父母不让我在家里待，又没地方去。"这是李忠同学在说。我在小说、电影里看到过旧社会无家可归的情景，可怎么也理解不了，长在红旗下的新一代中学生，竟也有家不能回，心中十分酸楚。

我在教室墙角不自觉地蹲下,听着两个同学默默地、悄悄地诉说着。后来,我听别的同学说,两位同学为了不被别人发现,居然钻到教室的天花板上睡了好几个晚上。从天花板下来,两个人几乎成了土人。听到这些,我满眼含着泪心几乎要碎了。当时,不知道国家发生了什么,也不知道人怎么了,株连的事情竟然也会发生在新中国的中学生身上。

对父辈所处的时代背景以及他们的所作所为,当初的我们并没有甄别是非的能力,父辈的对与错,也不是我们说了就算的。我们就是不明白,父辈的事情这么快就能对我们这群生在红旗下、长在红旗下、从小就在党的阳光雨露的普照下成长起来的新中国的青少年有所影响吗?公平吗?对于我们这些还没有跨出校门的学生们,竟辨别不出是是非非,懵懵懂懂地参加游行,稀里糊涂地喊口号,身不由己地搞派性,自觉不自觉地参与武斗。我们不知道该怎么适从,该怎样生存。总在人生的十字街头徘徊、彷徨……

徒步赴韶山

1966年9月5日,中共中央、国务院发出通知,要

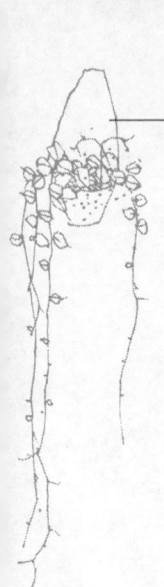

求红卫兵到北京及全国各地大串连，把"文化大革命"的烈火烧向全国，所需食宿和交通费一律全免。当时我们学校也有许多从北京等外地来的红卫兵，他们的衣服上佩戴着主席像章，甚显威风，他们除向我们宣传北京"文化大革命"的情况，还号召我们去北京等地串联。

从9月份开始，全国大中专院校学生们的大串联开始了。我们班已经分好几批外出串联。我和李忠、王仲贤、杨瑞山等属于"黑五类"的同学是最后一批出去的。我们从市里开上了介绍信，一帮意气风发的青少年即将乘火车出发。

记得是10月底、11月初，我们一行十五位同学一起聚到包头东站，我们费了九牛二虎的力气才挤上了去北京的列车，火车上人特别多，挤得满满的，绝大多数是学生。列车严重超员，座椅下、行李架上、过道上、车厢与车厢之间的连接处、厕所，凡是有点地儿的地方，肯定就有人，在车上喝不上水，去不了卫生间。挤在座椅上的同学腿被挤麻了，伸伸腿，没想到这条腿就再也挤不回原地了；好多同学尿到了裤子里；列车员累得满头大汗仍然平息不了川流不息的人流，我们大约在车厢里闷了一个多小时，火车总算开动了。

就这样我们被挤着、推着总算熬到了目的地——北京永定门火车站。到了首都大家非常兴奋,一路的疲劳早就烟消云散,我们同全国各地来到首都的学生们互相簇拥着、排着长长的队慢慢地向前移动着。在永定门车站整整排了一天的队,才被安排到展览路一个学校的教室里落脚。教室里也没有什么铺盖,统统是地铺。那时候我们是二小子睡凉炕,全凭火力壮,住在哪儿都能很快入睡。吃饭接待站管,坐汽车免票。北京那么多景点,大家都不敢浏览,全挤在北京大学看大字报,拣传单,读传单、印传单、发传单等成了当天最重要的事情。

11月22日零点,我们在北京火车站的广场上蹲着等待去长沙的火车,约摸凌晨五点,我们簇拥着上了火车,车上的情形同我们从包头到北京的情况相差无几,但那个时候年轻气盛,毫不觉得劳累,倒有几分豪气。到达长沙的当天,我们从广播里听到,北京红卫兵已经召开了誓师大会,决心发扬革命前辈的长征精神,徒步串联。这个消息对我们也触动挺大,汇聚到北京的各地学生互相联系,相邀到全国各地闹革命,我们几个同学商量着决定徒步到韶山。

我们四五个同学在长沙站下了车,也没来得及休息,

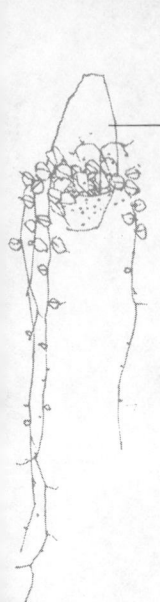

就和外省市的学生们相跟着徒步去韶山，很想尝试体验一下红军长征时的艰苦岁月。刚开始走，还一路革命歌曲不断，兴致很高，沿途相隔三四十里，或者道路不好走的地方都有学生们在打快板、唱歌鼓动激励，又给大家发毛巾、草帽、递水送吃的，很像当年老百姓送红军的场面。没想到路越来越不好走，崎岖不平，天公又不作美，小雨不断，道路越来越泥泞，我们穿的棉衣渐渐被打湿，头上的汗水、雨水直往下淌，湿衣服沾在身上几乎迈不开腿。看看天色已近傍晚，离目的地还有四五十里地，我们真想就地宿营。但外地的学生很有魄力，他们一个劲地鼓励我们坚持就是胜利，还把自己的干粮、雨具给我们，使我们备感亲切，好像身上又添了一股无法抵抗的力量。这种互相鼓励、互相帮助的作风确实是一种无形的战无不胜的力量，我们还是决定继续走到目的地。

徒步串联非常劳累，倒少了挤车船的烦恼与痛苦，也乐在其中。我们几个同学（闫玉印、杨瑞山等）一瘸一拐向前赶路，没有望见一个村庄的影子，又走了半个多小时，仍然望不见一户人家，大家筋疲力尽、饥肠辘辘，脚上磨出的血泡钻心地痛，只好席地而坐，短暂休憩。

凭借年轻体壮和少年时期的信仰，我们相互搀扶着，

坚持着，午夜时分总算到达了韶山。

刚在老乡的茅草屋坐下，当地老乡毫不讲情面地让我们立刻站起来，说走长路后不能马上停下来，要活动活动才能休息。真没想到站起来就迈不开腿走不成路了。老乡们之所以不让我们立刻休息，就是让我们的腿有个缓冲适应过程。轻微活动后果然好些了。这时我突然想起母亲曾经给我们讲的一个故事：话说有个进京赶考者，天热路途遥远、口渴难忍，好不容易找到一户人家，祈求人家给口水喝，这户人家的老太太急忙从屋里端出了水，赶考者端起碗渴不择水，似乎要把一碗水一下子喝下去，见此情景，老人家抓起一撮干草秸就放在水碗里，让赶考者甚为不解。这个赶考者虽说口渴欲急饮，但此刻也只能一边用嘴吹着碗里的草秸，一边慢慢地喝着，待他把水喝完，老太太才告诉他，长途跋涉，身热口渴难待，如果一口气把水喝下，就会把胃、肺喝出毛病来，我给你碗里加些草秸，你就不会一口气把水喝下了。我立刻明白了为什么韶山当地的老人们不让我们立马休息，也正是这个道理。

我们烤好了身上的湿衣服，身上感觉暖和多了，才发现脚上的血泡是破了又打起，打起又破了，现在血泡似乎不怎么疼了。在乡亲们的照料下，我们服了姜汤、烫了

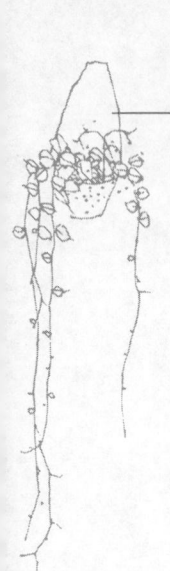

脚，就在老百姓的茅草房踏踏实实地睡了一觉。

第二天，我和同学们参观了毛主席的故居。

韶山，这块面积很小的山村，挤满了全国各地来"朝圣"的人群，熙熙攘攘。我们走进毛主席出生的房间，依次参观卧室、厅堂、农具房等，讲解员激情四射，充满对领袖的崇敬。

"毛泽东故居位于湖南省韶山市韶山冲上屋场，系土木结构的'凹'字型建筑，坐南偏东，东边是毛泽东家，西边是邻居，中间堂屋两家共用。"

据介绍，"毛泽东的故居建于中华民国初年，为南方农宅形式，背山面水，泥砖墙，青瓦顶，一明二次二梢间，左右辅以厢房，进深二间，后有天井、杂屋，共13间半，总建筑面积472.92平方米。"是南方常见的农家住宅形式。

"故居陈列物品中有许多是原物。毛主席卧室中的床、书桌和衣柜，毛泽东父母亲卧室中的床、衣柜、书桌、长睡椅和摺衣凳，堂屋中的两张方桌、两条板凳和神龛，厨房中的大水缸和碗柜，农具室中的石磨、水车和大木耙等，皆曾留下过毛主席及其亲人的印迹。故居前有一亩地左右的池塘，塘中有荷花，故又叫荷花塘，与之相毗邻的

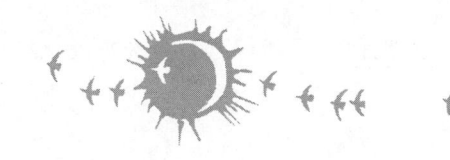

是南岸塘。荷花塘与南岸塘绿水莹莹，风过处，荡起缕缕涟漪。放眼望去，青山、绿水、苍松和翠竹把这栋普通农舍映衬得生气盎然。"我当时参观这座住宅的时候，年纪尚轻，几乎没有辨别事物好坏的能力，出于对伟大人物的敬仰和热爱，感到什么都是新鲜的，也相当崇拜伟大人物旧居的摆设、物件。

岁月痕

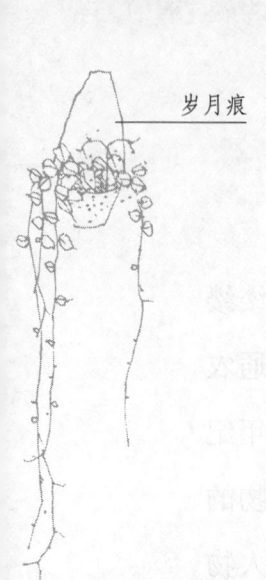

五、依妙计开出退学证明

1967年的初春,全国人民都在参加"文革"运动,学生不上课,老三届毕业生成了上山下乡的动员对象。我和大妹也算是初中毕业生,没有同父母回乡,自然就成了街道主任动员上山下乡的对象。按照有关政策,凡有退学证明的学生,基本不是上山下乡的动员对象,还给发留城证明,就有机会找工作。我把自己的情况向学校说明后,校革委会就给我开好了证明材料。但大妹的退学证明我接连不断地跑了七八回迟迟开不下来。记得大妹学校(包头市第九中学)的校长叫韩强,虽然是个女校长,但很会说话,大道理给你说得头头是道,政策背得滚瓜烂熟,还会使你对她产生同情心。后来你去得多了,人家就躲着我。当时,大妹开退学证明是件天大的事,如果开不上这个证明，就会被动员下乡。对于开退学证明这个事，我确实是黔驴技穷了，竟然还产生了用暴力来解决这个事。真是自不量力，自己还是个乳臭未干的小孩子，身体单薄，毫无社会经验，自己还保护不了自己，还想动用武力？想法确实有些太幼稚、太单纯了。

隔壁金大爷给我出了个点子，他说："你不是不会说吗？"我点点头，"这次你什么话也不用说，找到校领导就坐到她办公室，不说任何话，她回家，你跟她回家，她吃饭，你吃饭。"我有些不相信这个办法，用怀疑的眼光看着金大爷，金大爷继续说："别不好意思，照我的办法，不出三天准行。"金大爷信心十足地又用眼瞄了瞄我。

对大妹这件事我已经乱了方寸，眼下也没有太好的法子，只好照金大爷说的去做。那天清晨，我着意把自己打扮了一番，把二哥洗得发白的劳动布褂子和裤子穿在自己身上，虽然不合身，但干干净净显得很神气。去了学校见到了韩校长，打了个招呼默默地坐到了她办公室的长椅上。韩校长用眼看了看我，试着想说什么，但又没有开口，低下头，忙着写东西。眼看就到中午了，韩校长终于开口说："你的事情办不了，我不是跟你说过多次吗？"言外之意就是她要下班了，撵我离开她的办公室。我没有搭

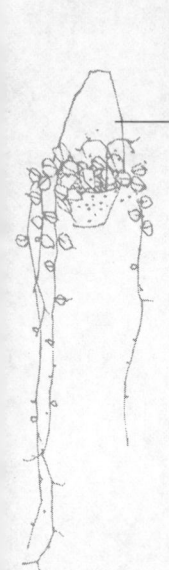

理她，心里反正有个小九九，你今天到哪里我就跟你到哪里。我跟着韩校长出了学校，很快就到了她的家。外面是领导，到家是主妇，生火做饭倒也挺麻利。我也不帮什么，不说不动地坐在她家的旧沙发上。下午韩校长上班，我又"护送"她到了办公室。下午下班后，我又跟她回到家，进去足足呆了三个小时，原先还想多坐一会儿又怕赶不上末班公交车，所以才离开她家。第二天，我如法炮制，不多言不多语，就像是校长的跟班。事情到了第三天有了很大的起色，我刚进校长室，屁股还没挨到板凳上，韩校长就把大妹的退学证明给了我，事情突然办成，还真有点诚惶诚恐。

我双手捧着大妹的退学证明让金大爷过目时，老爷子的眉毛、胡子都流露着胜利者的微笑。姜还是老的辣。

六、独自闯生活

　　我这个人不迷信，自己翻看过算卦书，书上都说我没有靠人的命，什么都得靠自己。从我的经历来看还真有点准，独立闯荡生活、独自找工作、独立成家、独立抚育孩子、独立改变命运，件件事情一点也没有得到外援。

　　我的童年是在苦难中度过的。穷困、饥饿、政治运动等往事在我幼小的心灵里留下了难以磨灭的印象。但那时有父母的庇护，日子虽然苦，但苦中有乐，并没有感到孤单。刚步入社会，十几岁的孩子还不知道人情事理、辨不清真正的东南西北。瞬间，温暖而欢乐的家就没有了，还没有体会到家的幸福时，自己就被迫独闯江湖，靠自己的双手来养活自己了。

　　生不逢时的我经历了"文革"，家庭惨遭不幸，我只

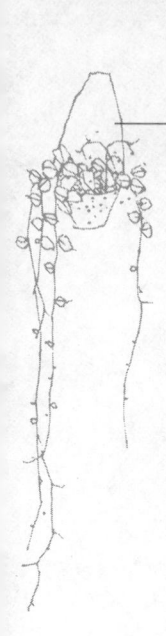

好辍学。结束学习生涯，卷入了生活洪流，但当时求职艰难，那时像我一样的半大小子，都要被动员去广阔的天地里锻炼，别说找固定工，就是找个临时工也是难上加难，难于上青天。那时，我和大妹寄居在二哥家，二哥工资当时也不多，我一时半会儿也找不到营生可干，二哥的经济状况特别拮据，加上我们兄妹俩两张嘴，日子捉襟见肘确实挺苦。我和大妹曾经糊过信封、锁码过书边、挖过水沟、掏过下水井，铲墙皮、扣瓦、搭泥、搬砖等这些壮工活儿都干过。手上的泡褪了一层又一层，营生虽然脏些、累点儿，但这可糊口，再艰难自己也要挺下去。但这些营生都是短暂的，到了冬季，泥水活儿就找不到了。此时的我非常渴望有个工作，来缓解这种生活状况。

经朋友介绍又去石拐的水磨滩开山。

离水磨滩三里多地的山沟里，一排全用石头砌墙盖好的房子是我们这批开山人的居所。这所房子多年没有住人，里面灰尘杂物堆散的比比皆是，用石头盘的大炕能睡十几个人，我们大伙儿把屋子清扫干净，就把自己的铺盖一溜儿码放在靠墙的一边。房子外边有一口辘轳井，很深，往上打水挺费劲，但井里的水挺好喝。

这些人中大多是拖家带口的中老年人，唯独我和胖墩是孩子。冬季的山沟特别冷，宁静得怕人。每天天不亮，我们就早早地起床了，我替这些叔叔大爷们到井台打好洗脸水后，就赶快去厨房打饭。做饭的师傅姓窦，留着长长的胡子，戴着一顶破棉帽，围着的围裙已经看不出是白色的，厨房满是蒸汽，什么也看不清，厨具也不知道干净不干净。窦大爷蒸的窝头挺好吃，就是这老头有点倔，对我还特别友好，每次打饭总给我多打点。窝头主食不能多给，就是玉米面糊糊、拌汤、咸菜能多给。我也没有什么回报的，每天给他烧烧炕，见面多叫几声大爷罢了，也算是我们一老一小相互默契的照应吧！

　　太阳还没露脸，我们一行扛着锹、镐、钢钎、炸药、雷管等物品就爬山过梁，约摸走半个多小时，就到了要开山的地方。每两人一组，一个掌钎一个抡锤，累了互相换一下。我那时年纪小，自然没有多少力气，掌钎还行，又怕别人的锤砸着自己，所以钎总是掌不好。轮到自己抡锤，力气小，锤到钎上只留个小印子，一点也不往下钻，所以大伙儿谁也不愿意和我搭伴。实在没办法，队长只好把我派到烘炉修钎。修钎这个营生毫不比打眼儿的轻松多少，扛着十几根一米多长的钢钎山上山下来回跑，也真够自己喝一壶的，常常是这批还没有修好，那一批打凸的钢

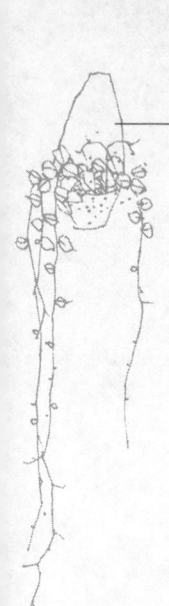

钎又得需要进炉,忙得我山上山下几十个来回,汗是出了一身又一身,真有点够呛。后半晌,炮眼儿都打好了,该进行装炸药、雷管这道工序。这个活儿是最后一道工序,危险,还得细心耐心,这个工作常由有经验的人去操作的。我只是给看看人,摇摇旗。放炮的时候很壮观,人们都避到山旮旯里。我的旗子向下一甩,轰隆轰隆的巨响声此起彼伏,此时此刻山摇地动。被震起的石头大的如斗,小的也有拳头般大小。这些被炸药炸起的石头犹如天女散花般的腾空而起,带着呼啸的声音向山坡上下四处翻滚落了下来,落到坡上的石头又乘势抛坡四处滚落,远远看去尘土飞扬,横石乱飞,硝烟滚滚,颇像征战的场面。有一次,也可能是炮眼儿的位置不对,炸起的石头无目标地乱飞,有块石头竟把山下居民的山墙给捅个大窟窿,石头重重地落在人家的炕头上,离炕上躺着的婴儿仅差一米远,真是后怕。

在开山的这段时间,苦累是家常便饭。大家常在苦累中自寻欢乐,你一言我一语时不时地讲些笑话、顺口溜、荤段子,逗得大伙儿开怀大笑,尤其是下工回来,往烧得热乎乎的石头炕上一躺,开山人的话匣子就打开了,天南海北、油盐酱醋、老婆孩子等便聊开了。理想、梦想就像

长了翅膀，飞得很远很远……在这群开山人里，我和小胖墩岁数最小，自然没有说话的余地，只有静静地听的份儿。有的时候睡不着，也在遐想自己的未来，但想得最多的还是现实。

我和小胖墩常被一个管理开山人伙食的老头儿遣去拉平板车买米、面、菜。听开山人说这个老头儿曾经是个"牧师"，我们也不知他在哪个堂里主事，反正眼下是东河区石器厂负责管理伙食的。我们开山的人住在一个叫水磨滩矿的深山沟里，常常需要到石拐矿区的集市买米买菜，来回路程大约有30余公里，要经过好几道沟坎。虽说是隆冬季节，但沟坎里流淌的水日夜不停，悠闲地从山里流过来，从不间断，老不结冰，即使是结了冰，也很薄，有重车经过一碾压，水就漫溢开了，给出行来往的人们形成小障碍。我和胖墩拉车就怕走这种路，而且那老头儿一点也不帮我们，尤其是上开山人驻地的"之"字形斜坡，上上下下好几个来回才气喘吁吁地拉上去。天公作美，每每我们去买米菜，天高云淡必是好天。后来才知道，那是老头儿早掐算好的事，凡在天气好的时候他才骑着自行车采购货物，这却苦了我和胖墩，我们又得蹚水拉车。

我并不知道这个"牧师"的过去和当时的处境，但从

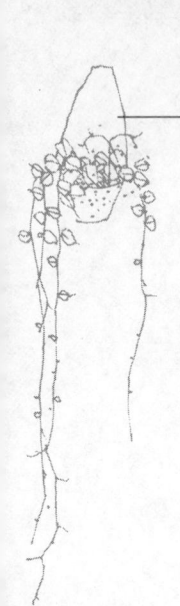

他的言谈吐语中,老觉得他有些狡诈,一双眯缝眼老眨巴着,给人极不舒服的感觉。他对开山的人点头哈腰,甚为客气。对我和胖墩常常吆三喝四。刚开始我们还认为我们是小孩子,没有涉世经验,判断不出是非。听听大人们讲话,必有好处。但他的话我们老是觉得别别扭扭,心里老大不痛快。我们对他倒也挺尊重,他让我们干什么我们就干什么,为什么老是这样为难我们?经窦大爷的一番话,我和胖墩才如梦初醒。"文化大革命"时期,"牧师"的头衔正好隶属牛鬼蛇神之类,被贴大字报、揪斗、批判可以说是家常便饭,精神上的刺激、心灵上的打击,对他来说包袱沉重。偶尔在我们小孩子身上有所发泄,也是情理之中的事,是无奈之中的无奈。再往后,我们也有些忍受不了他的言语。血气方刚的少年,涵养性差,初生牛犊又不怕虎,天大地大,脾气一来什么也顾不得。胖墩和我商量好,一定要给"牧师"点颜色看看。

说来也巧,那天我们又要到石拐矿区的集市买东西。我和胖墩拉着平板车,老"牧师"骑着自行车一路同行,遇到有水的沟坎,他就把自行车放在平板车上,自己也顺势坐到了上面。我和胖墩一前一后踏着石头才能过去,有时候踏不准石头,脚就踏到水里,鞋里立马就灌满了水,

水很冰冷，浸得双脚生疼。回来的时候，小平板车上已经装了许多东西，我和小胖墩拉车感到有些吃力，汗水已经湿透了棉袄里的秋衣秋裤，头上的汗珠仍然不断往下滴，我和胖墩相商先歇歇再走。这时候"牧师"骑着自行车来了，似乎嫌我们在休息。他用眯缝眼瞄了瞄我们，想说什么又没说出口，就进了路边的小门市，胖墩赶紧来到我的身边，对着我的耳朵悄悄地说："过那条沟咱俩肯定过不去，要不要这老头帮忙？"我不解其意，怎么帮？胖墩也没多说什么，只是慢慢地挪到"牧师"的自行车旁边，用手麻利地把"牧师"自行车车胎气门芯上的二道箍的螺丝松了许多，他用手掩着嘴赶紧凑到了我的身旁，用眼睛向我做了个肯定的答复，你就看好吧！

"牧师"从门市出来吆喝我们赶紧走，便头也不回地骑着车子走了。约摸半袋烟的工夫，只听见不远处忽刺一声，他骑的自行车车胎扁了，老"牧师"下车看了看，车胎上的气门芯早就不知飞到那里了。"牧师"又向四处望了望，远近没有修车的，就在路边等我们。"牧师"的一举一动前边拉车的胖墩看得真真切切，他不时回头向我扮着鬼脸，我的脸上也不时地流露着满足的笑意，两个小家伙也不觉得车上的东西多了，车子拉得很快。

岁月痕

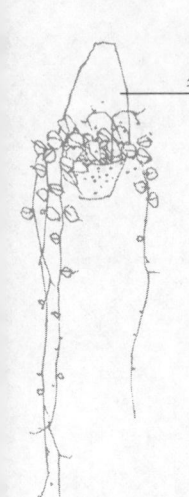

又到了溢满水的沟坎地儿，老"牧师"只好把自行车放在小平板车上，也和我们一样把鞋子脱了，趟着水过了这道沟坎。

从小就衣来伸手饭来张口的我，居然要自己开始学做饭。不知道火该怎么点，怎么和面，炒菜是先放油还是先放酱油，调料怎么加，味精在什么时候放等，这都得自己去面对。原先住在二哥家，什么事情还有个依靠，自二哥工作调动后，什么都得靠我自己啦！

记得第一次做饭，生着了火，使劲拉风箱，锅都红到半截了，又忘了往锅里倒油，赶紧把油倒到锅里，油一下锅，腾得就蹿起火苗，继而满屋子全都是烟，呛得我直打喷嚏。还不知道先放葱，还是先放菜，菜糊了直冒烟，自己竟不知该怎么办，还是邻居月升嫂进来帮了忙，才算把这道菜吃上。

记得小时候，我也曾经给母亲打过下手，拉个风箱，剥葱拣韭菜，可就是没有注意过母亲是怎么把饭菜做得那么好吃的，尽管当时是粗粮多，副食短缺，母亲也能改般调样地做出可口的饭菜，让一家人吃得甚为开心。尤其是看到我们狼吞虎咽、吃得香喷喷的时候，母亲满脸的皱纹便绽成一朵金丝菊。母亲是用有限的钱过无限的日子，并

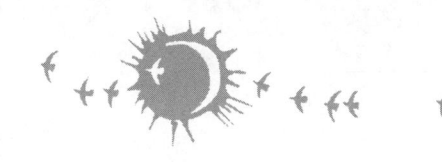

把这日子尽量过得有滋有味。可惜，那时只关心吃，不操别的心，自己没有把厨艺早早学到手，现在后悔已晚，只得自己悄悄地吃苦受累了。

干什么事情都有学问，做饭还真有大学问，先放什么，后加什么，什么时候用大火，什么时候要小火，什么时候炝锅，什么时候加佐料……这都有讲究，都有规律，好些年了，我才知道味精是在菜熟了要起锅的时候才加，我原来是等油红了就加味精，这样饭不香不说，据说还有致病的可能，这些经验是四合院里的郁裕告诉我的。

夏天好对付，常常是一个西红柿或一条黄瓜一个窝头顶一顿饭，要是上班，就在单位的食堂凑乎一顿，每顿就是烧土豆、炖土豆、炒土豆，天天离不开山药蛋，吃的人烧心吐酸水，真把人吃腻了。直到现在，我最怕吃炒土豆片。因为那时自己工资低，食堂虽然有好饭好菜，但舍不得吃，主要是囊中羞涩，留下点钱好置买锅碗瓢盆。

冬天，天寒，常吃冷的胃受不了，我就把玉米面打成糊糊，就着窝头、发糕来吃，这样既暖和，吃得还挺舒服。有时也吃顿面条，那是在改善生活，顿觉甚为惬意。衣服一年四季基本不换不添。夏天有单位的工作服，冬天有劳保白茬山羊皮皮袄，就是里面没有什么可套穿的衣

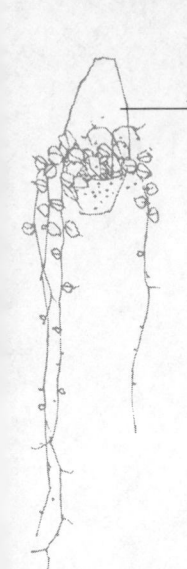

服，只能穿个旧绒衣。觉得冷了，就截一段旧传送带，再在上面打个卡子，就是一条很好的腰带，往腰上一缠，还挺暖和。幸好，二哥调离包头到巴盟工作后，便把他的房子留给了我，权且有个歇脚的地方。房子也就十来平米，又没有什么家当，一间空荡荡的房子里，只有我的影子陪伴着我。家里一盘炕，也没什么铺盖，为了省点炭，几天也不烧一次，行李往起一卷，炕上全是报纸。也不知是哪一年，厂子的帐篷车间退下来的破毡按福利给职工分配，我要了别人的好几块，回来用针弥补缝把缝把，炕上才算有了第一个像样、值钱的家当。

后来，总算有了固定的临时工作。但工作单位在南，家住在北，大南大北足足有二十几里地，自己又没有自行车，工厂又是三班倒，只好辛苦自己的两条腿了，来来往往上下班。最怕上早班，自己又贪睡，怕耽误上班的时间，一夜得起来好几回，有时还是迟到了，后来就买了个闹钟，时间问题算是解决啦，但闹钟的铃声常把自己从梦中惊醒，身上老觉得不舒服。攒了两个月的钱，在旧市场买了辆旧自行车，还没骑几天就丢了，真是屋漏偏逢连夜雨。

独闯生活这段经历对我人生观的形成有着重要的影

响，也给我留下了终身难忘的烙印。特别令我欣慰的是，在我最落魄的时候，常有穷朋友光顾我的寒舍，泡一壶很不值钱的茉莉花茶，彼此对坐聊聊天，人家只是陪我坐一坐，那种陷入尴尬之境又时而得到的温暖，是何等的珍贵，至今想起，仍难以忘怀。

有人说，没有经历过挫折的人生是不完整的，没有经历过痛苦的人生是不深刻的。痛苦也是一种财富，应该接受它，并珍视它。一旦痛苦不幸降落，找一个没人的角落，啜饮痛苦，想象着遥远的希望像光束一样穿透黑暗，深信光明终究会来到的，在痛苦中有淡定的心，乱杂的心情渐渐就会有所好转，我不希望自己一生一定一帆风顺，但自己一定要成长在一种从容与淡定的勇气中。一如茶叶，因沸水才能释出深蕴的幽香，生命也只有遭遇到一次次挫折，才能留下人生的芬芳。那时我深信自己一定会有好前途的，现在的自己不就说明了一切吗？

岁月痕

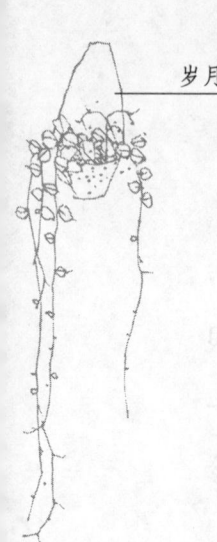

七、由临时工转为国家干部

　　说来也巧，那天（1967年春季的某天）我去邻居金大爷家送东西，金大哥正和金大爷说有个临时工是干染匠的他不想去（金大哥是六级瓦工）。我也顾不得什么匠，只要是工作就成。"既然金大哥不想去，就让我去吧。"我当时也不知哪来的勇气，竟敢把自己的心愿说出来，当时，自己就觉得脸火辣辣地烧，眼睛直直地看着金大爷和金大哥。金大爷略思片刻，就说："你不想去就让原子去吧。"当时，我高兴得直蹦高，连说谢谢大爷大哥的帮忙，激动得眼泪差点流出来。

　　金大哥不想去的地方叫地方国营包头针织厂，这个厂子是和原荣庆制革厂（私营）合并后成立的轻纺行业，主要业务是生产针织品和帐篷。这个厂子的针织品流水线当

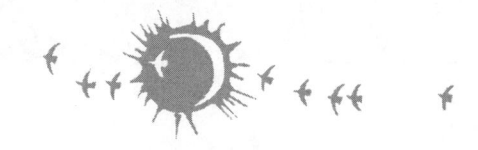

时比较先进，下设有针织车间、轧光车间、漂染车间、成衣车间、帐篷车间以及相关配套部门和车间，厂区很大，厂房、设备也很新，工人大部分是当地人，年轻人居多，懂针织行业的技术人员都是从天津、上海聘请来的。

我被分配在漂染车间工作，具体工作就是漂染针织坯料。我工作的漂染车间建筑面积大约五六百平米，有两条漂染流水线，当时看到漂染行业很是神圣，高大的染锅热气腾腾，染锅上的滚筒很有规律地翻滚着，坯料在染锅上不时上上下下，很快就把白色的坯料变成了枣红色、湖蓝色、咖啡色，看染锅的师傅大多是经验丰富的老者，待坯料染到一定的时间，看锅师傅就麻利地跳到锅沿，一只手在滚动的染锅上熟练地把坯料头捞出，另一只手上的剪刀就把坯料剪开，顺势坯料就落到了下面的水池里，漂洗的水池有五六个，每个水池上均有挤压水的滚筒，我们的工作就是把这些坯料从水池里一一捞出，从五个滚筒上挤压过去，人工整齐地叠好，放在脱水机里脱水，然后再把这些坯料抱到烘干车间，烘干的坯料经轧光处理后，便可以做各种针织内衣。

在针织厂当染匠的活儿有点脏，整天和燃料、助剂、蒸汽、水打交道，工作起来穿着雨靴、带着围裙和胶皮手

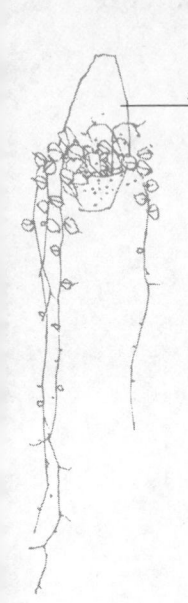

套，工作服上到处浸渍着各种颜料色彩，很多人对这个工种极为厌恶，当时厂里有个流行说法：染匠染匠，找不上对象，我倒不在乎这些，只要有活儿干，就能立足在城里，也算是个糊口的营生，那个年代能找这么个工作真是不易，我根本就没有任何嫌弃的理由，认认真真、勤勤恳恳、任劳任怨地工作在这个岗位，因为这是我的饭碗，一定要好好保住它。

刚入社会的我，在这个厂子里学到了许多做人的原则，尤其从工人师傅的身上学到勤劳朴实、不说假话、没有花花肠子、办事心直口快、不藏不掖，工作雷厉风行，对朋友实实在在，有啥说啥、特诚恳的精神，直至今日，一想起来就感动不已，工人师傅们太好相处了。

现在，我还十分怀念在针织厂工作期间相处的领导和工人师傅们。他们给了我许多诚挚的帮助和关怀，最让我记忆犹新的一件事是：财务科老王科长（市财政局下厂帮助财务工作）曾受厂领导委托多次找我谈话，说厂领导看到我工作踏实能干，勤快善良，又爱学习，厂子想培养我当成本会计，并承诺先去内蒙财校学习，回来就进财务科。这虽然是个好机会，但终究不是自己理想的职业。为了自己的爱好专业我还是婉言谢绝了领导的关怀。

谁曾想，在这个厂子一干就是十八年。先是当染匠、仓库保管员、针织挡车工，不论干什么工作，自己都兢兢业业、认认真真，每年都能得到厂子的奖励，当然在干好本职工作的基础上，我努力学习中医药知识坚持不懈，后来厂领导知道我有中医药方面的特长，就把我调到厂卫生所当调剂员，1981年自己顺利地通过了卫生行政部门严格的考试，并获得了中医职称证书，终于成为一名名副其实的中医大夫，终于在针织厂卫生所当起了大夫，真正成为一名祖国医学的传承人，最终达到了自己渴望的理想境地。

因为我获得了中医执业证书，从事了医疗工作，按照国家的有关政策，于1981年底我被转为国家干部。就是这一转折，后来又促使我能顺利地从工厂调到卫生行政机关工作。

虽说在针织厂没混出个人样来，但自己心里还是比较满意的，从临时工到中医大夫，并因此而转为国家干部，这已经就是个飞跃了。

岁月痕

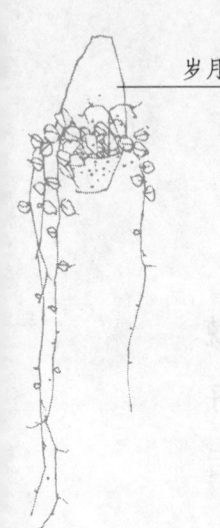

八、学医之路

"文化大革命"时期，学校不上课，学习没资料，生活困难单调，十五六岁的孩子不知该怎么步入人生之路，常常徘徊在渺茫的十字街头。

从1968年后我的生活基本有了保障（因为自己有了染匠的临时工作）。业余时间无事可做，邻居金大爷常嘱咐我要学些本事，方能在社会上生存。我先是跟金大爷学习酿造醋、酱油、糕点等知识。但自己不甚喜欢这些化学反应，况且又没有实践机会，学着学着就没有兴趣了。金大爷见我对这方面兴趣不大，就让我跟他学习中医。金大爷给我拿来《药性赋》《汤头歌诀》，语重心长地说："读读吧，书中自有光明路。"

自幼我体质不太好，早对医学充满好奇和崇敬，从小

即有学习中医的浓厚兴趣，后因家事变故，一直没有机会走入医学殿堂，靠自己学习能成功吗？金大爷笑着对我说：初学中医，最缺的是自信，最难的是坚持，只要你横下一条心，一定能够成功！金大爷是搞化学研究的，尤其对酿造专业颇有造诣。但那个时候不允许私人开工厂，他一肚子学问没派上用场。他的六个儿子的工作极为普通，但都能自食其力，根本用不着老人出去打拼。老头子闲居在家便开始自学中医，未曾想，几年下来，他对中医中药的研究颇有见地，我记得清清楚楚，包头市二医院的朱主任等名医大家，也常找他探病疗疾。这老人真了不起，学啥像啥，他的学识让我佩服得五体投地。既然他让我学习中医，肯定有一定的道理，我摩拳擦掌跃跃欲试。

虽然知道学习是件很苦的事情，真没有想到自学中医是那么的难，曾听包头市中医界的老前辈说过：中医是人文学，包括的内容颇多，除《黄帝内经》《伤寒杂病论》等经典外，中医基础理论、诊断学、脉象学、方剂学、中药学，以及内、外、妇、儿科学等各家学说等都得熟读，有些内容还得会背诵。单那些枯燥无味的中药名、汤头就把一个刚登堂入室的初学者弄得懵懵懂懂，有时自己真想打退堂鼓，但一想到自己当时的处境，历经艰险尝尽人间

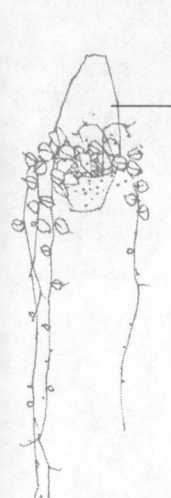

各种苦难是自己必须走的道路，再没有其他的路可供选择，我暗暗下定决心，再苦再累一定要爬到这座山峰的顶点。

学中医没有捷径，只有死记硬背才是唯一途径。我把汤头歌诀和药性赋的内容做成小纸条，装在身上，利用一切可以利用的时间见缝插针背诵汤头、药性、脉诀……当学到走火入魔的时候竟忘记了吃饭、睡觉，忘记了阴天下雨，忘记了节令，忘记了今天是星期几。这种专注的学习热情和痴情程度，常被人认为我有精神病，也有人见我这么用功，说这小子将来吃些香东西呀。

自学中医痴迷程度虽未到头悬梁、锥刺股的境界，倒也废寝忘食，确实下了一番苦功夫，不知不觉我竟然对那些索然无味的东西喜欢起来，中医学科等基础理论知识逐渐在我的脑海中牢牢地扎下了根，三年后，竟能给工友开开小药方，居然也治好了一些人的病。

1974年，我便被选派到厂卫生所做药剂工作，真是如鱼得水，整天钻研树皮草根、终日里四气五味、升降浮沉、归经、药名、汤头，虽说每日与医学难分难解，但对有些中医药知识还是一知半解。后来自己又参加了市卫生局组织的各种医学讲座，又到市二医院中医科进修了一年后，自己觉得中医的底功足了，疗疾遣方似乎得心应手。但对某些病症还是模模糊糊的，我有时想，何时能坐在学校的教室里更加系统地学习医学知识啊！党的十一届三中全会后，成人高等教育发展迅速，电大、职大、业大、函大向我们这群知识的"营养缺乏症"者敞开了大门。已近四十的我，当时欣喜若狂。通过严格的入学考试，我被录取为内蒙古卫生厅中医专科医师函授班的正式学员。毕竟不是读书的年纪了，紧张的公务、繁忙的学习任务，真有些够呛，但我珍惜这次来之不易的学习机会，再苦再累也心甘。经过三冬三夏的苦熬，双手终于捧上了红红的毕业证书，激动的心情无法形容，这种心情是凯旋的骑士对战马的感情，是射手对良弓的感情，我明白，收获后的幸福心情是一样的。

三年的中医函授学习，使我对中医学有了进一步的理解，系统掌握了中医的立法方药和辨证施治，使自己的临床工作颇有成效，工友们也常夸我小小年纪竟能开处方治病。尽管这样，自己对一些老中医之术之法还是丈二和尚摸不着头脑，对他们的治疗法则常常是一头雾水。

一次，我带一位患肾炎的工友去包头二医院中医科找王贵老中医看病，王老号完脉后，以麻黄汤为主加减开了

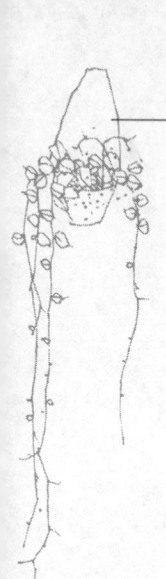

处方，我甚为不解，明明工友肿得厉害，为何王老要给他开治疗风寒表症的麻黄汤？王老见我有疑虑，便对我说（那时我正在二医院进修），引起水肿的主要病机是肺脾肾三脏的气化功能失调，三焦水道失畅，水液骤停，泛滥肌肤而成本病。肺主气、行治节，为水之上源，有通调水道、输布精微的功能，肺气顺则膀胱气化而水自行。因为水肿初病在肺，从肺施治，取胜机会当然领先。接着王老又说，从肺施治水肿病所以取效，是根据"下病上取"的理论，采取宣肺、顺气等法，使潴留的水液从汗从尿排出，其法也正如古人所言的提壶揭盖之法。

提壶揭盖，是治疗水肿病法则之一。大家都知道水壶的壶盖上有个小汽孔，如果小孔被塞住，则壶内的水就倒不出来了，这时把壶盖打开，就可水流如注了。中医学认为，在人体内肺的位置最高，就好像一个盖子，所以中医又称肺为"华盖"。上面的盖子塞紧了，上下气机不调畅，下面的水液也就出不了体外，从而形成水肿、小便不利甚至大便闭塞之症。所以只要宣通肺气，肺气肃降，气机通畅，就能使水液通利、二便通顺。肺与脾肾三焦膀胱等脏器分司水液代谢，维持水道的通调。肺主气，为水道的上源，在肺气闭阻，肃降失职，影响其他脏器的气化失司的

情况下，可出现喘促胸满、小便不利、浮肿等症，治疗应先宣发肺气，肺气得宣，小便得利，故喻为提壶揭盖。这种治疗方法被称为"提壶揭盖"之法。

提壶揭盖是朱丹溪创制之法，是"以升为降"之意。常用于气虚升降失司，小便不通之证。药用人参、白术补益中气，升麻升提气机；服后再取吐，使气机通畅，以下小便。

王老的几句话说得我豁然开朗，使我更加充分理解了祖国医学的整体观念的含义，进一步明确了脏腑之间在生理病理上的密切关系，即病理上相互影响，生理上相互协调、相互为用。后来，我查书知道"提壶揭盖"法最早出于金元名医朱丹溪的医案：肺为上焦，膀胱为下焦，上焦闭则下焦塞。如滴水之器必上窍通而后下窍之水出焉。由于肺属上焦，中医认为治上焦如羽，当用轻浮之品，故临床上可少量投以苏叶、枇杷叶、桔梗、荆芥、防风、独活、白芷、浮萍、杏仁、前胡、紫苑之类来提壶揭盖，亦可用桑白皮、白芥子等宣肺之品来调肺揭盖。像老年人因肺气虚所致的小便不利，使用补中益气利尿也是提壶揭盖之法，数剂即可去病。对于顽固性便秘也是功效卓越。

小女儿拉肚子已经四五天了，每天要拉八九次，一擦

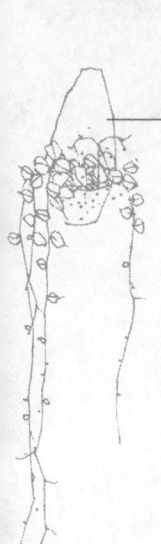

屁股就哭，诊所的西医看后吃了许多药也不管事。没办法，我就去包头市二医院（现在称包头市中心医院）找崔耀忠老中医。崔大夫看病总是一副不急不徐的态度，望闻问切十分仔细。其沉稳之风总能让心急火燎的病人及家属安定不少，他祖传几代为医，尤其擅长中医儿科。他看了看我女儿的舌苔、指诊后，开了八正散加减的处方，这又使我满头雾水，疑虑大增，明明拉肚子，为什么要开清热利尿的八正散呢？崔老告诉我，鸡不尿尿，各有各的道道，如果让水湿从小便排掉，还会拉肚子吗？崔老的一番话使我茅塞顿开。

女儿只服了崔老的一副药便药到病除。自此，我女儿每次生病，只请他诊治，几副中药一喝，总能化险为夷，这让我佩服得五体投地（崔老是我在市二医院进修时的带教老师，看儿科疾病很有名气）。

以上两件事深深地教育了我，中医治病讲究的是整体观念和辨证施治，绝非头痛医头、脚痛医脚，中医治病的奥妙使我感到中医博大精深，疗疾祛痛方法独特，一样的方药只要剂量变了，治疗疾病的范畴就变了。自己深感中医学得还很肤浅，尤其是名老中医的治病经验更值得下苦功夫去钻研。从此，我对老中医的临床经验更为重视，注重在各种医学刊物上收集名家学者的独特治病方法，处处留心观察，搜集了许多经验之方和独特的治疗技巧。

下功夫钻研医药、精求方术已成了我的追求。只要听说哪里有好医师好药方，总是不顾路途遥远、不辞疲劳地赶去求教，博采众长，涉猎诸家学说，不执一家之言，重视理论学习和实践相结合、药性之研究及方剂之把握，效前贤遗风、讷于言而敏于行，临床经验颇有长进。

常聆听名老中医之教诲，深感中医有学不完的东西，学中医就得从糊涂到明白，再从明白到糊涂，然后又由糊涂到明白，经过这样反复几次，才能成为一个合格的好中医。

1991年我又报考了北京中医学院临床专业学习，经过为期三年的充电学习后，这更加奠定了自己坚实的理论基础，自己才觉得真正入了中医之门，才算是个真正的中医了。

经过多年的拜师学艺、临床实践，技艺颇有长进。特别是经过六年正规的医学教育后，如虎添翼，备感底气十足，为父老乡亲们疗疾解痛每每获效，临床经验与日俱增颇有收获，有些医学经验居然上了《新中医》杂志（1983年第7期）。

岁月痕

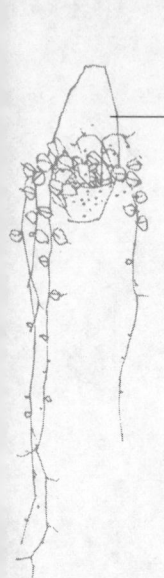

在浩瀚的祖国医学面前，我仍是一名未真正登堂入室的后学者，但我坚信，在未来漫长的从医之路上，不管有多少风风雨雨、鲜花荣誉，我都会一如既往地走下去，我将以一颗平常的心面对所有的成败得失。我自始自终确认书中自有光明路，书中自有颜如玉。因此，博览群书，熟读中医经典是自己自学中医始终坚守的信念。

遗憾的是，自调到卫生局做卫生行政工作后，脱离了临床工作实在有点可惜。但我对中医的热爱程度并没有减弱，学习仍然没有中断，订医学刊物、做学习笔记仍是我生活当中不可或缺的内容。我知道，虽然自己的中医理论知识比较扎实，但随着时间的推移定会遗忘不少，但只要我用心去拾取，相信记忆的大门还会为自己打开的。

蓦然回首，学习、考试、教科书、毕业证成了美好记忆的主角。寒窗苦读，换得一纸证书，当时，虽然弄丢了快乐与自由，却换来了自己美好的生活。

九、"医生练地摊"

20世纪80年代初，国家对经济结构进行调整，轻纺行业一路下滑，我所在的工厂几度给职工发不了工资，厂里经常组织各车间的职工上街卖工厂的产品来发工资，有时还把厂子的秋衣秋裤直接发给大家当工资。厂医务所基本就办不下去了，因为没有资金购买药品等，许多大夫、护士相继调到外单位工作。虽说自己已经是个中医大夫，但巧妇难为无米之炊，一家四口的吃饭问题迫在眉睫。我和医务所的同行们倾巢出动，也和厂子职工一样，走到街头吆喝叫卖厂子里的秋衣秋裤。刚开始卖的时候，拉不下架子，堂堂白衣天使居然卖开了衣服，很是难为情的，害怕、害羞，不敢吆喝，一天也卖不了几件，但为了生计也顾不得这些，开始学着别人的吆喝声，扯开嗓子兜售厂子

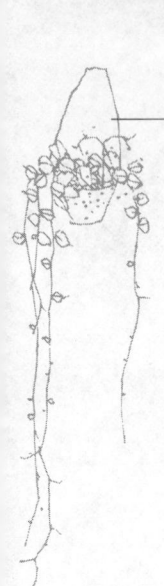

的产品。卖这些针织品没有办工商证明（那个时候，不是市场经济，也没有这方面的政策），常常被工商行政部门的工作人员撵得东跑西颠的，特别像电视剧《小麦进城》中的王小麦和《鸽子哨》中的米晓菊，常被工商人员"追捕"，当时的处境毫不比王小麦、米晓菊逊色多少。有时也被工商人员逮住，说些好听的、受受人家的啰嗦、脸皮再厚些也就过去了，有时候也被人家罚款或没收东西。后来的岁月竟习惯了这种生意的做法，曾经到五原、临河、乌拉特后旗、达拉特旗、土默特右旗等地经营这些生意。

  1981年冬天，我和十几名同事组成讨债组，受厂长委托到四川成都催要厂子几百万的货款。我们一行辛辛苦苦早出晚归在成都市内寻找欠厂子货款的人，可就是找不到债主。这些债主狡兔三窟，行踪诡秘，进川已经十几天了，连债主的真实住址都找不到。当时成都的出租车也不多，靠挤公共汽车也不是个办法。后来，我们借了十几辆自行车组成工作队，骑上自行车满市内寻找债主。每天，十几个人骑着自行车排成一字长蛇进行"搜捕"，别说，这个办法还挺灵，债主终于被我们逮住了。当天我们就封了他的仓库，清点了账册。第二天，发扬连续作战的作风，十几个人足足干了十八个小时，才把我们的货物清点完毕，累得我们坐下就睡着了。大家把货物足足装了两大卡车，连夜由我和张大宝分别押运货车赶运到乐山市的百货批发公司。

从成都到乐山沿途风景不错，但我无心浏览。这一路上，我连眼也不敢眨一下，直到夜间到达乐山市百货公司大院内，我才长长出了口气，总算完成了组织交给我们的一件大事。

岁月痕

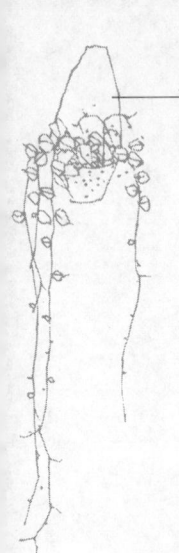

十、勤奋笔耕 乐此不疲

还是在上初中的时候，我特别爱读《暴风骤雨》《林海雪原》《林家铺子》《祝福》等小说，也就特别羡慕那些写书的人，暗暗下定决心自己也要写些东西出来，所以自己特别喜欢语文课，中学学习的《核舟记》《口技》《爱莲说》《周处》《木兰辞》等古文现在还能背诵出来。我的作文常常能得到老师的表扬，有的还作为范文给同学们讲。"不能一辈子做临时工，要有一技之长安身立命"，这是金大爷常对我说的一句话。中医就是自己将来的饭碗，我聆听金大爷的教诲，把他的话作为座右铭，利用各种可以利用的时间，学习中医基础理论。也是出于偶然的机会，竟把中医药学与舞文弄墨融汇到了一起，在自己撰写的文章中皆可闻到浓郁的百草芬芳。

工作之余，我坚持看书写作，基于对文学的热爱，初中上学的时候我的心中一直有一个梦，就是有朝一日自己的作品要在报刊上发表。终于有一天，鼓足勇气的我悄悄地把自己认为写得不错的作品装进信封，贴足邮资，投进了绿色信箱。自从把信寄到报刊编辑部后，自己几乎天天往传达室跑，看看有没有自己的信件，十几天后，在单位的传达室，看到了写有我名字的信件，仔细一看，邮戳上盖的是某市、某杂志社编辑部。当时我的心扑通扑通直跳，仿佛快要蹦出嗓子眼来了，我努力抑制着自己内心的狂动，找了个没人的角落，亟不可待地把信打开，才知是编辑来函。虽然来的信只是编辑鼓励的几句话的短信，心里不免有点失落感，但编辑部老师能从繁忙的工作中抽出时间回信令我很感动，给了我莫大的鼓舞，使我在写作的道路上一发而不可收，时至今日，仍日日以笔抒怀，天天在电脑上写作。

最难忘的编辑来信至今仍记忆犹新——张正义同志：来稿收到，稿件留存待发表，希以后继续努力。就是这简单的三言两语，对我以后人生的道路产生了很大的影响，使我写作的劲头更足了，通过不断地学习，自己的知识储备越来越丰盛，不断有稿件见之于报刊。

岁月痕

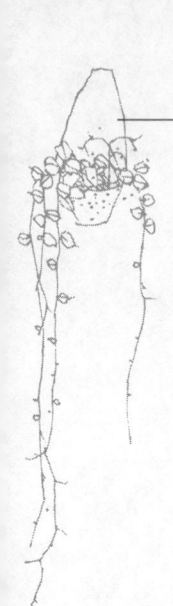

在后来的岁月里，虽然写了很多各类文章，有的发表了，有的出版了，还有的得了奖，就是眼下写的一些诗文，也在一些报刊上发表过，但这些都无法抹去深深镌刻于脑际的那篇篇豆腐块的小文章，更无法引起当年那种彻夜难眠的激动。应该说我的"文缘"是从写新闻起步的，虽然时间很短，但那段经历对我一生有着特别重要的意义。初试锋芒的小成，不仅是文字上的一个突破，也是人生价值的一次提升，更重要的是使我懂得百折不挠、迎难而进的意义。因此，我一直视那些日子为一生中的"精彩一瞬"！

写作是件苦差事，可我偏偏与它喜结良缘，从1981年开始在《包头日报》上发表第一篇稿子，便一发而不可收，天天秉笔抒怀，月月有稿件（照片）见报。在我退休前，先后在《健康报》《人民卫生报》《中国中医药报》《科学晚报》《食品周报》《内蒙古日报》《包头日报》《北方周末》《新中医》《乡村医生》《药物与人》《人民文摘》《歌词作家》等二十个省市自治区六十余家报刊杂志电台上发表新闻、通讯、科普文章、人物专访等文章近千篇。其中，通讯《为了千万双眼睛》获得全国大中城市晚报一等奖；人物通讯《一位眼科医生的博爱情怀》在《北方周报》整版发表，并在人民日报主办的《人民文摘》上转载。《成功自有非凡处》的纪实通讯稿件刊登在《包头日报》1999年4月9日的头版头条和1999年的《草原杂志》第九期。从2012年开始已经有30首诗词发表在《歌词作家》杂志。2004年出版《原上草》、2010年编辑出版《含辛花》《妙趣横生话中药》《绝妙楹联欣赏》。《楹联的故事》《人生旅途》《壮志未酬觅箴言》《简、便、廉、验的治病方法》等书的初稿已经完成。

勤奋笔耕也给自己带来了荣誉，先后被《家庭科学报》《中国卫生改革》杂志聘为特约记者、特约通讯员。多次被《包头日报》《健康导报》《包头卫生报》等新闻媒体评为优秀通讯员。2013年还被《益寿文摘》报聘为特约评报员。2014年被《益寿文摘》评为优秀特约评报员。

"腹有诗书气自华"，这始终是我对生活的信条，博览群书酷爱写作，几乎成了自己全部的业余生活。写作确实是件苦差事，只有自己知道其中的酸甜苦辣，没有付出根本没有收获，别人看似风光，其实他们根本没有了解其中的苦楚，没有身临其境，确实不知其中的艰辛。

岁月痕

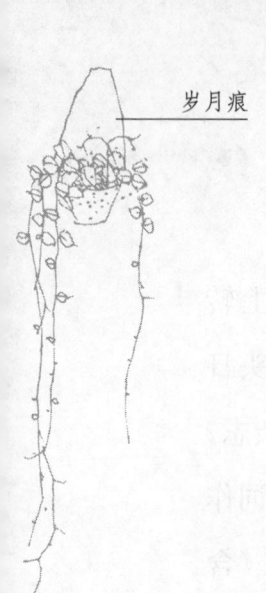

十一、集报剪报苦中乐

集报和剪报又为我的生活增添了靓丽色彩。

慢慢地我逐渐发现身边常见的报纸根本满足不了我的需要，就开始有意识地托朋友靠亲戚从内蒙古境内其他盟市收集一些自己需要的报纸。从1983年开始我就开始注意收集各地报纸，从报纸上获取更多知识和相关信息。

一天，集报的朋友送给我一份《集报爱好者》，这是一张集报爱好者内部发行的报纸。看了这份报纸才知道，集报已成为众多人的爱好，其中中老年人对此的兴趣更加浓些，通过这张报纸可以和全国各地的"集报友"交朋友，互赠有无，及时得到自己想要的报纸。

刚开始，我试着按照报纸上留下的联系方式，向几位

"集报友"发了几封信。几天后，居然陆续收到从全国各地发来的几封信，自己在信中提到的报纸已全部给我邮寄过来了，同样我也把"集报友"想要的报纸给他们寄了过去。一来二去，我不但找到了自己想要的报纸，还交了不少集报友，更加开拓了自己的集报视野。

现在，我已收集到各式各样的报纸达 2000 余种，这在全国集报界里实属小芝麻，但自己甚为高兴，通过集报学到了许多知识，结识了众多朋友，还锻炼了身体，真是一举几得的好事。《内蒙古晨报》的记者还把我的集报事迹刊登在晨报上。

报纸多了也有查找不方便的时候，你想找一篇自己想要查阅的文章，你得把所集报纸全部拿下来慢慢翻找，有时候找一天也不见得能找得到，这又给自己出了难题。该怎样集报才便于查阅翻找呢？我想到了剪报，平时把自己喜欢的文章剪下来，收藏好，用的时候拿出来不就行了。但同样的麻烦还是来了，因为天天在剪报纸，日积月累，被剪下来的报纸也还是很多，当你想要找参考的文章时还是不好找，我苦思觅想，如何快速找到自己需要的报纸、文章呢？只有分门别类才能达到这一要求。于是，我按照科学饮食、地方名胜、地方小吃、少数民族风俗、锻炼与

岁月痕

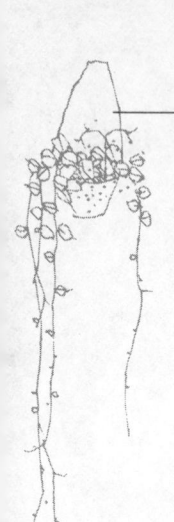

运动、健康之友等不同类别分开来剪贴装册，当然，更不能缺少的种类就是偏验方集锦、老药新用、名医谈访、老汤头治新病等。

每当给剪报分类的时候，床上、地上、桌子上到处都是剪下来的资料，就像个杂货铺，有时候，两个女儿也帮我的忙，对剪下的报纸进行归类，等某个内容积攒得差不多了，就开始粘贴成册，书写名称归档上架。现在是网络信息时代，有人觉得这些东西已经没用了，但我还是把它们当做自己的宝藏，仍在乐此不疲地整理这些资料。

剪报20多年来，各种资料满满的足有几百册，占了我书柜的一半。

十二、家里的跌宕春秋

　　家是避风的港湾，是爱的诺亚方舟；是儿女绕膝，双亲慈祥；是围炉举杯，共享天伦的快乐。每当夜幕降临，万家灯火，阖家齐聚，望着亲人的亲切笑脸，闻着佳肴香味扑鼻，享受人间最朴素珍贵、最温暖甜蜜的幸福生活是多么惬意啊！这就是家，是人生最温馨的地方。

　　记得小时候，总爱牵着妈妈的手，手心不时传来阵阵温暖，总有一股亲切感涌上心头。

　　"长大了，牵着恋人的手，一心一意用心泉浇灌爱情的常青树，即使寂寞单调的日子，也变得亮丽和鲜艳起来；结婚后牵着爱人的手，发誓天堂地狱携手共闯，用爱和感情构筑理想的爱巢；待到为人父母，又牵着孩子的手，用爱和关怀，携领他们走上人生的道路。这是人的爱

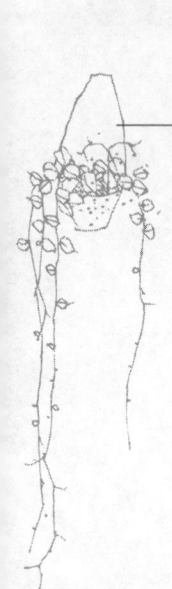

的轮回和本能，就像四季轮回一样，年复一年，自始自终。或许有一天我们老了，白发苍苍，满嘴无牙的时候，走起路来又十分费劲，那时会有年轻一代牵着你的手，携你走过风烛残年的难忘岁月。在朋友或者亲人离开你的时候，我们依然会紧紧牵着他们的手，这是一种发自内心的爱和眷恋，希望自己手中的力量和温暖可以帮助他们走过那段长长的黑暗。"我不记得这段文字是谁描述，他把每个家庭的挚爱解说得绘声绘色，世界上的所有家庭都在家这个温馨的港湾演绎着亲情。家是一个随着年龄而不断变化的概念。小时候父母背着我们的童年，长大了我们又背着孩子们的童年，如此周而复始，这段骨肉相连的情景深深嵌入记忆。

童年记忆中，家是一声呼唤。放学后，与左右相邻的小伙伴聚在一起玩，常忘记家的存在；听见父母在喊："回家了，吃饭了。"这样的声音伴着我的童年，迄今仍常在我的耳畔回响，很甜蜜。

一转眼，童年在父母的呵护下过去了，靠在母亲胸膛上的幸福感，伏在父亲背上的温暖、安全、满足感也随着时间的推移销声匿迹了，但儿时的身影在我脑海里深深打下了不可磨灭的烙印。当胡须慢慢从嘴角长出，我已经是

初中的学生了，因为家里的规矩多家法重，家又成了一个自己想逃脱的地方，父亲工作调动后，我便住校独立生活了。虽然身子自由了，但内心感到空虚、惆怅，什么都得自己独立思考、解决。没有任何的依托，才真正觉得金窝银窝不如自己的草窝窝。虽然只是离父母仅仅十几公里的距离，就觉得世态炎凉和生活的艰辛，所以有这样的感觉是因为没有父母羽翼的呵护。

1966年初夏，"文化大革命"席卷全国，来势凶猛，让人喘不过气来。有一天，母亲焦虑不安地对大妹说："你父亲单位有人贴大字报，说他是逃亡地主，说不定哪天还会来抄家？咱家只有120块钱，那还是你们拔草挣来的，妈怕万一抄家被抄走了，你们连上学的钱也没有了，妈把这些钱缝在你的裤子里，就算来抄家，也不能搜小孩子吧？"大妹似懂非懂地听着母亲的话。别看母亲没有文化，但她脑子灵活，想问题思路多些，对于突然从天而降的灾难，虽感无奈但处乱不惊，在猫挠心的日子里镇定自如地应对着面前的一切。

在母亲的包袱里我和弟妹们都知道有一个用彩丝带镶裹的小包，里面有一个簪子、一双银筷子，还有用彩色布书写的婚书，这是母亲陪嫁时的首饰等物。当时这些饰品

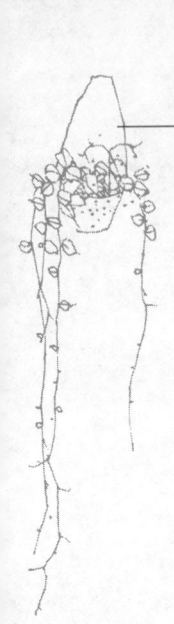

被认为是"四旧"。大妹思维十分敏锐、十分机警,办事果断麻利,她听完母亲的话后,特别担心父亲单位的造反派来家找麻烦,于是趁做饭烧火时,悄悄地将母亲的小包里的东西放在灶膛里,可等到做完饭拨拉开灰一看,这些首饰原封不动,既没化也没软,这可急坏了大妹,她急中生智把这些东西揣在怀里,悄悄地把东西扔到了树林中的粪坑里。

果然不出母亲的预料,单位"造反派"如期而至,他们气势汹汹地闯进我们家进行抄家。家里的家当一目了然,可以说是一贫如洗:一桌两椅,锅碗瓢盆,一个大竹箱子里放着些破衣烂衫,其余一无所有,造反派自然什么也不会搜出来,倒是把家里翻腾得乱七八糟。在抄家的时候,大妹躲在家对面的杏树林里,清清楚楚地看见这群造反派一窝蜂地涌来又灰溜溜地走了。大妹赶紧跑回家,母亲惊恐不安地对她说:"就怕那点东西被搜出来,万一搜出来可就出大事了。""他们永远也搜不出来!""你咋知道?""早被我扔到房后树林的粪坑了",大妹颇有些得意地对母亲说。"扔了好,扔了好,省得惹事!"母亲忙不迭地说。可那是母亲的心爱之物,扔掉这些东西如同剜母亲的心头肉,可当时的母亲也顾不上心疼了,只求平安。

同年12月中旬，家里发生了一件天塌地陷的大事：父亲单位的人按大字报上所说的，说父亲是逃亡地主，勒令一周内遣返回原籍，接受贫下中农监督改造。父亲听了单位"造反派"做出的决定后，又不理解当时运动的真正目的，怎么办？真是呼天天不应，叫地地不灵，突然发生这么棘手的事情，让本来就诚实实在的父亲无可奈何，他站也不是，坐也不安，捶胸顿足，低首叹气。一向诚实本分的父亲只好逆来顺受，草草向母亲作了个交代后，自己拿了根绳子就走到阿里特苗圃的树林里：他在选择结束自己一生的地点，他要用死来抗争，用死来证明自己的清白。就在父亲把绳子挂在一棵树上，正准备上吊时，耳边又响起了另一种声音：怕什么，自己又没做亏心事？！此时，父亲又想到自己的事情也应该向孩子们做个说明才对呀！父亲慢慢把绳子解下来。赶紧给老大、老二打电话让他们回家一趟，老大接电话后一直未回家来，二哥接到电话后立马赶回家中。后来，我听大妹叙述：电话打通后，父母亲就不停地轮番到树林外翘首瞭望，盼着他们插翅归来。小弟二妹当时还小，不知道家里发生了什么事情，可从父母忧虑惊恐的表情中也猜出不是什么好事情。大妹懂事知道事情的原委，天天以泪洗面，泣不成声，既怕天黑

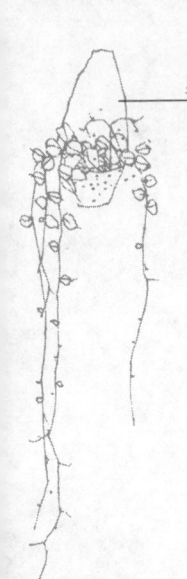

了，又怕天亮了。二哥回到家里，就好像给家里带来了无限的希望和依靠，大家心里立刻有了主心骨。二哥问父亲在老家是否做过什么坏事？有没有血债？父亲连连摇头予以否认。"那您回去吧，不会有事的。"二哥胸有成竹地说。又经二哥的分析解释，父母亲好像有了些主意，心情也好了许多，觉得事情没有那么可怕。二哥虽然对运动还不十分了解，但对父亲所说的是相信的，他果断地对父亲说："没事不要找事，有事不要怕事，事情总会水落石出的，咱们现在拗不过'造反派'，您不妨先回去再做打算，留得青山在，不愁没柴烧。"二哥的话虽然不多，但掷地有声、硬朗朗的，对父母亲当时的心情来说可是吃了个定心丸，可以说，就是二哥的一席话，实实在在地为处在绝境中的父母亲硬硬地扛了一膀子。听劝的父母亲的情绪也逐渐稳定了许多，使他们碎了的心又振奋起来，他们似乎看到了黎明的曙光，又增添了生存的希望。这种从精神上给人的力量是任何东西都不可战胜的。就是二哥的一席话使父母亲奠定了继续生存的勇气和力量，他们知道了该怎样战胜生活中各种艰难困苦，用自己的行动来迎接新生活的到来！二哥临走时看到大妹哭得可怜，果断决定把大妹的户口迁在他的户头上，那时，大妹说不清心里是什么滋味，是感激？是高兴？还是……眼泪像断了线的珠子滚落着。

　　大妹又跟我说：二哥的及时回来稳定了整个家的情绪，单等大哥回来再做定夺，可整整等了一天也没有见到他的影子，母亲瞭他瞭得脖子都发酸了，眼泪也快流干了，也没等到他的回来，只好自己抱了个大番瓜，扭着一双小脚去东河区的三医院宿舍见老大的面。那时交通不便，更没有出租车。母亲从包头一中站下了公交车，真不敢想象一个精神恍惚、悲痛欲绝、跌跌撞撞的小脚老太太是怎样步行十几里坑坑洼洼的路，去看她的儿子的！可怜天下父母心，在这样生死攸关的时刻，居然还在惦记着自己的孩子，母亲的胸怀是多么博大宽广！大妹跟我说：真不知大哥当时为什么不回来看我们？不回来看生他养他的妈、生死与共的妈、为他哭的眼泪比尿的也多的妈、为他舍生忘死的妈？是害怕了，还是怕沾光？还是另有苦衷？难道他一点也不留恋曾经给过他无限温暖的家吗？难道他不知道一旦母亲离开包头，他就再也没有家了吗？难道他就不想再看一眼含辛茹苦、相依为命的老母亲吗？时至今日，老大始终没有告诉过我们他当时没有回家的原因，我们也根本不想听他的任何解释，一个对父母如此冷漠的人、一个胆小怕事的人、一个不负责任的人是不值得我们

岁月痕

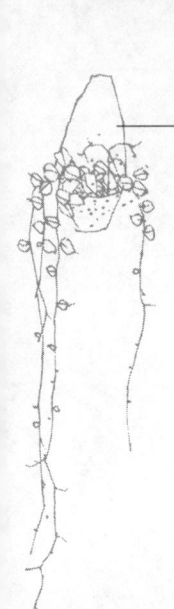

来说道的。大妹曾跟我说过多次，她永远也忘不了母亲望眼欲穿翘首盼他回家的情景，每逢想到这些她都泪淹心，心中十分酸楚。我是在含着泪花书写这段经历的，泪滴几次把键盘打湿，真的为我的父母当时的处境揪心和难过。

在那心乱如麻的日子里，父亲单位里的人和邻居们也都变了，有的不敢去我们家，偶尔碰到母亲也不敢说什么，有的只是唏嘘短叹一番摇摇头无奈地走开，有的也投以同情的目光，当然，还有的在一旁冷眼观望。母亲是个坚强的人，她默默地忍受着这一切，她知道自己该干什么，别人的眼光已经不重要了。每天她强打精神在家里收拾行装，父亲去派出所办理户口迁移手续。夜已经深了，弟妹们都已睡着了，可大妹怎么也睡不着，想着父母亲和弟妹们就要走了，以后的日子怎么过？她想一会儿，哭一会儿，偶尔听见父母亲窃窃私语，高一声低一声朦胧中不知他们在说什么，迷迷糊糊的大妹自己也睡着了。

大妹痛心疾首地对我说：就在父母亲要回老家的那天，天刚蒙蒙亮，父母就起来了，父亲边往外走边往怀里揣了点什么。母亲怔怔地望着父亲的背影，眼里却泛着泪花。那几日，家里人每天都是以泪洗面，看着母亲流泪已经习以为常，不一会儿，父亲又回来了，摊开双手叹口气说:"蔺三在门外守着,我没干成。"后来,我们才听父母亲说出真情:那天,父母亲商量好了,父亲早上拿上绳子去房后的树林里上吊,想一死了结来保全这个家。蔺三是父亲手下的一个老工人,鳏夫多年,吃住在单位,平时不爱说话,但为人很实诚。那天早上,父亲刚一开门,发现蔺三正站在我们家门口守候,父亲只好退了回来。不知是领导安排他监视父亲,还是出于对父亲的关心,担心父亲想不开走绝路。总之,我们很感激他,是他的出现让我们没有失去父亲,倘若那天蔺三没有站在我们家门口,那天,父亲就会永远离开我们了。

许多人不讲迷信,我倒还相信几分,真是苍天在保护他老人家,让父亲在一刹那的时间里改变了一死的命运,苍天又给了我们一个完整的家,尽管天各一方,只要我们一家人都活着,比什么都强,父母亲是我们的天啊!父亲是个老实人,一辈子勤勤恳恳、踏踏实实工作,诚恳待人,一生没有坑害过一个人,但这同样要遭受命运的煎熬,真觉得老天实在是有失公道,虽然天并没有降大任于我们,而为何要伤他老人家的筋骨……

大妹很不愿意回忆当时我们家被造反派遣送的情景,她说这段深刻脑海的烙印,对她刺激颇深,在我的再三恳

岁月痕

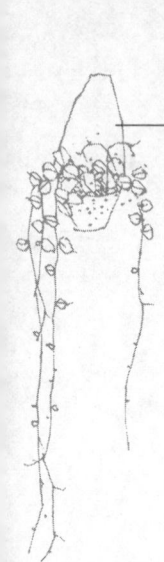

求下（我和同学们外出串联），她还是对我学说了当时的悲惨时刻：

那天早九点钟左右，父亲单位的"造反派"来了，把母亲那些坛坛罐罐、破行烂李装上了车，那套桌椅父亲说是单位的，我们不能占公家的便宜，就把它留在了空荡荡的屋里。汽车就要启动了，父母亲不让大妹跟着去火车站送他们，他们是不想看到大妹孤零零留在站台上，更不愿意看到那生离死别的悲惨情景。汽车终于开走了，大妹抱着母亲留给她的一个兰花花枕头，追着绝尘而去的汽车撕心裂肺地嚎哭着，这时，蔺三过来拉住大妹，摸着她的头说：素梅，别哭了，以后有什么难事来找大爷，大爷会帮你的！大妹仍在失魂落魄地抽泣着、哽咽着……这时我家养的老花猫惊慌地从外边跑回来，咪咪地叫着，不停地在大妹的身边蹭来蹭去，不断用舌头舔大妹的腿和脚，好像也知道家里发生了事情，瞪着惊恐的双眼看着大妹，好像在问，你们都走了，我该怎么办？大妹平常不喜欢猫，从来也不给它好脸色，此时此刻老花猫的样子十分可怜，很让人心疼。大妹刚要弯腰去抱它，老花猫噌地一下蹿到了鸡窝顶上，钻到母鸡下蛋的窝里，蜷曲着身子缓缓地卧了下去，一动不动。也许，这是老花猫自己找了个安身之处吧。主人虽然不在了，卧在这里还可以嗅到主人家里的味道。

我大串联回包头后，我的家一下子就没有了，自己真的有点蔫了，二哥向我叙说了离别时的情形，我也深知父母不让大妹去送行的目的，此时此刻，我的心里特别乱，脑海里清晰地浮着这样的情景：

包头沼潭火车站正停着一列客车，身着清一色蓝布服装的男男女女、老老少少急匆匆地从这趟列车上上下下，蒸汽机车头此刻正冒着缕缕青烟，不断发出嗤嗤的响声，从站台的东边缓缓地走来年迈的父母亲和小弟小妹，两位老人紧锁着眉头，母亲把手里提的东西放下，紧紧抓攥住送行人的手，千嘱咐万叮咛要他们照顾好她的女儿，父亲有些沮丧低着头拉着小弟缓缓地来到列车旁，身后是戴着红卫兵袖标的人紧紧相随着，还一个劲地嚷着：快点，快点。虽声音不大，但满脸的怒气，像是谁欠他二百块钱。父亲回过头来想嘱咐大妹点什么，却被"造反派"厉声呵斥住。小妹小弟拉着父母的衣襟，缓缓地登上了列车，小手不断地向人们挥着，眼里却滚着泪花，心事重重的父母显得苍老了许多，反复叮咛来送行的人，要好好照顾我的孩子们。父亲的背影、母亲的举止神态，久久定格在我真

岁月痕

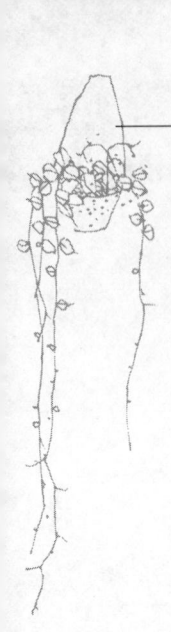

实的幻觉中，列车缓缓启动了，列车车轮铿锵有力的滚动声掩盖了一切……我不知道这是不是真实的当时，但我确信这样的情景是真真切切的存在。脑海中的一幕幕令我心潮汹涌澎湃，失控的泪珠不住往下抛，家，就这样被人家赶跑了。这种离别之情是多么地残忍和让人心酸，又是何等地撕心裂肺。

听二哥凄惨的叙述后，我潸然泪下，步履蹒跚地跑到包头三中的操场上失声痛哭，仰望着蓝蓝的天空，心中空荡荡的，这个曾经贫寒但又充满温馨的家，就这样远离了我们。天似乎塌了下来，我的泪光里看到的家那么清晰，又逐渐模糊，我们该怎么办？这本不该属于我们承担的责任，过早地落在我这个初入社会的愣头小子身上，确确实实有些重了，稍微松懈一下就可能散了架。坎坷的经历会练就坚韧独立、什么也不怕的性格和顽强面对眼前一切困难的决心，使我还是挺胸站了起来，勇敢地面对眼前的一切。

和父母亲一起回老家的二妹当时还不足12岁，时至今日，她仍能清晰地回忆起当时被迫回到凉城县的情形：1966年的隆冬，寒风嗖嗖，他们从丰镇站下火车后，再没有其他交通工具，押送人员雇了一辆胶皮轱辘马车拉着我父母亲和小弟、二妹，不紧不慢地向凉城县方向走去，崎岖的蛮汉山两侧树木颇多，不时有小动物从山涧窜出，发出或长或尖的叫声，除此之外四周静得可怕，一路上没有一个人说话，偶尔遇到过往的行人、车马，也是匆匆忙忙，彼此也没打过照面。约摸掌灯的时候，这辆破车终于吱吱扭扭地拐到了厂汉营公社的车马大店，这家大店里脏乱嘈杂，到处是牲畜屎尿。大店是个四合院，房子是土房，显得破烂不堪，说是店，也就是一个大点的屋子，屋里除一盘大炕外，什么也没有，炕是用泥浆水抹的，很光滑，但很黑。住店的不管男女老少统统挤到炕上。店里一盏昏暗的煤油灯的灯花不时跳动着，进进出出的人们都紧绷着脸，气氛十分紧张，尤其是我们一家是从包头被赶回来的，十里八村的男女老少都要过来看个究竟。舅舅的家就在厂汉营，父亲征求母亲的意见，"去不去你兄弟家。"母亲说："这又不是荣归故里，咱们现在的情形，怕影响他们。"父亲听了也觉得有道理，就此作罢。

进大店看我们的男男女女，并不知道我们是谁，也不知道是从哪里来，只是觉得新鲜，时不时地用手指指点点，或者窃窃私语，在人群中有一个约摸二十出头的小伙

岁月痕

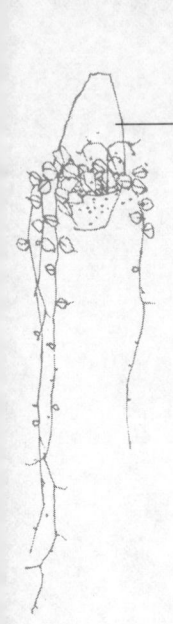

子，借着灯光凑近母亲的跟前，低声问道："您是不是姑姑？"母亲看了看这个后生，便知是她二兄弟的大儿子高云，我们的大表兄。亲不亲故乡人，更何况是真正亲戚，母亲既高兴又沮丧望着高云不住地叹息。舅舅家是贫下中农，他们也不怕什么，就把母亲迎接到他们家里，一夜长谈离别又聚的情形。

第二天，一家人又坐着那辆胶车回南水泉村。这个村是父亲的出生地，全村也就是四五十户人家，全部是土坯房，远远看去，几乎分不清哪是大地，哪是房舍。偶尔，从农家窜出一条狗，或看见几个烟囱冒着的炊烟，才知这里也是有生命生存的地方。二叔和三叔住得不远，但也没有多余的房子供我们居住，村大队长安排我们暂且住在三叔的小凉房。

家暂且算是安顿下来了，但不明真相的村里人，尤其是别有用心的一些家伙，隔三差五找父亲的麻烦，不高兴就喊口号舞拳头，要不就火炉跟前"热情关怀"，房檐底下"冷静思考"，这是两种害人的卑鄙伎俩，虽说父亲年过花甲，但体质尚健，对这些还能容忍，但最让他心碎的是在批斗他的同时，让母亲和弟妹们相陪……那时，也不知是几日，更不知是春秋冬夏，整个家，整个家里的人们，整个中国人都朦朦胧胧，不知天下发生了什么？

　　家的离去，从此在我们心里留下了一生都无法愈合的伤痛，是件我们最不愿意回忆和揭开的伤疤，这就是"文革"留给我们的、永不忘怀的"礼物"，它毁了我们的前途，毁了我们几代人应该拥有的幸福。

　　我们老家被遣送时，我正在外地串联，回包头后，二哥好说歹说总算把我烦躁的情绪压了下来。过了些天他给我拿上盘缠路费，让我独自回老家看看父母。长那么大，独自出门还是大姑娘上轿头一回。那时交通极不方便，早上从包头乘火车到了呼市，又从呼市坐汽车到了县城，冬天天短，到县城时已接近下午两点多。剩下的路只能步行了，我草草地垫补几口，然后独自步行60余里往厂汉营公社赶（也就是我舅舅家所在地）。那个时候，县城没有通往厂汉营公社的汽车，有条路全是土路，也不平整，为了走近路，我专挑小路走，说是路其实就是羊肠小道。小路上崎岖沟壑甚多，有些路段还显得凄凉，当时的情景与"枯藤老树昏鸦，古道西风瘦马，夕阳西下，断肠人在天涯"这首词非常贴切。自己第一次步行走这么长的路，勇气可叹可嘉。人生路不熟，边走路边打听怎么走，天擦黑

岁月痕

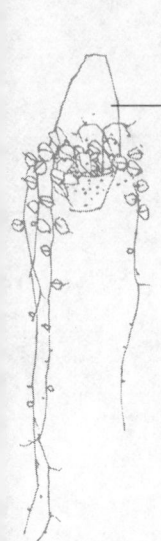

的时候还不知道舅舅家究竟在哪儿。天渐渐暗了下来，路也看不清楚，周围也没有什么人家，我有些怕，好不容易看到一户人家的屋里有些暗淡的光亮透出，索性就朝着有亮光的地方走，没想到一步踏空，把我摔了个大马趴①，等我站起来，就摸不着东南西北了，根本不知道自己究竟在什么地方，该向哪个方向走？正当我毫无办法之际，隐隐约约朝我走来一个人，只见来人衣衫破烂，戴着一顶破羊皮帽，步履蹒跚，待这个人走近点才发觉这是个慈眉善目的老人，胡子上还挂着冰凌茬，我忙向老人施礼问路。老人说："我也是去厂汉营，你舅舅我也熟悉，现在离你舅舅家还有十几里地。"当时我也不知道是怎么走的，反正周围一片漆黑，北风虽说不大，但三九隆冬天还是很冷的，身子像是被人推着走，就这样跌跌撞撞地走了很长一段路，才在前面隐隐约约看到三三两两的灯光，老人不紧不慢地说快到了。

待老人把我送到舅舅家门口，屋里已经掌着一盏昏暗的煤油灯。打小就没有到过舅舅家，对妗子、表兄妹们毫无印象，加之我们家当时的境况，心里很是忐忑不

---

① 大马趴：本地方言，摔了一跤状如嘴啃地。

安。舅舅家对我很客气，只是当时正在搞运动，气氛也不显得多么热烈，但表兄妹很是友好，包头来了亲戚，格外高兴，河湾里捡石头，冰滩上打忽刺儿①，转游厂汉营的老民居。本来还想玩几天，但舅舅执意要我赶快跟他走。

从厂汉营到舅舅工作的地方很远，步行四十多里路，一路上舅舅一句话也没有，顶多说句注意路上的沟沟坎坎。约摸掌灯的时候，总算到了舅舅工作的单位——二蛮沟供销社。当时供销社的后屋里人挺多，大家正围着昏暗的煤油灯学习《关于开展"文化大革命"的决定》，即"十六条"。舅舅千叮咛万嘱咐叫我什么都不要说，我也听话躲在墙角闭着眼睛，听这群人说这说那，听着听着就睡着了，虽说年轻好睡，但心里有事也确实睡不踏实。耳边时而高时而低地也能听到他们在议论这场运动。有的人还在盘查我的来历，吓得舅舅连大气都不敢出，常常不自觉地拿出酒葫芦抿口酒，以安抚自己紧张的情绪。舅舅是贫下中农，不是运动的对象，为人特别善良，但又十分胆小怕事，我的到来好像对他的压力特别大，小小年纪的我，

---

① 忽刺儿：本地方言，在冰滩上跑步冲刺的一种游戏活动。

岁月痕

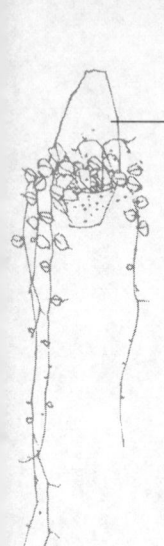

也看出来舅舅当时的心情。为了不影响舅舅，我打听好去南水泉（父亲的出生地）的路，第二天，太阳刚露出鱼肚白，我手里攥着根棍子就踏在荒山野岭的小径上，独自往父母亲在南水泉的家走去。

20世纪60年代的山区老家，多见石头少见人，几十里山路沟沟坎坎，走上半天连个人影也见不着，偶尔山旮旯里会突然窜出一只小松鼠、野兔、雉鸡，吓得我腿都发酥。快到南水泉村的时候，路对面走来一群衣衫不整的孩子们，虽说是运动期，但孩子们根本不知道这些事情的来龙去脉，仍说说笑笑、叽叽喳喳地拖着浓重的乡音向我走来。当这群孩子走到我跟前时，我甚为惊讶，里面竟然有我的二妹、小弟和我的亲叔伯的孩子们。当时弟妹的穿戴和在包头已截然不同，那时家里经济虽然紧张，但勤劳的母亲总是把我们姊妹几个的衣服洗涮得干干净净，补得整整齐齐，虽然都是些旧衣服，但经母亲的一番打扮，我们个个显得衣着得体、利索、朴实，但此时此刻小弟小妹的穿戴简直和地地道道的农村孩子相差无几，小妹穿着一件极不合身的中式小花棉袄，身后的小辫子还一撅一撅的，小弟也是农村孩子的打扮，双手还统在袖子里，脸冻得红红的，活脱脱一个村里孩子，真的是环境在改变人。虽说

当时运动正紧锣密鼓地进行着,大人们忧心忡忡,但这群孩子一点也没有忧愁的感觉。

我的弟妹怎么一下子就变成了农村人,当时我的脑子里嗡的一声:我天真烂漫的弟妹怎么会是这个样子呢?这究竟是怎么回事?无论如何,一定要问清楚父亲的事情,一定要还我弟妹本来面目。

回到老家的父母亲已经华发丛生,双肩佝偻,面容憔悴。上了年纪的双亲已经经不起这样的打击了,是需要我们的脊背的时候了,当时的我能背负起这种责任吗?我一直在暗暗地问自己。最后还是自己对家庭的责任心鼓舞了我,并勇敢地面对现实,义无反顾地为父母亲分忧解愁。

回到老家的父母们暂时居住在叔伯们的凉房里,这种房是用石头垒起来的,里外面虽然抹了泥,仍凉飕飕的。晚上睡下看着四堵墙面尽是明花花的亮点点,忽闪忽闪的,就像满天的星星在闪烁。母亲尽量把炕烧得热热的以此取暖度寒。从城里回去的父母亲对眼前这些事和人极为陌生,就是父母亲的叔伯兄弟们也颇感生疏,从小就在外学习工作,离别故乡已有四五十年的父亲,心情极为苦恼,自己清清白白,怎么落得个这种下场。再加上不明事情真相的乡亲们的过分举动,父母亲当时的处境极为艰

岁月痕

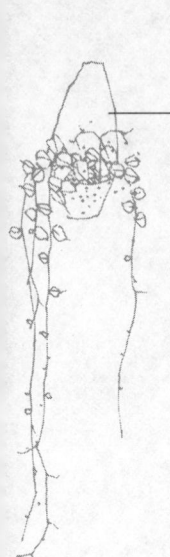

辛。我的回去给了双亲极大的欣慰，人静夜深后，父亲把事情的原委和我说了：单位为卸包袱，按逃亡地主遣返没有证据，只好按退职处理，并发了退职金。一个子虚乌有的罪名就把我们温馨的家给毁了。这究竟是谁之过？

原来，家乡并没有给我们家定过什么成分，父亲单位按逃亡地主遣返，属实是冤案，是与党的政策背道而驰的，完全不符合党的方针政策。既然我们明白了事情的原委，就要伸冤喊屈，还父亲一个公道。

从此，我和二哥、大妹开始了漫长的上访和告状之路，而且这件事情一直坚持了十三年才给父亲平反，恢复原职位、原待遇。

十三、70年代在村里过年

斗转星移，父母亲回到老家已经七个年头了，老住在叔伯们的家也不是个办法，况且那些房子就不是用来居住的，当时实在没有法子，权且暂住，房子破旧不说，还四面透风。父母亲决定还是先盖个房子吧？村里能盖房子的地方早就盖上房了，父亲只好选择村北头荒山的坡下，作为自己房子的地址。这里地势偏高，离村还远，吃水极不方便，虽然山泉汩汩，水质特好，但挑担爬坡上梁需要走三四里的山路，才能走到有水的地方。为了尽快有个能为家人和自己遮风避雨的地方，每日收工回来，不顾身心疲惫的父亲又拿起锤子、箩头等工具，在村北头的山坡上刨土动工，挑水和泥。他从山的斜坡往下开出一道直线，清理出一片空地，算是宅基地。然后把开出的石头又一块块

岁月痕

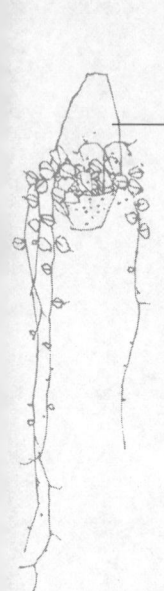

地垒砌成墙。开出的石头远远不够砌墙用，他就再劈山凿石，就地取材，这样既省工省力省时，还节约资金。就这样起早贪黑地干了半年，茅草房子算是搭挂起来了，虽为陋室，却也温馨，总算有了安身立命的地方。

从这间土房往下看，无数条的小路，蜿蜒地钻进了村子。站在新盖的茅草房前面，可以俯瞰整个村子的陋巷石头街，家家户户的鸡狗也看得清清楚楚。这个村子是沿着水泉向外伸延形成村落的，倒是相对集中些。村舍斑驳的墙面是用黄泥抹出来的，房舍建造也大同小异，远远望去村舍与大地的颜色融为一色，不细心地看几乎分不清哪是房子，哪是坡地。整个村落极为平静，牛羊咩咩地叫着，长一声短一声、高一声低一声。猛然间也能听到鸡鸣狗吠，给宁静的小山村平添了几分生机。只见袅袅的炊烟慢悠悠地升起，自由自在地在天空中来回飘荡，为寂静的山村平添一道靓丽的风景。除此之外再没有其他的声响。村中央的大喇叭偶尔也传出些出工、开批判会，或者谁家来大队接电话的吼喊声，才让人感觉到村落的存在。

盖起的小土房相当简陋，家里基本没有什么陈设，几个破纸箱放些碗筷，存放衣服的是个比较大的方形竹篓，母亲用浆糊在竹篓里面表了几层报纸，显得平整了许多。

一盘炕占了整个家的一大半，锅台用泥浆抹得挺光滑，风箱旁边立着一个大水缸，这便是所有的家当。冬天的早上，母亲起得很早，她得把水缸里的冰敲碎了，才能盛水给一家人做饭。想想看，要不是家里的那盘热炕，这漫漫的寒冬该怎么度过。家与外界的出行也极不方便，通到村里的小径弯弯曲曲、高高低低地向下延伸，这条羊肠小道还是父亲一锹一锹亲自开出的，好天行走还算可以，一到雨雪天，出行很不方便。这条小路对母亲的出行来说更为艰辛，因为她老人家是小脚，平地还站不稳，更别说这坑坑洼洼的山路。最为头疼的是秋季往家里背些山药、粮食等物，家里人不知要付出多少汗水才能完成这些生活琐碎。父母亲对这些困难从来没有向我们述说过，天大的冤屈、再大的困难，夫妻俩在默默地承受着，他们相信总有一天，他们会飞出这山沟沟的。他们苦中找乐，还在门前光秃秃的山坡上种了五六棵加拿大杨树，居然全部成活，这件小事让村里的人惊讶感叹了许久。村里人从来没有在山坡上栽活过树，居然让父亲把树栽活了，而且百分之百的成活率，着实让村里人刮目相看，他们哪里知道父亲曾经是园林工程师。听小弟后来说：2009年，他回去看望三叔，还特地到那间小土房看了看，房子早就不存在了，但

岁月痕

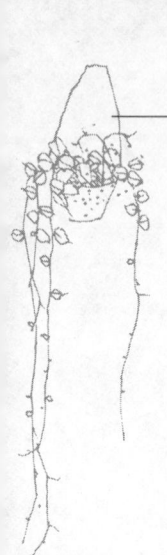

那几棵加拿大杨树却长得挺拔粗犷，很像几名威武的士兵在那儿站岗放哨。晚风徐徐劲吹，又大又粗的加拿大杨树不时发出哗哗的响声，像是在向小弟述说离别之情，又像是在倾述心中难以磨灭的深深的往事……

仔细算来，父母亲回到村里确实已经有七八个年头啦！

自从父母亲把小土房盖好后，就有了让我们回去过年的想法。

自从家离开包头后，我对什么事情都觉得索然无味，常常呆呆地蹲在板凳上，脑海中浮想联翩。

父母被迫遣返原籍后，留在包头的我和大妹，仿佛成了流浪的孩子，没有了依靠，没有了着落，没有了让心停泊的地方，那颗心总是在飘啊飘。一个人在默默地做着临时工维持生计，形单影只生活清苦倒也无所谓，就是思念双亲的苦楚实在难以忍受，越是临近过年期盼过年的心情就越迫切，常常是过年的气息打破了往日的宁静。

年，越来越近；心，却依然平静。没有挣多少钱，稀里糊涂又是一年。儿时盼过年，现在怕过年。一年又一年，从指尖悄然流失，增长的只有年龄。不知从何时开始，过年，不再是一种渴盼和喜悦，早已沦落成一种负担和劳累。1973年腊月，我和二哥商量好，决定回家和父母过年。年是回家的路线，召唤我们赶快回家，帮着父母担水、收拾柴禾棚，让劳累了一年的父母亲歇歇，和父母叨啦分别后的思念[①]，唠叨亲情，去乡里乡亲家串串门，问候一下大伯大叔……重温家的温馨，这也是家从包头离开后我们第一次回去过年。

当我们走到家的时候，低矮的土房，破旧的门窗，窗户上糊的纸已经很旧了，用黄泥抹住的门框窗框上贴着鲜红的对联，当敲开破旧的柴门，让我吃惊的是父亲曾经的魁梧不见了，他又老了许多，腰也弯了，黑紫的脸庞爬满了皱纹，他看见了我们激动地一边拉着我们，一边叫着："孩子他妈，儿子回来了，儿子回来了！"只听见一声发颤的应声，母亲便立刻出现在我们眼前。母亲曾经清脆悦耳的声音此刻变得发颤老弱，曾经美丽的双眼皮已经下垂，记忆里爱漂亮的她已面色苍黄，额头上的皱纹深得像雨水冲刷过的山坡，逼得我眼角的泪水不停地落下。

我们的到来，使父母十分地高兴，他们勤快地做着这做着那，说着分别以来的思念，谈着在村里的乡俗，好像七八年来的愁苦此刻全部云消雾散。

---

① 叨啦：包头方言，意思是聊天。

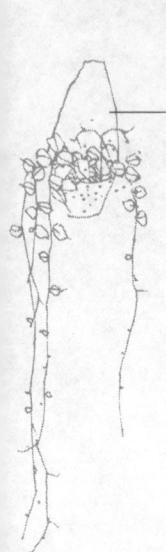

我知道家里缺吃少穿，尽管自己还处在穷困潦倒的边缘，还是买了些糕点、水果以示孝敬。在行李中还夹了一块玻璃，谁曾想，一路上的颠簸，行李中的玻璃早就碎了，原先父亲想在窗户上按块儿玻璃的想法也泡汤了。父母亲根本不在乎你拿回来什么东西，只要你回来他们就特别高兴，也有了过年的心情。

父母亲刚回村的时候，家里是不过年的，他们什么也不准备，越在这个时候心里还越是难受，包头有我们兄妹，老家有父母亲小弟妹们，天各一方，这种惆怅、无奈，只有亲身遭遇过才能体验到那种凄惨。所以，那时过年等于对我们心灵的鞭笞，我们对过年极为淡漠。记得我在包头独自过年时，也就是拉着灯睡觉，这就算是过年的举动，外头怎么红火热闹，对我来说一点关系也没有，根本没有兴致去掺和年的活动。

我和二哥的到来让老人家的心情极为振奋，他们早早地就压了糕面、蒸了些馒头、做了粉条，还特意做了一槽豆腐。母亲剁好了肉馅、菜、胡萝卜菜蛋，小弟糊好了灯笼，灯笼的样子虽显笨拙，做工也简陋，但非常喜庆。破旧的小土房贴着红红的对联，显得分外有生机，确实有了浓浓的年味。

年三十晚上,屋里特意多点了几盏灯,虽说是灯,其实就是在空墨水瓶里倒些煤油或食用油,用旧棉花捻个灯芯,灯虽不太亮,但简陋而温馨的家顿时显得亮堂了许多。我们一家人好不容易团聚在一起,一边包着饺子,一边谈天说地,知心的话儿飞出心窝窝,串串笑语不时从屋里飘荡出去,天地间暖气融融。我们带着旅途的疲劳,"尽心敲开了久别的家门,亲情在热热腾腾的水饺里弥漫,思念在自酿的米酒中酣畅,一顿年夜饭,消化了无数的乡思。灯笼挂着如意,年画贴着吉祥,春联报着平安。除夕,为团圆而歌"。

不知不觉就到了接神的时间。按当地的风俗,接财神的时间是在凌晨的四五点钟。那个时候也没有个钟表,人们只能凭经验来估摸时间。该接神的时候,我们都穿上干净的衣服,全家人都出来站到小院里(说是小院,其实就是一个铲开的空扑滩),先是放了不少的爆竹,响声从山谷的这头迅速传到山谷的那头,久久在山村的天空飘荡,尤其是二踢脚一响,惊天动地。小弟又从房顶上取下来许多莜麦秸,当点燃这些莜麦秸后,顿时火光冲天,把我们和房子照得红彤彤的。我们围着旺火来回地转,全家人围着火堆烤火,我们伸手靠近火堆,手被烤得热乎乎的,顺

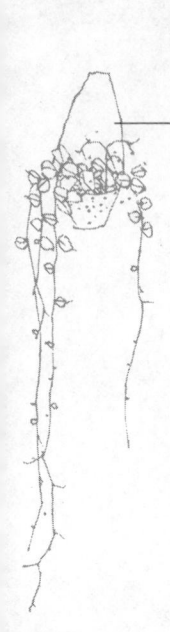

便用双手来搓面颊、耳朵，然后依次拍打身体的各个部位，意在用旺火来祛除百病，保证来年健健康康。烤完前面，母亲还要我们背转身来烤后背，直烤得全身都暖融融的。父母亲还让我们从旺火的这边跳到那边，借此来消消晦气。

旺火前，每一张脸都是红扑扑的，每一颗心都是热腾腾的。在熊熊火光的映照下，父母和我们的笑脸是异常动人的。在我们的心中，火象征着光明、温暖和希冀。过去几年来，无论日子过得多么艰难，生活多么拮据，但此刻都统统抛到脑后，我们相信旺火会把过去的晦气、不顺和疾病都一一烧弃。

待我们接神后回到家煮上饺子，整个小山村才开始安静下来。

这一年是1973年。

从这年开始的后来几年，我们家开始好转，吃的基本够了，房子也算有了，阶级斗争也不是那么讲得厉害了，父亲可以到包头落实他的政策。从不太迷信的我，思想上也有些动摇，老天还是有眼，父亲的平反问题终究有了盼头，父亲单位的上级部门已经批复，同意落实父亲的问题。我们的好运就是从那年高高兴兴过年开始到来的！

好好过个年，确实能给我们带来好运！

十四、申冤平反 阻力重重

听父亲道出自己事情的原委后，方知我们家是冤枉的，是受迫害的，父亲单位的做法是完全不符合党的方针政策的。既然父亲的历史是清楚的，那就应该把颠倒过去的事情颠倒过来，我们兄妹们暗暗下定决心一定要办好家事。说起来容易做起来难，事情办起来没有想象的那样简单。原来收拾你、迫害你的人，仍然在位，让造成冤案、错案的人去纠正他们自己的错误，那不是拿起石头砸他们自己的脚吗？能给你解决问题吗？问题的解决比登天还难，阻力重重。为给父亲一个公正的评判，从 1967 年，我们就开始踏上了一条艰辛的上访之路，其间兄妹们付出了许多难以忍受的酸楚。

我们曾多次给中央寄过申诉材料，经常上访内蒙古、

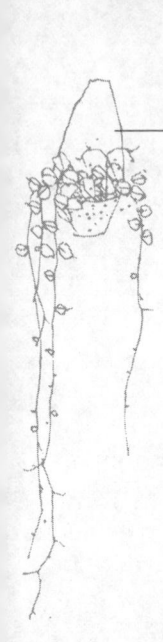

包头市，不下千百遍地找父亲的原单位，以及父亲原单位的上级主管部门——包头市城市建设局、园林管理处等，强烈要求他们解决父亲的问题，但得到的答复仍然是研究、调查、等待。不管你寄出去多少申诉材料，所有申诉材料又原封不动地返到了父亲原单位领导的办公桌上。真是呼天天不应，喊地地不灵。不管你来多少次，父亲原单位的领导都采取拖延或哄骗的办法把我们兄妹几个搪塞了一回又一回。我们曾和父亲原单位的负责人多次恳求长谈，据理阐述父亲的冤屈，最后竟发展到和他们大吵大闹，父亲的问题仍然解决不了。从1967年以后，十三年中父亲原单位的领导是换了一茬又一茬，父亲的事就是解决不了。试想，谁还愿意替别人擦屁股，就是把我们自己换位成领导，能给解决这个他们自己亲手制造的问题吗？

厂子的政治学习我非常积极，倒不是想在政治上如何进步，而是为了学习党的方针政策，特别是有关党的落实政策的内容，更是认真学习，这不仅能提高自己的政治觉悟，还提高了自己的政策理解水平。只要有时间，我和大妹骑上自行车就往青山区跑，常常是费尽口舌，就是解决不了问题，高兴而去，败兴而归。你想，错案是他们制造的，他们再来给你平反昭雪，那不是自己打自己嘴巴吗？

为了落实父亲的问题，常找有关部门反映父亲的情况，真是跑细了腿，磨破了嘴，常常是从早晨去晚上才能疲惫不堪地回来。不怕大家笑话，我们在最困难的时候，我和我父亲曾经吃过饭馆里别人吃剩下的饭、舔过盘子，当然，这些都是在别人不注意的时候悄悄来完成的。倘若不在馆子里填补些剩汤剩饭，绝对没有力气从青山区蹬自行车回到东河区的。当时自己也顾不得丢人了，心里只有一个念头，只要为了办家事，什么苦都要吃，什么罪都要受。

办父亲的事情原来没有告诉过我老伴，虽说是冤案，但那个时代谁还相信世界上还真存在着冤假错案？那时，我们刚结婚不久，我怕这件事影响夫妻之间的关系，我办家里的事情完全瞒着她。时间长了，老伴也知道些家事的前因后果，常常怪怨我没有把事情告诉她，导致两个人共同来承担的重担压在一个人身上。心烦的时候有时也和我吵架、拌嘴。自己当时的心情实在太坏，有时竟动手打架。尽管这样，办家事的决心丝毫没有动摇过。

落实父亲的问题处处碰壁，几个回合下来，兄妹们真有点心灰意冷。当时因为整个形势、大环境、大气候所致，父亲的事情在短时间内是不会有结果的，这一点二哥看得比较远，也很有政策水平。他说："如果没有新的政

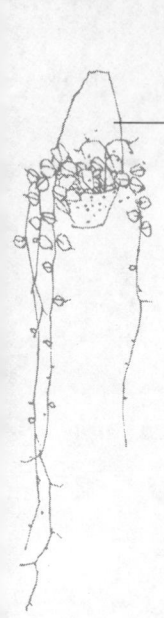

策出台，咱们的家事是肯定办不成，再努力也是瞎子点灯白费蜡。"言外之意就是不要浪费钱财和时间了。当然，二哥也有交班换岗的想法，更有冲锋陷阵的时刻让老三担当的意思。因为，在办理家事的时候，二哥已经调到巴盟报社工作，他来来回回跑这件事，力不从心，况且根据当时的有关政策，他认为办成家事很渺茫，但我不同意他的观点，认为他有些消极，只要努力什么可能都会出现。我暗暗想，我要再不坚持办家事，家事就一点希望也没有了。不管困难有多大，我一定要信心十足地坚持下去，我坚信什么事情都在再努力坚持中会出现新的转机，我不丧失信心，不气馁，一定要把这件事办成。当时所以有这样的力量和勇气，以及坚持到底的毅力，完全来源于自己对家庭的负责任和对弟妹的怜悯，更怕年老体弱的父母亲再次遭罪。

　　家事办成后兄弟姊妹都说我坚持得对。如果我不坚持不努力，家事也许能办成，但我坚信民不反映官不管，自己不坚持，肯定不会有圆满结果。

　　形势稍好些后，村里的人似乎也明白了许多党的政策，对父亲的事情也深表同情，父亲随即向队长请长假去包头办他的事情（那时的人们是没有自由居住权利的，出

门要向生产队请假)。父亲来包头后,整日写申诉书,常去有关部门反映情况,毕竟年龄大了,心情又不好,一次,为了挤上公共汽车,不小心从公交车上摔下来,幸亏没有摔伤,只是擦破了点皮,真有点后怕。闲暇时父亲也帮我们带带孩子,但他仍然坐不住,情绪烦躁,我深怕他憋出病来。听说厂区环境卫生需要人打扫,赶紧去找我的老领导高志荣(那时他正分管这方面的工作),经我把心中的担忧告诉老领导后,他爽快地答应让父亲来干这份工作。尽管这份营生对于曾长期担任园林工程师的父亲来说很没面子,但能屈能伸的父亲,居然愉快地接受了这份工作,真是站在矮檐下,不得不低头,有了这份清扫厂区卫生的临时工作,父亲这才安下心来,住在我和大妹家中继续上访告状。

在家乡父亲受到不公正的对待,弟妹跟着遭白眼,母亲整天唉声叹气,寄宿在包头的我和大妹虽说有二哥的庇护,但和父母兄妹天各一方,思念之情、牵挂之心、失落之感,常常在我心中跌宕起伏,思想情绪极为不正常。特别是经常想起小弟和小妹在老家的半路上迎接我的情形,时常一个人躲到包头第三中学的操场或后水沟等避静处发呆、叹气,失去父母这层天的庇佑,失去温馨的家,失去

岁月痕

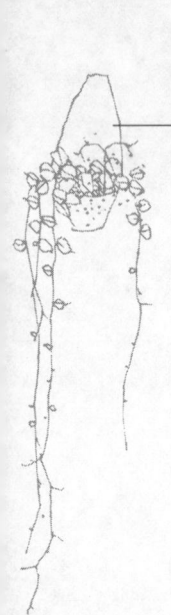

兄弟姊妹们的欢乐，我时常在想短短的时间竟发生这么多的不幸是什么原因引发的？这些在我初入社会懵懂、稚嫩的心灵中投下了重重阴影。二哥因为父亲的事几次失掉提拔的机会，我和大妹也因为家事的缠绕，身心疲惫，好工作、好机遇轮不到我们，二妹那么好的嗓子，戏演得那么好，歌唱得那么棒，就是飞不出山窝窝。这究竟是谁之过？

等待是对耐心的考验，经受住就能柳暗花明，一次次的等待是人生的一个个驿站。等待使我们变得从容和成熟，我们为每一次等待赋予意义，甚至可以把被动的等待变成享受，收获意外的果实，让等待绽成一片斑斓的风景。

20世纪70年代后期，拨乱反正，落实政策，平反冤案之风吹遍神州大地，父亲长达十三年之久的冤、假、错案终于雨过天晴，得到平反昭雪。父亲单位派人派车把我们家从南水泉村搬了回来，父亲又重新走上工作岗位，弟妹也相继被安排了工作。

十五、好事多磨 贵人相助

父亲落实了政策，家就要搬回包头，这消息实在令人兴奋不已。父亲单位派了两辆大卡车和专人去给我们搬家，我十分高兴，十几年的努力没有白费，家终于又回到了我们的身边，但遗憾的是二妹在家乡已经成亲，政策不允许她和她儿子的户口落回包头，这于情于理说不过去，她随父母回去时，不也是一个孩子吗？她是受害者。不管我们怎么说，父亲单位的领导就是不同意，原先他们就不想给我们解决问题，迫于党的政策的威严，才同意给我们解决问题。现在好容易抓住了个理由，正好为难我们。我们虽据理力争但也无济于事，只好托朋友的关系，另找找门路斡旋这件事。

正好我工作单位有个老大姐的丈夫在包头市公安局工

岁月痕

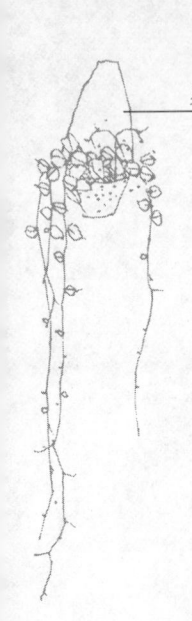

作,他叫秦致恒。老秦哥听我说完事情的原委后说:"这种模棱两可的事,给你办,有理有据,不给你办,也有冠冕堂皇的说辞。"老秦哥诚恳助人,为人实在,对朋友的事情两肋插刀在所不惜,经他四处找老关系、托他的老战友,又有党的相关政策,二妹和她儿子的户口迁移证很快就给办了下来。你要知道,那时的城市户口对于人们来说是多么重要,有了它,就是城市人口,不是农村人口,就可以找工作,就可以享受城里人的待遇。

为了答谢老秦哥,我拿了点鸡蛋和莜面以表谢意,但老秦哥再三推辞,坚决不收。他说给朋友帮个忙是义不容辞的事,是人与人诚恳交往的真诚体现,好说歹说,碍于我的面子,老秦哥象征性地勉强收了点。至今想起这件事来我都感到于心不忍,很愧疚,我确确实实欠老秦哥一个人情。但从另一个角度充分说明,那时人们的情感是多么的纯洁,人与人之间的交往是多么地真诚相待,人与人之间的帮助是那么地无私。老秦哥乐于助人的情操很像郭冬临演的小品《有事你说话》里主人翁的境界。

拿到二妹的户口迁移证后,我和小弟马不停蹄连夜坐车赶往老家。一路上,我和小弟不停地拉家常,就像滚滚黄河之水总有说不完的话。在集宁旅社住下后全无睡意,凌晨三点了兄弟俩还有知心话没说完。当时，我觉得一点也不累，也许是年轻，但更多的是兴奋，是家事办成功后的喜悦和轻快所致，是卸下身上千斤重担的轻松和自豪，确有俯身散马蹄、仰手接飞猱的美好意境。

第二天，我们又乘车回到舅舅家，借了两辆自行车直奔北水泉公社，公社负责人拿到迁移手续后二话没说，就把二妹和她孩子的户口迁移手续顺利办完。记得我十三年前回家的时候，也是走的这条路，看到什么都不顺眼，现在又走同样的山路，倒觉得分外的亲切，山还是那座山，沟还是那个沟，山上的一草一木仍然是那样朴实地生长着，但似乎有了人情味，有了亲切的感觉。山上的野花、枳芨草不住地摇来晃去，好像是对我们说久违了，对不起。

岁月痕

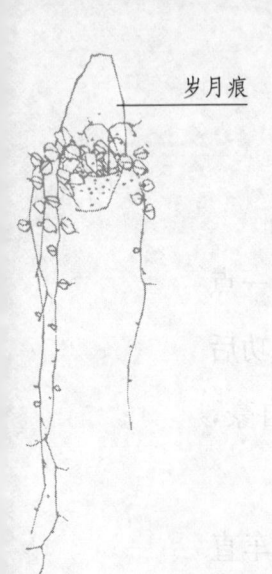

十六、亲情不容易被遗忘，只是容易忽略

浓浓的亲情在细腻的日常生活中传递着爱。

时间的流逝，许多往事已经淡化了，唯有生我的父母和我生的子女之间的这段亲情，永远也割舍不断。当然有时也意见相左、磕磕碰碰。尽管当时甚为恼火，可用不了多长时间也就灰飞烟灭了。我们离不开亲情，"犹如高飘的风筝挣不脱细长的绳线；我们依赖亲情，犹如瓜豆的藤蔓缠绕着竹节或篱笆；我们拥有亲情，犹如寒冷的小麦盖上了洁白的雪被，温暖如春，幸福如蜜"。

"父母亲的爱，就像是天上的太阳和月亮都爱着大地似的，只是表达方式不同而已，月亮用它柔美的月光普照大地，而太阳则是用光和热，滋养着大地，当透过现象看本质时，你会发现太阳和月亮的本意是相同的"。

岁月在不经意间从身边滑过，"文化大革命"毁了几代人的前途，祸害了许多家庭的幸福生活。我们家更是深受其害，十几年的颠沛流离、天各一方，使我们饱尝人间的酸甜苦辣。父母亲返回包头后，我们一家十几口人又都聚到一起，开始了亲人相聚的新生活，逢年过节的欢乐场面又在我们家中回荡。

亲情不容易被遗忘，只是容易被忽略。母亲和我们又欢快地生活了十年。她的去世（1989年7月母亲突发心脏病）很突然，我们没有一点心理准备。老人家走得很是钢骨[①]，一点也没有拖累我们，使我们心里十分难受，哪怕是为她老人家喂口水，和她说几句话，心里也许会好受些。钢骨的老人家一下子就离开了我们，一时我们实在接受不了。苦日子过完了，妈妈却老了，好日子开始了，妈妈却走了，这就是我苦命的妈妈，她的离世使我变成了没妈的孩子。尽管老人家年事已高，我们依然无比悲痛，我们自责还是没有很好地照顾母亲，如果多留意，经常陪母亲去看看病，母亲绝对不会那么早地离开我们。在平常的

---

① 钢骨：包头方言，意思是没有拖累别人。

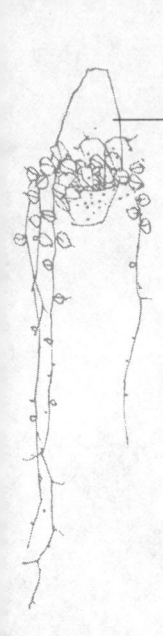

生活中我们没有真正懂得母亲的心。总以为母亲没饿着，没冷着，有肉有菜吃，有房住，有电视看，就够了，在母亲的心里，她有多少心事悄悄地藏着、压着。母亲的一辈子就是为全家人做饭的一辈子、缝缝补补的一辈子。越想我们心里越是难受，母亲跟着父亲遭受了那么多的苦难，返包头后，虽然心情好了，在物质上确实也没有享受过多少，做子女的也没有尽到孝道，没有很好地关照过她的生活，总认为时间有的是，当母亲突然走了，我们才感到世界上再没有母亲了，我们又成了孤儿。我们个个哭得像个孩子，大家边哭边说："妈，你走了，我们从此就是孤儿了。"

母亲的影子时时刻刻都在我眼前闪现，无论何时何地，我都会想起母亲那瘦小的身影、和蔼的语言、慈祥的目光，常常记得她在毒太阳下拾柴的情景，也记得在大雨如注的田间浇灌自家谷子、高粱地奋不顾身的情景，还记得她在田间锄禾挥汗如雨的情景，更记得她遭人白眼受人欺负又无助的情景，尤其记得她在煤油灯下边纳鞋底边流泪的情景。

小时候，长长的冬春之季，我们没有什么零食可解馋，这也难不倒母亲，她常把小米面加水搅成稀糊状，用铁勺盛一勺，即刻倒在饼铛上，摊成饼状，薄薄的，当地百姓称这种食品为摊花。每摊好一张，稍晾后，母亲就把摊花对折一下，便码放在坛子里，置于室外阴凉的地方。每当我们兄妹闹着要小吃的时候，母亲便从坛子里取些出来。这时的摊花金光透亮，摊花饼上的许多空隙里积满了冰凌茬子，整张摊花散发着浓浓的清香，用嘴咬一口，滑滑的、润润的、甜甜的，吞到肚子里凉爽极了。盛夏，暑气熏蒸，母亲在屋里的水缸旁常给我们备好冰糖甜草苗水，每当我们从外边玩耍回来，尤其是清晨起来，端起凉凉的冰糖甜草苗水一饮而尽，那个舒畅劲，就像喝了杯冰镇酸牛奶，更像六月天吃了块沙西瓜一样沁入心脾，母亲说这种水败火祛暑。

在20世纪60年代初的"三年自然灾害时期"，全家都在挨饿，平日里根本见不到荤腥和细粮，就连掺着野菜的玉米面窝头也要限量。父亲是家里的顶梁柱，也是家里唯一的挣钱人，母亲担心父亲的身体，每天给他单做一两个不掺野菜的窝头当午饭。可是，父亲下班回来总会带回一半，是他吃不了一两个窝头吗？不，是父亲宁肯自己挨饿也要给我们留上几口。

尽管自己已经是成年人了，可在母亲的眼里我永远是

岁月痕

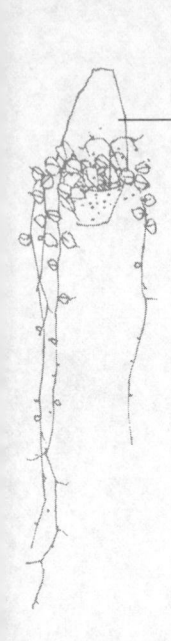

个孩子，也永远是她放不下的牵挂。每次回家，母亲总要关心着我的工作情况，要我与领导、同事搞好关系，不要计较别人的过错，能忍让就忍让，要时常记住别人对自己的好处，要严格要求自己，懂得感恩。为什么有父母的我们总觉得自己还没长大，就是因为父母还在，他们在前面给我们挡着、庇护着。

母亲经常教育我们要清清白白做人，勤勤恳恳做事，做老实人，办实实在在的事，她老人家虽然没有文化，但这些朴实却又富有哲理的教诲，使我们兄妹受益无穷，在我们各自的生活、工作中我们始终信守母亲的教诲，也确实起到了教育自己、启迪后辈的作用。

母亲对我们的爱永远铭刻在儿女们的心中。

母亲的去世对父亲打击很大，虽然他老人家身板硬朗，但我看出来，他内心十分痛苦和孤独。父亲老是单位的先进工作者，但大半生没得过太大的荣誉，没有做过值得大家都夸耀的事，也没有一段让儿女们骄傲的精彩片段，但父亲有承担，有无言的父爱，父亲是家庭的支柱，有他在才变得安逸，他为儿女撑起一片天，张开自己已经渐渐变秃、无光泽的羽翼为儿女遮风挡雨，不管心中的父亲是否高大，是否完美，父亲的存在就是天，亲情永远不

可代替。老人家多年勤于园林技艺，又没有什么爱好，去世前几年，常自己骑自行车上街买菜、做饭，偶而也去公园里溜达溜达，还能替小弟带带孩子。1997初春渐觉力不从心，7月便因病住进了包头市二医院，在医院住了近三个月的父亲，终没有熬过疾病的折磨，于同年国庆节前夕，89岁的父亲过世了。老父亲的过世，我的心里忽然就像被针扎了一下，虽然自己有家室，有女儿，可是没有了父母，还是觉得心里的天塌了！我们将再也享受不到在父母羽翼下那种无忧无虑的生活，也是从那一刻开始，我忽然醒悟，一个人要想好好地活着，不是因为贪生，一个人为健康长寿而努力，也不单单是为了自己，而是为了能好好地陪伴家人在一起呆得更久，能让孩子们多得一些爱，能让我们多享受一些天伦之乐。曾记得原东河区中医院的秦大夫给我们讲到他对子女说的话：别看你妈给我吃得好，穿得好，那都是为了你们，为你们有个家的期盼。老师的话虽有些直白，但确实是个真理。

　　父母亲不在了，我才觉得很多事没有来得及做，很多话没有来得及说，很多时间没有珍惜，很多爱没有表达，自己才感到他们存在的重要。有些亲情，拥有的时候并没有什么感觉，一旦失去才感到亲情存在的重要，此时此刻

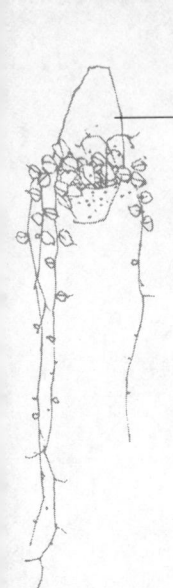

有多么的后悔呀！但愿天下所有做子女的，好好善待自己的亲人，好好孝敬自己的父母亲。好好对待生我的、我生的和陪你睡一辈子的人。

父母亲由于生活条件所限，几乎没有出过远门，更谈不上旅游观光。他们就是一心养育自己的孩子，根本没有考虑自己。父亲在世时我曾想携他去趟北京逛逛，但当时自己囊中羞涩始终没有成行，现在一想起这件事真是后悔莫及，是我今生最大的遗憾。父母亲去世后，自己彻底领悟了子欲养而亲不在那种痛苦的煎熬。

父母亲虽然没有给我们留下物质遗产，但给我们留下了一大笔精神财富，一个让我们受益终身的好家风。

我和老伴彻底想通了，好好活着是一种责任，要好好爱惜自己，要多活很多年，我们不想让自己的孩子成为孤儿，要把这个家好好地守护着，等待我们的子女感受回家的那种惬意。

前半生儿子是父亲的影子，后半生父亲是儿子的影子。

在我为人子的时候，自己与父母之间的感情，全是日常生活中的繁琐小事，而就是这些小事至今温馨难忘，始终牵绊着金色童年的梦，维系着我们这个大家庭的诸多欢乐。

我在十五六岁的时候，父亲由包头市东河苗圃调动到包头市昆区阿里特苗圃工作，那时我正好还有一年就要初中毕业，为了不影响我的学业，父母亲决定让我住校。当时包头八中并没有住校生，鉴于我的特殊情况，学校安排我和学校食堂的老炊事员住在一个房间。从那个时间开始，一直到父母亲又回到包头，这十五年我就再没有得到父母亲羽翼的庇护。初三的住校生活，虽然感到孤独，好在那个时候思想单纯，目的就是一个——好好学习。"文化大革命"开始不久，父母即被扣上了"莫须有"的罪名遣返原籍，我便成了孤儿，好在有二哥的照顾，我还是享受到了亲情的关怀。后来，二哥工作调到巴盟后，我又一次成了孤苦伶仃的孩子。虽然有二哥留下的房子可居住，但总有一种孤独的感觉，走进这个房子是我一个人，走出这间房子还是人一个。这间房子除了影子和我，再没有别的，那个时候我是多么盼望自己的父母能和我们生活在一起，哪怕是缺衣少穿、喝糊糊、捡破烂，只要我们在一起就好。可惜，命运就是那么残酷，让我、大妹和父母亲天各一方达十三年之久。

在穷苦潦倒的时候自己找到了工作，生活算是有了着

岁月痕

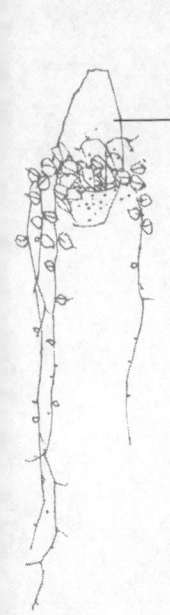

落；在苦难的时刻自己成了家，有了遮风避雨的港湾；又在艰辛的生活中迎来了女儿的诞生，给平淡的生活增添了欢乐。百姓的生活平平淡淡，就是这样日复一日地轮回着。

在我办理家事的时候，心中始终有一股巨大的力量在支撑着我，那是一种对家的留恋，一种对团圆的渴望，缀着父母的叮咛，嵌着亲情的嘱托，促使我信心百倍地办好了这件事情，终于完成了父母梦寐以求的盼望。我曾经是父亲的骄傲，母亲的自豪。父亲的冤案得到了彻底的平反，压在父亲肩背上沉重的包袱十三年后终于卸掉，当时，父母脸上荡漾着幸福笑容的情形，如烙印永留脑海，我的心中也时常洋溢着幸福。

自父母亲回到包头后，自己似乎卸下了千斤重担，觉得父母亲就在自己跟前，也知道他们生活得很愉快，我似乎又不习惯了家的牵绊。我回家父母非常地高兴，我心里也很愉悦，不知何时起，我喜欢把心事藏起来，刻意与父母保持距离，多少次看到他们欲言又止的神情，看到他们眼中流露出忧郁无奈和不解，可是，我觉得我们之间似乎有代沟，可又说不出是什么。常常是亲热不起来，却又割舍不下。也许是自己从小与父母生活的时间太少，和父母

亲交流感情的机会太少，总认为自己就是没有家的苦孩子，没有得到父母羽翼温暖的缘故吧。

其实，亲情也经不起疏远，任何情感都需要用时间去磨合，要在同一空间去培养，因为情感是娇弱的，它经不住生活中的风雨，也经不起长时间的疏远。自认为为家里解决了大问题，就是孝顺，其实，细腻的日常生活才能在无形中传递着彼此间的爱。世间的爱，温情而有趣味地轮回着。我们爱父母，也要给父母爱我们的机会，适当接受父母的给予，接受他们的经验、智慧、责任、教训，满足他们做父母的心，成全他们的爱。有时索取的目的，是要让对方知道，我们依然需要他们的关怀。父母亲是一首深奥的诗，只有久久品味才能读懂。"世界上只有生你的人和你生的人最可靠、最亲近。如何善待和孝顺生我的人，呵护和教育我生的人，不是一件简单的事情，是人生的大学问。天下和我们最亲的人，正是我们的父母，可正是最亲的父母，最容易被我们忽略"。

时间可以让人丢失一切，可是亲情是割舍不掉的，即使有一天，亲人离去，但他们的爱却永远留在子女灵魂的最深处。

岁月痕

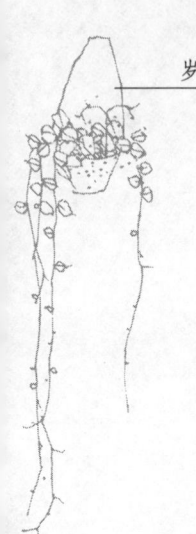

十七、陪我走过这一生的人

　　人生的另一半，应时应景地闯入了我生命的旅程。经人介绍，我认识了她：朴素大方、快言快语、心直口快，刀子嘴豆腐心，因为嘴不让人，确实也得罪了不少亲戚朋友，虽文化素质不高，但居家过日子还是把好手。

　　从相识、相恋到相拥，终于促成了婚姻里的携手同行。谈婚论嫁已摆在议事日程，那个时候，家里一贫如洗，说是新家，其实一切简单得再不能简单了，正如老包头串话所言：一门一窗地下立个水缸，人起炕光。但她并没有嫌弃这些，在她心里，只要人好，什么都会有的。

　　结婚对一个人来说，是一辈子的大事、喜事，绝大多数人是家里人给张罗操办。我没法和别人相比，父母惨遭不幸，心有余而力不足，且天各一方，鞭长莫及，他们只给我邮寄了两床缎子被面,也算是对我婚姻大事的关怀。不管这件事情是大是小,统统自己操办,买了几斤新棉花请院子里的月升嫂帮着做了被褥,在饭馆定了一桌酒席,就算是操办了自己的终身大事。家里人大都没有参加,只有大妹、大妹夫参加了喜宴,说是喜宴其实也就是一桌便饭而已。晚上厂子里的同事们来家热闹了一番,婚礼这人生最为隆重的仪式就这样草草落下了帷幕。现在想起真是寒酸至极,但那毕竟是自己人生的一个转折点。

在一个平凡的日子里,我们拥有了一个平凡的小家。我们共同守候着人类最小的社会单元,为人生创造了幸福的第一秩序——家。结婚啦,我们彼此都丢了浪漫与激情。今天重复着昨天,平淡中伴着几许无奈和茫然,没有多少新意可言,茶不求精而壶亦不燥,捧一杯清茶也能其乐融融,见花开花落也能感知生命之可贵。其实,这就是平凡的日子,这就是普通的生活,这就是我们婚后的生活,物质虽然匮乏,但精神生活却是非常丰富。

从恋人到老公老婆的角色转换,开始面对家庭琐事的纷扰,柴米油盐,锅碗瓢盆,吃喝拉撒。老人孩子,日复一日的烟火生活,让两人的感情如白开水一般,少了共同语言,没了小情小调,左手拉右手,爱人成亲人。感情不

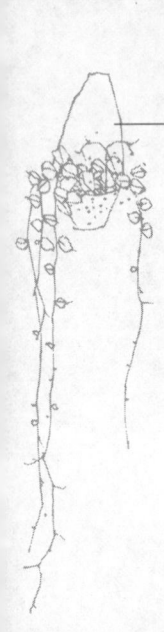

再炽热，甚至近乎冷淡。一路走来，磕磕绊绊，有时为了一点小事争论得面红耳赤，针尖对麦芒，互不相让，此时，不乏面目狰狞，不乏言语恶毒，总是将对方深深伤害，就这样热热闹闹争争执执了几十年，到了老伴时期越发无顾忌——两人手拉手去逛超市为买什么东西也会争得耳赤面红，去散步时谁走得太快、谁走得慢也要争，出门闲逛走哪条路从哪儿拐也要争。两人有时说笑，有时冷落，有时争吵，刚出门时两人还有说有笑，可是走到半路上，两人谁也不搭理谁，一前一后悠哉闲哉。就这样吵吵闹闹地一起参加同学会、退休同事聚会，去锻炼、去旅游、去参加各种活动，互相陪伴着，心里却觉得很踏实……越老越觉得唯有拉着老伴的手，才最有安全感。正如有人所说：婚姻是妥协的艺术、体谅的艺术。

爱只是醒那么一会儿，生活又回到老样子，两人看上去谈不上有多恩爱，待在一起半天也说不上一句话，但生活却极有规律。早晨，一起出门去植物园，我的步子迈得大些，她有病走得慢一些，步子碎一些，我常在几米外的地方停下来，朝后埋怨，你快点儿啊，她常笑笑，紧走几步。上午我看书写作，她收拾房间做饭，午休后送外孙上学，天气好的时候我们在公园散步。我们每天都在重复着

一些固定模式，平平安安地生活。我们的日子不算富裕，倒也过得悠然自得有滋有味，极其顺畅。

她脾气大，心眼好，疑心重，特别爱干净，常常跪着擦地，房间整理得有条不紊，衣服还没有穿脏就在洗衣机里转上了。自己身体素质差，心里装的尽是别人，对外孙子尤为溺爱，她无可救药地表现出了所有祖辈难以抑制的"隔代亲"通病，一直坚守着"浩浩"的专利权，她可以说或者骂外孙子，但决不允许任何人来指责她的外孙子，好像外孙子只属于她一个人似的。

她每天周而复始地毫无怨言为这个家做这做那，就是为了珍惜属于我们的时光，每天都在重复地做，其实就是重复着我们的幸福。而我们所谓的幸福，也就是重复这些繁琐而平凡的小事，因为平凡而更加真实，因为重复而加深了情感。

我在一本杂志上看到这样一段话："相守，坚守这份相守，需要男女双方各自做出忍让和牺牲，男女之间真正的爱情是很短暂的一种情感碰撞，接下来的，是漫长岁月里一种充满责任感的温情呵护理性相守。相爱，不难，相守，很难，相守着，并且继续温情脉脉，更难。"

幸福的婚姻是需要经营的，婚姻就像一场探戈，需要

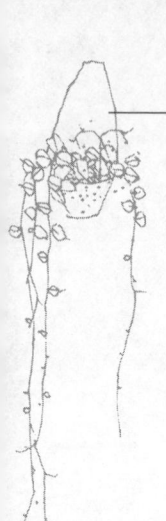

有人让、有人忍，互相配合，动作默契。被踩到脚、绊脚都是正常的。所以生活中的磕磕绊绊、吵吵闹闹在所难免。"懂社交舞的都知道探戈的舞伴是不能临时拉配的，一般都会有个固定舞伴，因为探戈特别强调默契。所以婚姻如同跳探戈，但婚姻又不同于探戈，一场探戈十来分钟就跳完了，但凡有什么矛盾，忍一下就过去了。而婚姻这场探戈，却是要跳一辈子的，所以光靠忍让是不行的。忍让了还要有剖白、沟通，否则，那就永远只是'舞伴'而修炼不到'老伴'的境界。"夫妻有争执才是正常的，相敬如宾、举案齐眉不算幸福的夫妻，说明没有思想交锋，没有个人观点，没有真情坦露。

　　相濡以沫几十年，在不经意间总有温馨的细节在潜意识中流露出来，都会从生活中不经意地跳出来。只是这些细节埋在沙堆里，秘而不宣而已。平常的日子，爱伴行其中，悄无声息，夫妻之间根本感觉不出幸福生活的存在，只有生活的异动，才让人感受到这份锦爱。妻子生病几次住院，我始终陪伴左右，本来就憔悴的她更显苍老，我一下子变得与往日不同，深深体会到健康生活是多么地重要啊！看得出，她从我焦急的神情中，读出了我的深深担心和爱意。记得我1975年患病住院，她跑前忙后，像被人抽了脊梁骨一样惴惴不安，我康复出院她欢喜跳跃，日渐消瘦的脸上还泛出了淡淡的红晕。看来，我们谁也离不开谁，一方有病，彼此都会深深地牵挂着对方。能和老伴牵手本身就是一种前世的缘分，更是一份爱，心中有了这份爱，即使再坎坷的人生旅途也会潇洒轻松走过，从此以后，再没有回头的岁月，没有后悔的时光。

让我深深体会到她存在的重要是在她的几次住院后，而且确实感到没有她是不行的，平时并不感到她存在的重要，每当她不在家里的时候，我感到十分地孤独，干什么都索然无趣，家里没有一点生气，我的生活中真的离不开她。在漫长的生活中，鉴于自己脾气倔强，不善于与她沟通，常常产生一些误会，致使她很伤心，事情过后我也很后悔，只是不好意思表白而已，但心里始终装着她，因为只有她才会和我白头到老。

生活的跌宕起伏，道路的崎岖曲折。几次疾病的折磨，让我和妻子似乎明白了许多。爱潜行在青素的日子了，常常让人忽略它的存在，可在不寻常的日子里，爱是那么光彩照人，是那么如花似锦，让人不禁陶醉，"吾之素年，谁予锦时，吾之素时，谁予锦爱。"平时不觉得，吵吵闹闹的，总认为幸福是跑不了的。一旦幸福摇摇欲坠

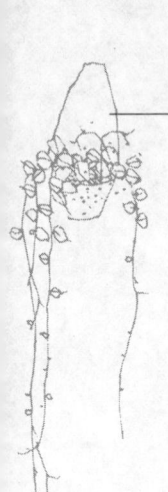

时，才感觉彼此在生命中是如此重要。我暗暗祈祷苍天保佑她平安无事，和我共享美好生活。

"其实，婚姻就像月亮。月亮还是个月亮，月月上演着阴晴圆缺，你欲乘风归去也好，对影成三人也好，它依旧不紧不慢不偏不倚，转朱阁，低绮户，亏也罢，圆也罢，不变的是淡然，不停的是它的脚步，任人们热闹也罢，清冷也罢，它独自带着一抹淡笑走过山山水水。唯有清闲能见月，唯有真情能读月，褪去浮躁，收敛欲望，像月亮一样走过沟沟坎坎，像月亮一样淡然面对阴晴圆缺，才是人生真味，才是真正的幸福圆满。"

谁曾想，近四十多年的婚姻生活就像是昨天的事，我们到了互称老伴的时候了。当婚姻磨合到互称老伴时，互相间的情感远比"我爱你"所表述的要深沉，因为两人已互为一体，你中有我，我中有你。只要老伴陪伴在侧，就是最富有的。

老伴的内涵不仅是爱，更是一种不可取缔的地位。从新婚燕尔要修炼到老伴这个级别，比从小公务员升到局级职位还要难上加难，这里得有多少包容、承担、信任、欣赏和忠诚……当两人互称老伴，夫妻之间才真正进入佳境：每天在骂骂咧咧争争吵吵中迎来阳光灿烂的新一天。

"年轻时卿卿我我、你侬我侬，中年时岁月静好、平淡相守，老年时心有灵犀、相濡以沫。千言万语的悄悄话，最后都变成默默凝望"。

老伴是婚姻生活中最圆满、滋润的境界。双双走过了千山万水，好不容易迎来夕阳无限好，却只是近黄昏，应多点厮守的时间才是最幸福的。经岁月磨砺，最终的感觉，就如左手握右手，左手右手不曾想离，你中有我，我中有你，相濡以沫，相互包容，这就是我们看到的浓浓的爱意。

"人生的路上有风有雨，有沟有坎，还有一些能吃人的豺狼虎豹，我们多么期盼有一个人能与我们一同走下去，多么想有一个人能帮我们打一下伞，扶我们一把，或者来了豺狼虎豹的时候，能同我们并肩一起战斗。可这个人就是知心爱人，一生碰到一起，就是我们的幸运，因为有了她，总是感觉自己不老，不管走多么远的路，也不会太累"。

在报上看到一副夫妻对联，写得很有趣味，其实这副对联就是我老伴的真实写照：

"说你是主人，可家庭什么脏活苦活都归你干，家里家外就数你最忙最累；

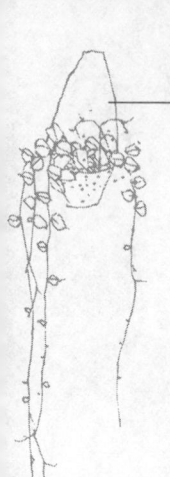

称你是佣人，却家中所有财政收入都归你管，大事小事就你一人说了算。"

下面一联又是她自己真实的做法和想法：

"身为家庭主妇，自然操一日三餐，主油盐酱醋茶，不干谁干？

既做一户管家，理应会掐算收支，管吃喝拉撒睡，无权怎行！"

我和老伴度过的漫长岁月可谓：四十余年牵手，生儿育女，事业家庭，柴米油盐，酸甜苦辣，苦也恩爱，乐也恩爱，磕磕绊绊永相依。我深深懂得"即使世界上最好的婚姻，也有200次想离婚，50次想掐死对方的冲动，所以，这世上没有什么是完美到底的，重要的是必须懂得坚守与坚持。最好的婚姻并不是不吵架，而是吵了架之后，依然很想在一起"。当人老了，爱情唯剩下一个字"守"，你守着我，我守着你，不离不弃。我们两个就像是秤不离砣，谁也离不开谁。

十八、我的兄弟姊妹们

算起来，我们家兄弟姊妹有六个，老大和我们是隔山兄弟，虽为长兄，却从来没有尽到当长兄的责任，与姊妹们感情淡漠，以往只是碍于母亲的面子勉强走动，母亲去世后，我们的关系也就尽了。

二哥是我心中最佩服的人，因为家境的原因，他只上过小学，后来经过自己的努力，文化程度竟然达到大学专科，从普通的学徒工起步，到当上日报社印刷厂的厂长，从普通工人到国家干部，都是自己严格要求自己，刻苦钻研业务知识、任劳任怨的结果。憨厚诚实的二哥人缘也极好，又喜欢施舍接济别人，所以人脉挺旺。在我们姊妹中很有号召力和威信。父亲曾经给他起过"爱群"的字，确实名副其实。在家庭屡遭不幸的紧要关头，他挺身而出，

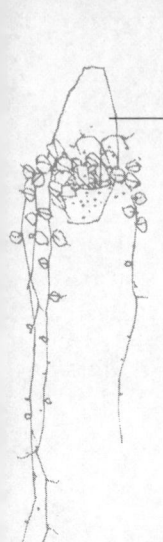

傲骨铮铮，替父亲扛起大梁，义无反顾地把我和大妹留在包头他的身边。尽管他当时的日子也不好过，但他讲义气、有责任感、有怜惜弟妹的情怀，时至今日，我对二哥的这种举动油然而生崇敬之心和感激之情，如果没有二哥的义举，我还能有今天吗？即便是最后父亲的问题得到平反，家又回来了，情况还会像现在这样发展吗？我还有现在的自豪吗？还有，二哥向来诚实助人的精神，一直是我做人的榜样。2005年，我患病想去北京进一步确诊，苦于没人同往而郁闷着急，二哥知道后，打来电话说："别怕，别为难，我陪你去。"当时，二哥也是近70岁的人啦，几句朴实的话，却铿锵有力，至今在我心中回荡，这种亲情只有在马高蹬短的时刻才会体现出来，只有自己心中才会感受到。

　　记得我上初中住校的时候，二哥就特别地关心我。那时家庭生活稍微好些，但仍然捉襟见肘，姊妹四人都在上学，家中生活只靠父亲每月60多元来维持，可见家中的拮据状况。二哥为解家中的压力，又主动承担起资助弟妹学业的担子。尽管他那时只挣40多元，但每月雷打不动，准时给我5元的生活补贴，来资助我完成学业。除了每月给钱，还不断给我添置学习用具，每个星期天，总做好吃的等我去享受。另外，还在学习方法、怎么做人、如何树立理想、怎样在社会中生存，常以一个长兄的身份，帮我指点人生的道路，可以说二哥是我从学生时代过渡到社会上的第一个启蒙老师。

二哥调到巴盟工作后，经济上略有宽裕，又把自己省吃俭用省下来的白面接济我，当时我已有两个孩子，月月不够吃，连棒子面都一月顶不到一月，加之父亲为了跑他的平反的事情，常住在我和大妹的家中，更显粮食紧缺，那时供应的粮食，每家刚好一月顶一月，加上父亲一张嘴，日子确实艰难。但自从二哥给我弄来两袋白面后，我家在吃的上才略显满足。不怕大家笑话，记得有一次，家里放的玉米面有些潮，确实有些异味，女儿拿着去换钢丝面人家说面有问题，不给换，急得小家伙小嘴一撅一撅的，没办法我只得厚着脸去换了些豆腐，才解决了一家的午餐问题。

大妹性情高傲，性格开朗，喜欢直来直去，只要是看不惯的事情敢说敢当，脸能拉下来。谁曾想一个连初中都没有毕业的人，居然敢去小学当老师，而且据学生家长反映教学质量还不错，真让人刮目相看。后来，她自己感到知识的贫乏，主动参加了教师在职继续教育培训学习，才

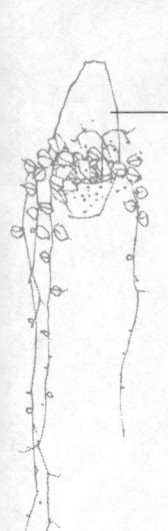

颇感自己的学识有了很大的提高,凭自己的本事还当上了校长。退休后,她不甘寂寞,自学绘画颇有成就,她家墙上挂满了她的白描作品,令人赞叹不绝。我们家的孩子都有天赋,只是生不逢时,没有得到深造的机会和提升的机遇,智慧没有很好地发挥出来,从大妹身上可窥见一斑。

我和大妹寄居二哥家后,二哥又调到巴盟工作,我只好和大妹继续在包头二哥留下的房子里相依为命,虽说二哥也给我们留下了生活费,我俩的生活依然艰难,靠糊信封、锁书边、做泥水小工为济生存。大妹结婚后,仍十分关心我这个生活在极度贫困艰难中的为兄者,只要有好吃的,就想起了我,常常把一些好吃的东西给我藏放在我住房门前的小凉房里,有时候,我好几天不回去,那些好吃的就坏了,真是太可惜了。到现在回忆起来,那时我们姊妹们的情谊特别浓,也特别纯真,彼此的关心和照顾是发自肺腑的,而且走动得特别勤,虽然当时物质生活特别贫乏,但我们的精神生活是非常丰富的,内心充分享受到充满了亲情的那种温馨。我想只有在心里能装得下他人苦难的人,才可以在爱的延长线上,在善意的宽广胸怀里,捕捉到比别人更多的快乐和幸福。现在各自的生活都好了,却再也找不回当初的那种真诚的情谊。

二妹天赋很高，尤其天生一副好嗓子，唱歌特别好听，在老家待的时候经常去各公社调演，可以说是当地的名角。可惜，当时生存在大山沟里，一代郭兰英第二的好苗子就这样被埋没了，大家真替她惋惜。当时的政策是绝不允许像我们这些所谓的"黑五类"子女占有这些好事的。二妹还做得一手好针线活儿，经她手做出的针线活跟缝纫机做出来的相差无几。会为人处世也是二妹的强项，特别能和人拉家常，沟通乡里乡情是她的拿手戏。她也会关心人，在针织厂上班期间人缘极好。退休后，生活极为规律，经常参加老年合唱团，学会了太极拳，已经花甲有余，但身材苗条、一点也不显老。

小弟在我们家是最小的，从心里说我最亲他。有一次在一家餐馆就餐时，一个长相极像小弟的讨吃的向我乞讨，当时我心里在流血，眼圈里也转着泪，毫不犹豫把自己仅有的十斤粮票和两块钱给了他，要知道，这些粮票和钱在当时来说是多么地重要。当那个极像小弟样的他走后，我心里久久不能平静，老家的小弟和父母亲也会是这样吗？我要是办不成家事还算张家子弟吗？我暗暗下定决心，办不成家事誓不为人。

在老家小弟受了好几年罪，爬坡上梁和父母们同度艰

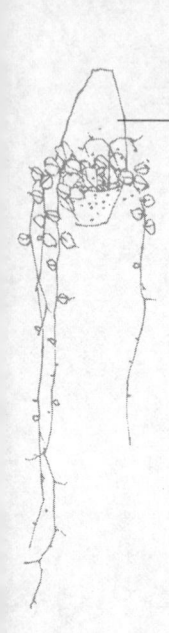

辛，为老人们排忧解难，在这点上我很感激他。因为当时有他在父母身边，父母也算有个照应。我回老家几次，看到他悲观的情绪甚少，常和村里的孩子说说笑笑，也许，是当时他的年龄小，没有社会经验和责任，别看当时父母的状况不佳，但他还是能庇护在父母的羽翼下，颇感温存。回到包头后，他接父亲的班到劳动公园上班，主动学习园艺颇有长进。调包头宾馆后，花卉栽培、插花等技艺更是不凡，曾经得到不少奖项。只是在处理家里的事情上有些独断，没有把自己和姊妹们的位置摆好，也不和大家商量自作主张，伤了大家的和气，姊妹们颇有怨言。几年来，他似乎悟到了其中的原委，主动和姊妹们沟通，大家又相好如初，真是亲家恼不到头。

感情原来是那么脆弱的，经得起风雨，却经不起平凡。

细细想来，有些话埋藏在心中好久，没机会说，等有机会说的时候，却说不出口了。后来，我对一些事情想得开，不管别人怎么想、怎么说，我坦坦荡荡。只要想到是替父母亲扛责任、尽义务，心中更加坦然。

时间见证了我们的成长，也见证了我们的感情，好在我们都不会放在心上。各自成家立业后，彼此都有了责任

感和小家庭的累赘，平时各忙各的，逢年过节才聚到一起谈天说地，倒也倍感亲切。也不知道是什么原因，有几年姊妹们渐渐地来往少了，心与心的沟通几乎没有了，每个人都显得有了心事，但谁都没有把话说出来，有时候互相有些猜疑或者话不投机，加之没有父母这片天的存在，走动越来越少，有时就是电话也很少打一个过来。逢年过节礼节性的拜访，只是像对待一个永远割舍不了的牵挂，但从不愿人为地拉近彼此的距离，亲情似乎仍然存在于哪个久远的回忆里。

  也许大家的生活都好了，彼此用不着互相照应和帮助，也许我们的年龄都大了，身体不如原先好了，懒得走动了，也许都喜欢清静。不管怎么说，每个姊妹都有了自己的事业、家庭，只要大家各自过得好，这比什么都重要，何必在乎来来往往分分合合？成群结队的大雁南来北往，所以排成人字形、一字形，是在巧妙地利用互助力。翅膀硬了就可以在蓝天上自由翱翔，但互相借力不是可以飞得更高更远吗？我在看《年轮》电视剧时，常被剧中刘振生那种哥们义气和肝胆相照的举动感动不已，可以说是心潮澎湃，人家还不是亲兄弟，竟然比亲兄弟还要亲。

  记得我还在卫生局上班的时候，接到大妹的一个电

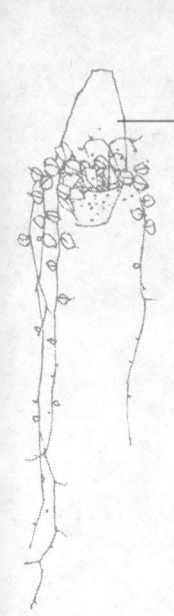

话，她用深沉的口气和我述说着姊妹间的来来往往，她说，虽然我知道你有满肚子的委屈，小弟有他不对的地方，但咱们当兄的当姐姐的还有什么不能原谅他的吗？说着说着她就伤心地哭了，最后竟泣不成声。我在电话这头也满含着泪珠，是啊，麻绳草绳能断，这肉绳怎么能断，我们是一母同胞，就说有再大的意见，也应该坐下来协调解决，国家那么大的仇恨还能解开，何况咱们老百姓，更何况咱们亲姊热妹。我们兄妹在电话上足足谈了有四十多分钟，电话两头全部充满了伤心的腔调，放下电话，我陷入沉思中，心中久久不能平静，想到周围同事们姊妹们常来常往亲密无间的样子，想到我们兄妹间的交往，我们究竟有什么解不开的硬疙瘩，泪水不由得流了下来，此时此刻的心情正如有部电视剧的主题歌："泪蛋蛋本是肚肚里的油，心里头受压它才往出流，流出的是愁和苦，咽下去长出硬骨头，人生沟沟坎坎多，再也不能这样活，虽说人们爱流泪，一道泪蛋蛋解一段愁。"

后来，虽说姊妹们自觉开始走动了，竟找不到先前那种纯真的亲切，似乎有些做作，有些拿捏，有些取心，估计彼此的心灵上都落下了不该有的阴影，就像一件价值不菲的瓷器上落上微不足道的疵瑕阴影一样，无法弥补它本来的价值。但我觉得只有时间才能让我们重新走到一起，重新找到原来那种纯真。

亲情之间再大的冤屈、再多的不满，也要静下心来，思前想后，站在别人的角度去想问题，要想公道打个颠倒，一旦有了创伤就再也找不到最好的医生来疗伤祛疾，即便是疗好了伤医好了疮，但总会留下瘢痕的。其实，在些无关紧要的分歧上，与亲人之间最好不要争辩，即使真理在你这边，也不要为此而争辩下去，如果较真，往往是你赢了真理，却输了与对方的相亲相信相助的真情。

不论一个人独处，两个人促膝，还是一家人志同道合，兄弟姊妹情谊就是一杯朴实的香茗，让人沉淀、坚强。

拥有兄弟姊妹的人生不再孤独，不再寂寞，烦恼时情如醇绵的酒，痛苦时情如清香的茶，快乐时情如欢快的歌，姊妹兄弟高举美酒，浅斟细酌，用时间来酿，用真情来品，方能回味生活的温馨与美好。

2012年，大妹的两个女儿提出倡议：为了我们这个大家族的兴旺发达，也给老一辈、小字辈提供一个述诉亲情的氛围和平台。大家族里的每个家庭每年轮流做东聚会一次，她们的倡议得到我们每个家庭的响应和践诺，姊妹们

岁月痕

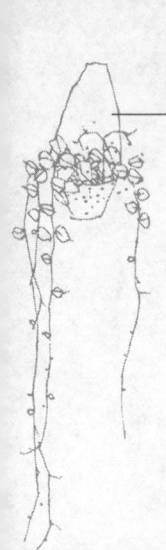

的浓浓情谊又被激活并融合到一起。在心灵之上，手足之情确实是悠长生命的起初，然后越过大半生的青春与中年，又在最后成为相互支持的陪伴者。

"一个人活在这个世界上，不管你是微不足道的小人物，还是举足轻重的大人物，只要有人存在于你的周围，你就会成坐标中的一个点，而这个点必然有着纵向或横向的联系，于是就构成家庭、邻里、单位等各式各样繁复的感情关系，这就需要我们用坦诚的心面对一切，善待一切。敞开自己的心扉，容纳所有不能容忍的事，用善意解释一切、理解一切"。

十九、朋友是旧房墙角的一坛老酒

人这一生都会有许许多多的朋友，真正的朋友，恐怕要算"总角之交"、"竹马之交"。这样的朋友敢说心里话，可以毫无顾忌地谈天说地，也能随心所欲地把一些对别人不敢说的话说了出来。人与人，从相识到相知，时间是最好的检验，从稚童时代开始，我不断结识结交新朋友，新朋友成了老朋友，老朋友成了一生的至交，人际与时间的融合，形成了可触摸的真情，地久伴天长，朋友多了路好走。

年轻时因为阅历太浅，常常交友不慎，吃了许多"朋友"的苦头。慢慢地自己才懂得，世上并不是所有人都可以成为真朋友的，不是朋友并不要紧，保持宽容的心态，一般的接触和相处还是可以的。没有必要把自己的生活空

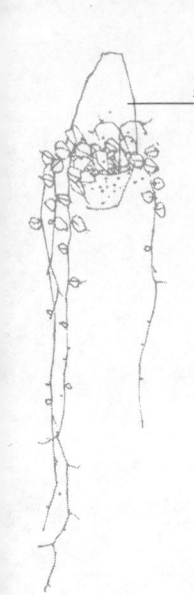

间弄得那么狭窄。自古以来，交友就有明确的标准：以德交友，患难与共；以诚交友，肝胆相照；以道交友，其乐融融；处朋友就像沙里淘金，剩下的就是最好的。能找到百分之五能改变你一生的朋友，也就等于找到了自己的贵人。每个人都值得花时间找到自己的贵人，然后紧紧跟着他前进。"朋友的高度就是你的高度，朋友的高度决定着你的高度，而且人的一生中也就一二个朋友在左右着你。"在人的一生中，朋友的影响有时会超过父母、兄弟、夫妻、师长。人们在学问、修养和事业上都离不开朋友的切磋、砥砺、支持、帮助。友谊像一盏明灯，令人的生活备添光彩，使人快乐、积极、奋发。朋友是一杆标尺，朋友又是把量尺，对方要度量你，你也要度量对方，俗话说，朋友多了路好走，然而在朋友给你路的方面不可提出过高的要求，否则，你就不够朋友，我们要敬着朋友，时刻用尺子量一量，以免给朋友提出力所不及的为难之事。

"物以类聚，人以群分。"什么样的朋友，就预示着什么样的未来。如果你的朋友是积极向上的人，你就可能成为积极向上的人。假如你希望更好的话，你的朋友一定要比你更优秀，因为只有他们可以给你提供成功的经验。"人生难得一知己"，人这一辈子要交到几个挚友，是很难的，要靠攒。那些经历过时间、时势的洗刷而"幸存"下来的几个人，才是你真正的朋友。要像农民兄弟用一个鸡蛋一个鸡蛋攒下养老本钱那样，用心用情乃至用生命去守护这种情感。淡若水的君子之交，平淡、清纯，但却真实、亲密而长久，这样深挚的友谊是最感人的。

人生的旅途崎岖坎坷，甚至荆棘遍布，在坦然相处的征途上，总会遇到这样那样的同学、战友、老乡、同事与你结伴同行。生活中有许多困难、许多事情需要朋友伸出援助之手，但帮多帮少那是朋友的情谊，不帮也在情理之中，我们不可强求。

友情是清清淡淡的水，清清爽爽的风，是寂寞时的一份心之寄托，是痛苦时一剂慰心的良药；友情不为功利没有虚名；友情是以心灵沟通为基石的给予。亲朋好友只是一场缘分，不管这辈子相处多久，都要珍惜这段缘分。

朋友是平等的，这种平等并不一定是指金钱和地位，更应看精神与人格。"朋友是旧房墙角的一坛老酒，静默忠实地守住一方醇厚与清辉，从来就无需想起，但永远也不会忘记，无论何时开启，总会沁人心脾。"人走茶凉，物是人非，也不必伤感。亲朋好友之间最欣慰的是彼此间心心相印，但却不需用言语表达。不要太在意，太在乎，

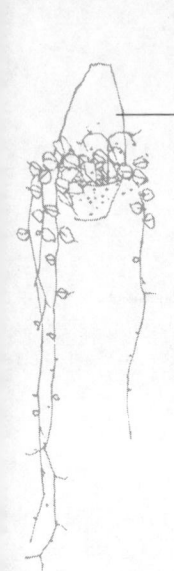

真正的朋友一定会在骨子里肯定你的。明朝的苏浚将朋友分为四种："道义相砥，过失相规，畏友也；缓急可共，生死相托，密友也；甘言如饴，游戏征遂，昵友也；利则相合，患则相倾，贼友也。"他提倡多交益友、畏友、密友，千万不要交接贼友。

生命在于运功，资金在于流动，老朋友应当经常走动交流。那些和自己一辈子都要好的朋友之间，其实是有距离的。这个距离，不远，也不近，不疏，也不密，是一颗心对另一颗心的不绝欣赏，是一段情对另一段情的永恒仰望。与朋友交往，需要酒一样热烈的情怀，也需要小桥流水一般缓缓的感情渗透，默默的心灵沟通。真正的朋友是"欢乐时刻想与之分享；沮丧的时候想与之倾诉；艰难的时刻想与之磋商；绝望的时刻想与之托孤；而平静的时刻又常常想起他们的音容举止"。

"生命中总有一些来来往往的人，就像我们走路时马路上的那些过客，有与我们背道而行的，也有与我们走在同一个方向的。与我们背道而行的，也许我们瞬间即忘，也许在生命的某一天，我们还会偶尔地想起一下而已，他们在我们身后越来越远。即使因为某些原因又重新折回来，可是因为相隔得太远，再努力恐怕也无法追得上。那些与我们同行的，有的与我们擦肩而过，有的也许会陪我们走一段距离，但时间都不会太长。人生的道路上岔口太多，在每一个路口，我们的选择都不会相同。你选择了这条路，他选择了那条路，于是，我们只能分手。新的路口上，当然还有新的同行者，可也还会有新的岔路口。也许，我们选择的本应该是另一个路口，可是在路的那边，我们却看到一个驻足等候你的人，那竟是我们梦里出现了千百遍的那个人啊！惊喜地跑过去，以为那个人是在等我们，可后来才发现，那个人等的却是另一个人，或者是我们根本认错了人，我们只能沿着这条我们并不想选择的路走下去。有时在路上，我们也想停下来等等某个人，但等来等去，那个人总是不上来，或者是终于等来了，不是人家熟视无睹地走过去，就是人家早已有了另一个同行者，我们只好一个人重新又上路，沿途的风景，也许因此而好长时间也不想好好欣赏。更多的是那些仅仅陪我们走过一小段距离的人，那是我们的朋友，我们同样感谢他们，他们陪我们渡过了某一个难关，或者仅仅是在一段风景不错的路途上，他们同我们一起笑了一会儿，我们同样感激他们。我们就这样走着，那么长的人生岁月，竟然一晃而过了"

岁月痕

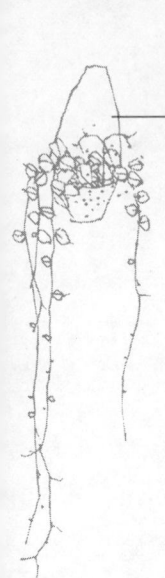

　　人活在世上，如匆匆过客，倏然几十年光阴化为云烟从指间流过，在人生的舞台上，每个人何尝不是遵循着一个既定的轨迹，或深或浅的足迹中，默默完成自己人生扮演角色的转换，而在每个人生角色里，总会有相关的人来牵着你的手，无论是刮风下雨，漫长或短暂。

　　我们中国有句古话："近朱者赤，近墨者黑。""走多远，在于你与谁同行。如果你想展翅高飞，那么请你多与雄鹰为伍，并成为其中的一员；如果你成天和小鸡混在一起，那你就不大可能高飞。犹太经典《塔木德》里有句话：'和狼生活在一起，你只能学会嗷叫。'同样，和优秀的人接触，你就会受到他们良好的影响。与一个注定要成为亿万富翁的人交往，你怎么可能成为一个穷人呢？"

　　朋友，不一定要交有钱有势的，但一定要交有情有义的，不一定要交形影不离的，但一定交心里有你的，落难了不袖手旁观，寂寞了不远离视线。

二十、社会阅历的积淀

1981年以后，包头国营针织厂的光景越来越不景气，三年换了六任厂长，按时开不了工资的事常常发生。对于每个月主要靠四五十元工资维持生活的职工们来说，工资拿不到手，不免人心惶惶，大家纷纷托关系找门路调离该厂，这种想法在许多职工的脑海里翻腾，其中我也有同样的想法。

这个厂子毕竟是自己工作了近二十年的单位，我和这里的干部、工人师傅们结下了很深的友谊，一想到调离，心中像打翻了五味瓶一样，酸苦甘辛咸皆俱，况且我为之献出过青春、流过汗水，确实有点舍不得离开这个养育我的热土地，但迫于生活的压力，我还是在王信老同学的帮助下调到了新的工作环境——九原区卫生局。

岁月痕

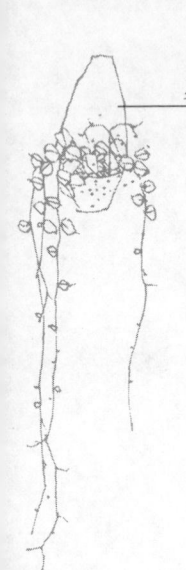

　　王信和我是初中的老同学,因为都喜欢文学,我俩曾起过"波澜壮阔"的笔名,王信用"波澜"为笔名,我以"壮阔"为笔名。我俩常在学校的墙报上发表文章。我们曾经是学校"文学界"的"知名人物"。由于情趣爱好相投,初中三年,我俩一直是要好的朋友。后来,我家惨遭不测,只好辍学。还是王信帮我开到了退学证明书。

　　"文革"后期,王信回到了原郊区的前明乡的交界营村务农。出于对生活的热爱和对文学的追求,他坚持自学文化知识,不断钻研文化理论,严格要求自己。他教过书、当过原郊区纪检书记、原郊区人劳局局长、原郊区公安局政委、原郊区法院院长等部门的领导,他勤勤恳恳地工作一步步走到领导岗位,是我们同学中的佼佼者和学习的榜样。

　　我的新工作单位坐落在九原区沙河镇建新街坐南朝北的一栋房子,是一个规整的颇为整洁利索的小院落。这栋房子南面有片空地(毗邻是九原区卫校的后墙),局机关的人称这里为后院。空地里栽种着十几棵果树,果树的四旁用细竹竿扎着篱笆,篱笆下种着石竹竹花,南北相通的过道两侧密植着小榆树。前院种着油松、榆树、榆叶梅、野山桃等树,花池里还培植着芍药、牡丹、连翘、丁香、

牵牛花等十几种药用花卉。整个工作环境显得格外干净安静。

立春过后，用不了多长时间，竹篱笆下的石竹竹花争相斗艳开得正浓，为这个机关迎来了早春的喜悦；4月初，西墙边的山桃花便绽放出绚丽的花朵，柔润的枝条迎风招展，把树下的假山映衬得分外潇洒；南墙边的榆叶梅正含苞怒放；不久，连翘、丁香、芍药、牡丹、女贞子，苹果树、梨苹果等也相继开花，尤其在挺拔昂首、葱葱郁郁一溜儿油松映衬下，庭院彰显盎然生机。仲夏时节，前院花架上的草花姹紫嫣红，院西墙处的假山虽说小点，却也玲珑乖巧；花池上的蓬头向四处喷射着绵绵的、薄薄的水帘，细细的水珠在阳光的折射下，时而可见隆起的彩虹，此时此刻的局机关被装扮得尽呈芬芳，分外娇娆，用世外桃源来形容局机关的环境毫不夸张。凡来这里办事的人都啧啧称赞这里的环境太美了。

工作累了的时候，凭眺窗外云卷云舒，闲看庭前花开花落。抬头望望窗外嫩绿柔软的果枝上点缀着数不清的花蕾，忙碌的蜜蜂蝴蝶飞来飞去，一丝清风吹来，枝叶随风飘逸，心情极爽；出去散散步嗅嗅丁香、连翘花的芳香；看看两个大鱼缸里的睡莲，大而碧绿的叶子铺满缸面，其

岁月痕

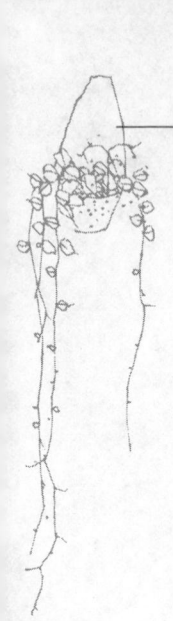

花虽不大却亭亭玉立；缸中的鱼儿或上或下自由自在地欢腾着……下雪天，局机关的院里院外铺满了白雪，假山上、屋顶上、树杈上全是白茫茫的一片。大家动手扫雪、堆雪人，调皮的还给雪人按眼睛、围红色的围巾；偶尔也打打雪仗，雅兴不亚于孩提。每每想到这些，自己心里美滋滋的，终于找到了一个好的工作环境，且工作岗位又和自己的专业相关，心中甚为惬意。

局里的工作人员也就是十几个人，负责辖区（2244平方公里）内21个苏木、乡、镇卫生院和区医院、区保健所、区防疫站等医疗卫生工作。

新的工作单位对我来说相当陌生，人生地不熟，常被下意识地认为是"空降兵"，因为自己原来并不属于当前这个团队，也就是说，在这个团队中原来并没有自己的位置。因此，在团队内老资格人士眼中，"空降兵"并不只有头衔上标明的那个位置，他还有一个非常显眼的位置——"外人"。要尽快摘掉"外人"标签，换上"自己人"标签，什么都得从头开始，就像自己又上了新的战场，开始重塑一个崭新，甚至自己不认识的自己。面对同事，端茶递水、扫地擦桌、跑前跑后，热情有加，就为落个人缘好。面对领导，满面春风，说啥是啥，让干什么就干什么，只为留个好印象；面对工作，废寝忘食，加班熬夜只为创个好业绩，这样做的目的就是赶快让自己换掉"外人"的标签。

当人们互相熟悉了，日常心情怡然自得，但始终弄不明白人与人之间关系的建立、发展和维护，老觉得和其他人之间存在着一道看不见的屏障，别人也常常把我当外来户。慢慢地，自己才从懵懵懂懂中醒悟：原来，在我们工作和生活的中间还存在着许许多多的圈子。你自觉自愿融入其中也好，你半推半就稀里糊涂也罢，圈子都在你左右，包裹着你，熏陶着你，不知不觉改变着你。

人生是个圆，有的人走了一辈子也没走出命运画出的圆圈，他就是不知道，圆上的每一个点都有一条腾飞的切线。自古至今，有人群的地方就有圈子，正所谓"物以类聚，人以群分"。但对大多数人来说，加入圈子并不是最终的目的，"选择圈子"比"进入圈子"更重要。因为，选择圈子的过程，就是一个自我认识的过程，只有清醒地了解自己以及自己所处的社会地位及兴趣爱好，才能选对圈子，进而才能在圈子中享受社交的快乐。

因此，和什么样的人交朋友，又和什么样的人组成圈子，怎样走进圈子，又怎样组成圈子，是一个很值得人们

岁月痕

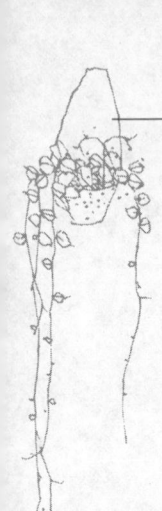

严肃、认真地思考和对待的问题。

　　美国前总统西奥多·罗斯福曾说："成功的第一要素是懂得如何搞好人际关系。"而搞好人际关系最捷径的就是圈子。找对圈子、搞好圈子、维系好圈子，这是搞好人际关系的立足点和出发点。生活就是自己跳出一个圈子又进入另一个圈子的反复。人们不断地选择着圈子，也不断地组成圈子，营造适合自己的圈子，在圈子里寻找寄托，圈子对了，事就成了。但圈子不是一个很稳固的社会群落或者单位，它是很脆弱的，因为它的组成分子之间的联系是很松散的，这是我后来才琢磨到的。"人的一生，就是不停寻找的过程。也就是寻找圈子的过程，'寻'的目的是'遇'，却不一定能达成目的，因为'寻'是常态，而'遇'则需要机缘。寻的方向错了，遇到的可能并非心中所想；方向对了，也可能因为懈怠与粗心而错过。寻和遇的境界，辩证而玄妙，身在其中难免有所疏漏，跳出其中却往往有所顿悟。"在自然界人的力量很小，只有汇聚了旁人的力量才能强大，人如水滴般，虽渺小，但聚集起来也会是浩瀚的大海，所以，人还是要有圈子的，利用圈子的力量，才能不断使自己羽翼丰满，有所作为，但选择圈子是件很不容易的事情。

人们为了加入到一个新的圈子里，会自觉不自觉地放弃个体独立而纷纷戴上假面具，这样才会融入某个群体或某个圈子中去，我这个人始终保持内心和外表一致，所以，有些圈子会离我越来越远。每个人都有自己的人际圈子，有的人圈子小，有的人圈子大；有的人圈子能量高，有的人圈子能量低；有的人会经营圈子，有的人只顾低头苦干不会经营圈子；有的人依靠圈子左右逢源、飞黄腾达，有的人脱离圈子捉襟见肘、一事无成。

有圈子是好事，让人有个整体意识，懂得合作，让人对自己有个约束，懂得忍让，圈子能代表自己，自己不能代表圈子，只有更好地完善圈子，自己才能过得更好。

有圈子也是坏事，常常让人得意忘形，陶醉在圈子里，以为自己所在的圈子是一切，大过了天。

三国伊始，刘备就和关羽、张飞"桃园三结义"，之后，三兄弟便如亲兄弟一般，相互扶持，共同患难。二弟、三弟见证了刘备的落魄与崛起，危难之时依然不离不弃，这是难得的兄弟亲，也是他们三人缔结圈子的根基。后来，刘备颇为赏识赵子龙，也十分器重诸葛亮，这等谋臣良将极为难得，但无论是赵子龙还是诸葛亮都无法融入刘备三兄弟的圈子，因为他们三兄弟的圈子早已根深蒂

岁月痕

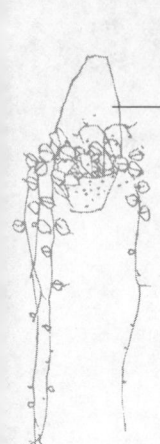

固,不容他人越雷池一步。

人是生活在一定的圈子里的,离开了旧的圈子,就会不自觉地加入新的圈子里。在每个圈子里,有温情,也有排挤;有小算盘,也有大胸怀;有原则性,也有潜规则;有训斥,也有诚恳;有隔膜,也有化解,在许许多多的圈子里充满了希望、期待、陷阱、羁绊……

"圈子的修炼和个人成败息息相关,没有交际能力的人,就像陆地上的船,永远到不了人生的大海。"在工厂工作时,工人老大哥憨憨厚厚,特别好交往,有事直来直去,爱就是爱,恨就是恨,从不藏着掖着,有话就说,有屁就放,干脆利索,从不掩饰自己的心扉。时至今日、我仍然十分怀念在工厂的那段时光和经历。

信仰和自信是我人生的圆心,心灵是生活的半径,半径越来越短,生活的圈子也随之慢慢变小,我在自己的圈子里走来走去,却永远跳不出自己给自己设定的圈子,试想,能跳出自己设定圈子的又能有几人?

我的酒量不大,一小杯而已,但为了能尽快融入到一个圈子里,我开始学着喝酒,唱酒歌,也曾经喝得昏天黑地,醉得东倒西歪,但仍然在这个圈子的边缘上徘徊,始终找寻不到进入圈子的巧妙和捷径。

我十分怀念20世纪70年代喝酒的情形：那时，我的日子过得很窘迫，两口子的工资加在一起还不足八十元，要维持一家四口的生活，还得接济父母些许，日子相当拮据，囊中羞涩时时捉襟见肘。偶尔炒个白菜，拌个菠菜，调个豆芽，到小卖店买上一二两薯干散白酒，邀三俩知己，心扉敞开，推杯换盏，也能喝得香喷喷的，且喝得逍遥自在。用白薯干酿制的酒，酒烈如火，刹那间的快感，是不错的，但爱上头，尤其多喝两口以后，脑袋是很不舒服的。那时，几乎买不起瓶装酒，更甭说名酒啦，喝不起佳酿，浊酒一盏，也可买醉。那时日子苦，可心里甜，没有任何心理负担，喝什么吃什么心里都舒坦。后来我们的生活渐入佳境，好酒名酒，也非可望而不可及了，但我老是喝不出什么味道，倒是十分怀念价廉物美的散白酒，这是曾经陪伴我度过艰辛岁月的酒。

趋利避害是人的一种本能选择。"越来越多的人，再没有最初的真诚，而是为了尽快融入一个群体中去，纷纷戴上了恭顺的面具，争相说着言不由衷的话，面具之下是离心离德。古人说，相由面生，面具戴久了，渐渐地，面具代替了内心的真实想法，人也渐渐地同化于面具，从分裂与融合，这一巧妙而可悲的旅程，可能都发生在我们每

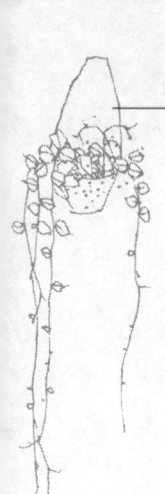

个人身上。真面示人,不装、不戴面具,人们才能互相看到对方脸上真实的容颜,真实的和谐也将成为人与人之间的最大动力。"

在识辨圈子的过程中,经常谨小慎微,如临深渊,如履薄冰,不知不觉还是走错了门槛得罪了人,自己还蒙在鼓里不知怎么回事,别人已经给你下了绊子、设了陷阱,就等待你倒霉败兴。在圈子重叠,或处在各种圈子边缘环节之中,是件最苦恼的事情。那时,你分不清东南西北,闻不出香臭、辨不出好坏……迷茫、徘徊一直在心中萦绕。

堂堂正正做人,清清白白做事,好好工作、认真办事,是我做人的原则和底线,不管自己升不升迁,不管自己干什么工作,原则和底线是要始终坚持的信条。人有所失必有所得,上帝为你关住一扇门的同时,必定会打开另一扇窗,某人曾经点拨过我,但初涉入新圈子边缘的我,根本不知道水的深浅和用意,以致丧失了机会。其实,一点也不用可惜,那种机遇也许还蕴藏着祸根,只是时候不到而已。

没有圈子的庇护,常会遇到误解、冷遇和不被尊重,也会受到排挤、压制和打击报复,还可能会遭遇不公、陷

阱以及暗箭冷枪。尽管这样，那样的圈子自己始终是不会加入的，因为在自己心中很鄙视这个圈子里的人，但这个圈子就在你的周围，你时时都有受伤的可能，只要做好受伤的准备，就什么也不怕，因为受伤也是生活的一部分。

"纯净的圈子，风格都淡泊，只是喝喝茶、聊聊天，然后鸟兽散，在这样的圈子里，你是轻松的、自由的，完全不用设防的。远离圈子与亲近圈子一样都有技术含量"。

"由于有了命运的沉浮，有了人世的冷暖，简单的过程变得跌宕起伏纷繁复杂。简单是生命留给这个世界的美丽形式，而复杂，是生命永远无法打捞的苍凉梦境。"不管道路怎么崎岖曲折，但一路上的风景还是美好的，自己没有多大本事，所以子女们自觉努力，没有靠我们，他们自己精心创造的事业养家糊口已经不是主要的，对社会要做出贡献，对父老乡亲有所报答才是他们的真正目标。

在我的工作当中有好多经验值得借鉴，但这些经验都是失败经验，总结这些失败的点点滴滴只是启迪后来者，让他们少犯或不再走这条很难成功之路。但失败也是经验，也值得我们去借鉴和学习。

我是个再平凡不过的人，可是从未放弃过心中的美好希望，从未因失败改变过梦想。受过很多伤，碰过许多

岁月痕

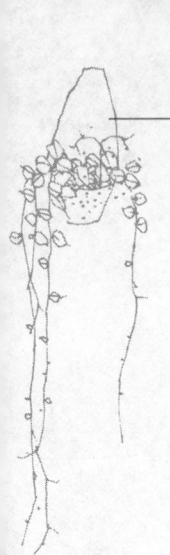

壁，才"悟"到真正的人生哲理和做人做事的原则，可时过境迁，自己已经"误"了许多许多，但天下事有所失必有所得，智慧人生，品味舍得。所以敢把心中感悟写出来，是供我的亲朋好友有所觉悟，能正确选择圈子，加入自己认为愉快的圈子，少走弯路。

　　生活的圈子就是这么现实，无论你再怎么努力地生长，都是在自己的圈子内有限度地生长，真要冷不丁疯长出圈，要么被掐去圈外的枝头，要么被连根拔除。圈子既给你提供生存的空间，同样也限制了你，局限了你，你习惯了这个圈子的同时，这个圈子也要死死地圈住你。

　　地球是个圈子，宇宙也是个圈子。因此，圈子的局限性是普遍的，永恒的，唯物的。

二十一、曾经为光明事业奋斗过而骄傲

初识"神医"张朝聚

记得在包头市针织厂卫生所当小大夫的时候，常能听到职工们异乎寻常的传说：河西达旗大树湾有个眼病神医，叫张朝聚，专门看眼睛，眼睛看不清能手术，眼睛瞎了立马换个狗眼珠子，就能看见东西。这种传说在包头，尤其是东河区民间传说得沸沸扬扬，厂子里常有不少眼病患者慕名前去，治好病的人确实不少。

对于求知欲望特强的我，曾常常暗自嘀咕：毗邻有这么神的医生，若能拜其为师学艺，该是多好的事情，但由于各种条件所限，渴望结识"神医"张朝聚的愿望，只能

169

岁月痕

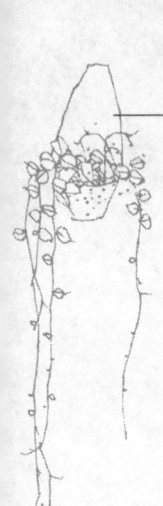

暂时搁置，我只能望师兴叹，但钦佩和敬重的心情却油然而生。

天下的事情真的就这么巧，1986年我从工厂卫生所调到九原区卫生局搞行政管理工作后，居然有幸结识了大名鼎鼎的眼科"神医"张朝聚。那是在一次医疗工作检查中，在原郊区医院的眼科门诊第一次见到了张朝聚（当时他任区医院眼科主任）。那时的张朝聚两鬓略见斑白，紫红的脸膛上总是挂着慈祥的笑容，憨厚诚实，稳重、淳朴，形容举止透露着河南人特有的执著和慈祥，说起话来慢条斯理，虽没有多么华丽的辞藻却讲得有板有眼，满口浓重的乡音不时向老百姓阐述眼疾发病原因和治疗方法，其谈吐悠扬顿挫，颇有学者风范。时至今日初识张朝聚的印像我仍记忆犹新。

听九原区委的老同志讲，张朝聚是被挖过来的医学科技人才，区里还特别帮助解决了其住房、子女就业等不少实际问题。在以后的日子里，也就是从1987年开始，我和张朝聚一家人走得比较近，特别是张小利、张波州等姐弟，身上一直透露着友善、谦虚、温良、博爱的情怀，深深地打动了我，我非常愿意和他们接触和交往，更愿意帮他们做些事情。

张朝聚为了发挥自己的一技之长，为了让更多的眼病患者能得到更好的治疗，在党的改革开放政策的鼓舞下，他果断地辞去"铁饭碗"的正式工作，决定要自己开办眼科诊所，而且说干就干。

没有多长时间，一座350余平米的小白楼，矗立在沙河镇健康路东侧新春街中段。小楼虽然不大，但布局颇为合理，医疗设施在当时来说是超前的，再加之张朝聚一家人的医疗技术和为人处事的原因，所以，前去就医者还是不少。慢慢地这座小楼已经满足不了老百姓日益增长的医疗需求了。

为了尽快解决老百姓看病难的问题，张朝聚一家人除了热情周到地为黎民百姓诊疾疗伤，还得紧锣密鼓地批报医院、进设备、招人才……颇感百废待兴，求贤若渴。

政策放开了，但管理加紧了，要求科学规范了，审批程序严格了。万事开头难，也就是从这个时候开始，我也力所能及地积极协助他们。曾不间断地为他们做过许多事情：帮他们撰写过医疗机构审批报告、评估论证，进行过新闻宣传、广告策划、建章立制，帮他们介绍了很多人脉，这期间出过力、流过汗、兴奋过、苦恼过，可以说是全心全意为他们办事，连外界的朋友都说我为他们的事业

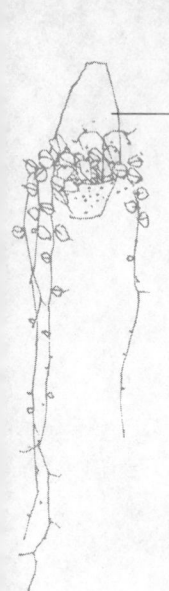

肝脑涂地。很多朋友曾真诚地对我说：你主动地付出很多很多，便会被对方当成理所当然的事，到最后，就成为看不见的事，觉得你就应该如此，物以稀为贵，帮忙也以少为贵，帮一点，刚刚好。我始终没有听从好朋友的劝告，仍然一如既往地为他们的光明事业不遗余力忙前跑后。

不自觉地和张朝聚一家走到一起

1992年8月8日，建筑面积为2500平方米的乳白色五层大楼耸立在包头市建设路沙河镇境内。经包头卫生行政部门批准，内蒙古第一家私立眼科医院诞生了（院址即现在的彩虹桥东南侧的位置），正式挂牌并命名为朝聚眼科医院。

医院楼呈拐子型共五层，一楼为门诊，二三四楼是病房，五层是手术室等，其规模比小白楼又上了个大台阶，执业范围已经从眼科诊所改办成了眼科医院，短短几年的时间张朝聚眼科医院的声誉在包头城妇孺皆知。

由于经常和张朝聚一家人来往接触密切，眼科医院的发展我耳濡目染，对他们创办眼科医院的艰辛和不懈努力颇为钦佩。常常不失时机地为他们的事业帮个忙，出个主意，主动发挥我的特长，撰写通讯报道对他们进行宣传。

人物通讯《用爱心启开患者的光明世界》一文（发表在1994年7月的《包头日报》和1994年7月14日的《人民卫生报》），后来又邀包头电视台的王吉宽多次来眼科医院做电视专访，在包头电视台多次进行过电视新闻和专题片的报道。《一片冰心在玉壶》的专题片是我撰的稿，我一直陪同王吉宽、田静拍摄完成。该专题片在电视台播出后，反响颇大。《一片冰心在玉壶》除在包头电视台播映后，我又把该片送到九原区电视台连播数周（因当时正赶上九原区开人代会）以加大宣传力度，取得了很好的宣传效应。

　　由于业务范围的不断拓展和住院病人的日益增加，门诊、病房楼又满足不了人们对医疗服务的需求，他们一家人又筹措资金，加快施工进度。于1998年8月，又新盖起2300平米的四层门诊大楼，原门诊住院楼改为住院楼。

　　此时，张朝聚的光明事业踏上了到达顶峰的第一个台阶。他们事业的成功我由衷地高兴，兴奋之余，挥笔写出《为了千万双眼睛》的人物通讯（发表在1998年9月11日的《包头日报》头版，该文曾获得全国党报副刊一等奖）。

　　从结识张朝聚一家人以来我们坦诚相待，热情有加，我也义无反顾使出百倍的劲干得更欢了。曾有好友奉劝

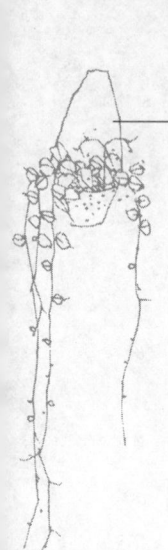

我，别把劲全使完了，他们告诫：一个圆通的人都明白，好东西不能一下子给得太多，太多了，就没有意义了。

我完全没有把朋友的话当真，一意孤行该怎么帮就怎么帮，从来不打折扣。《光明的承载者》的通讯（发表于2002年5月26日的《包头日报》）、《朝聚眼科医院的发展》（发表于2006年《崭新九原》第163页）和《一位眼科医生的博爱情怀》（发表于2008年9月18日《北方周末报》、人民日报社主办的《人民文摘》2008年第10期第63页）以及前两篇通讯（《用爱心启开患者的光明世界》《为了千万双眼睛》），可以说是对朝聚眼科事业的全方位诠释。不是我文章写得好，是张朝聚一家人为包头市、内蒙古乃至全国人民的眼健康做出了贡献，他们的光明事业如日中天。

我在眼科医院的五年
区卫生局派我去眼科医院工作

2003年10月我从卫生局调到区妇幼保健所任党支部书记。张朝聚院长不知怎么知道了这个消息曾三次来找我，邀我到眼科医院工作。在那个时代，人们对个体经济都有所顾忌，总觉得端公家铁饭碗保险。张朝聚见我有后

顾之忧，多次找九原区原区委书记奇福海、九原区委组织部力荐我到眼科医院做基层党建工作。

2004年6月28日，经九原区区委组织部同意，区卫生局总支正式行文派我到朝聚眼科医院任党支部书记。7月1日，九原区第一家私营企业党支部成立了。

我面临的四大难题及真实想法

刚到眼科医院工作，摆在我面前的有四大难题：工作环境太差、老员工思想波动大、医疗事故多、基础管理工作缺乏系统化，成本意识不强，数据缺乏可比性，医疗业务有待进一步规范，信息系统缺乏整合。还有一点是老院长没有明确我的责任和工作范围，也没有嘱咐我向谁负责，就说好好干吧。也许，当时是老院长在考核我的工作能力吧，看我能不能胜任这项工作。

我来眼科医院工作是想了很久才决定的，既然自己决定了的事情，就要把它搞出个样子来，于是自己憋足了劲，完全不顾世俗偏见和来自各方面的攻击。有的人竟用匿名告状的形式，将我告到九原区劳动人事局，言我堂堂国家公务员，兼职到私营企业帮忙等等。对当时的流言蜚语自己毫不在乎。我一边熟悉工作环境，一边全身心地投

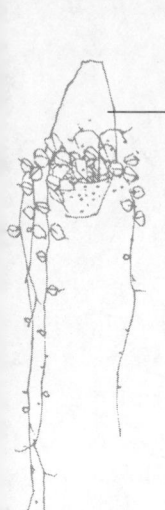

入工作，工作不分份内份外，只要对医院有好处，干什么都要干好都要干出个样子，我相信自己一定会干出个名堂来。但心理上总有些疑惑。名不正言不顺，自己都不知道自己是干什么的，该怎么吆喝，该承担什么，该对谁负责，工作能否顺利进展，自己常常一头雾水，加之，还有些人给我使绊子，但我同张家是多年的老朋友，有些事情又不便说出来，好像有一种看不见的东西在阻碍我大干。在别人眼里好像我胆子小，不敢管，其实，是因为名不正言不顺，我具有医学背景，又有医院管理经验，对于当时眼科医院的规模，我完全有能力把管理工作做好。

烂尾楼拆迁前后

一直横亘在包头市九原区沙河镇境内建设路南侧的烂尾楼即将进行爆破拆除。当时，眼科医院的工作环境太差，主要差在医院周围的环境，此刻，医院病房楼整体拆迁，病房以及手术室要整体搬家。

2005年原金恒大厦终于决定爆破拆除，同年7月6日早上7点30分，法警、法院、规划、卫生、武警大约200多人前来执法，限令在金恒大厦住的人及其物品在法院人员的指导下全部撤出，下午5点钟拆除行动正式起动，装炸药、遮盖、防护等工作同时进行。

7月13日早6点零5分，一声巨响，横亘在建设路南侧的烂尾楼金恒大厦霎时成为废墟，因医院与金恒大厦毗邻，当时医院的环境就像八级地震后的情景一样，住院楼、门诊楼周围一片狼藉，拆迁时机械的轰鸣声、工人们的吆喝声、四周的喧闹声，形成极大的噪声，弄得医生、患者心情极不稳定，加之爆破拆迁的灰尘到处飘荡，门诊楼里灰蒙蒙的，机器上总有擦不干净的灰尘，病人竟找不到医院的门在哪儿开的。

2005年11月7日，医院原住院楼拆迁完毕，医院所有住院病人全部迁往大富豪酒店（医院暂时作为住院部），在大富豪酒店改建的手术室也同期装饰好。那天，我亲临指挥搬迁，所有员工为搬迁工作全力以赴，当最后一批东西被搬到大富豪时，我们医院的护士、医生已经累得精疲力竭，至今，我还清楚记得护士祁梨把手里的一大包东西一往下放，便再也动不了了，当时，我被员工这种忘我的精神深深打动了。

及时掌握员工的思想动态

那年不只是环境乱（2005—2006年期间），当时员工

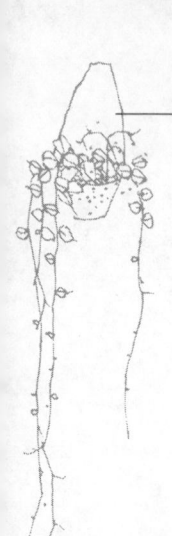

的思想极不稳定，许多骨干大夫想调离，有的不愿意与单位签订合同，签了合同的要解除合同等。佳蓓请假不上班，苗苗执意要调离医院……

我在眼科医院工作时，对医院管理工作得心应手，最为头疼的就是做人的思想工作，但为了尽快扭转员工的这种思想状况，我想尽了办法，觉得用个人情感来感化、鼓励她们，用实际事例来影响她们，用发自肺腑的语言说服她们的办法颇为得力有效，并以此作为思想工作的切入口。因为，医院的骨干医生大都和我有过接触，我在卫生局工作时，这些同志或多或少都求助我帮他们办过诸如职称晋升等事情。在做这些业务骨干的思想工作时，我深深感到做人的工作是件很不好做的事情，没有一定的政策水平、理论基础和因人而异的工作方法，思想政治工作是做不好的。

佳蓓和老院长不知道是什么原因引起的纠结，也不知道从什么时候开始的，我在医院工作期间，她有段时间就不上班，我还有些纳闷，但也不好意思过问这些事。佳蓓在家待得终于憋不住了，给我打电话要求上班，她在电话里说：实在坐不住了，也初步认识到自己的错误了，认为自己当时的做法是不对的、欠妥的，对不住医院，要好好

工作。我在电话中严肃地批评了她的做法是错误的，并嘱咐她继续在家反省一个星期，从思想根源上真正认识自己错在那里，那种想上班就上，心不顺就撂挑子的做法的根源在哪里。我毫不留情地要求佳蓓深刻认识自己的过错，并立即将佳蓓现在的实际情况向老院长进行汇报，老院长对我处理佳蓓的方法甚为赞赏。一星期后，佳蓓向老院长做了自我批评，认识到了自己的错误，她的思想疙瘩终于解开了。

苗苗是第一个到朝聚眼科医院工作的医科大学毕业生，在那个时代，很多人对私营医院还是有偏见的，他们对私营企业是歧视的。所以，很多医科毕业生大都挑选公立医院就业。唯独苗苗选择了朝聚眼科医院，这个东北小姑娘真是了不起。她把私营医院作为自己奋斗的基地，足见其博大的胸怀和深邃的远见。那时的眼科医院没有现在这样辉煌，除老院长、张小利姐弟外，其他员工的学历都不是很高，特别是没有正规医科大学毕业的学生；其设备与现代眼科设备相比也挺简陋，但前来看病的人却日益增多。苗苗的到来颇受医院的重视和宠爱，苗苗本人也勤学好问，业务上进步很快。给我印象最深的是乖巧玲珑的苗苗，扎着一把抓的小辫，常跟在张波州的屁股后问这问

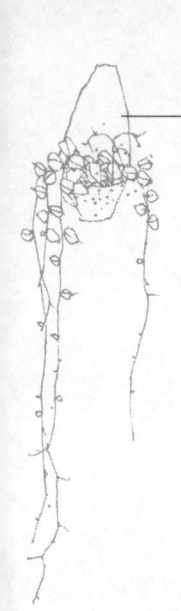

那，那种虔诚的样子，十分惹人喜爱。苗苗脑子活，有灵性，学什么都快，患有眼底病的人都知道，在包头用激光治疗眼底病的第一人便是朝聚眼科医院的苗苗。后来，也不知道是什么原因，苗苗和老院长有些矛盾，我虽知道二三，但事情的根源还是不十分清楚。

苗苗的思想工作是不好做的，因为在她的思想深处有了根深蒂固的偏见和想法，况东北姑娘性情倔强。当时，苗苗本人也挺苦恼，经常睡不着觉，精神有些恍惚，记得她向我请了一个月的假期回阿荣旗老家休养。从老家回来后，精神有所好转，但还是执意离开了朝聚医院，十分为她惋惜。张小利曾经跟我说过多次：苗苗是个人才，很舍不得苗苗走，医院为培养她投入也挺多，我们培养的人才让别的医院白白利用，心中很不是滋味。张小利给我的第一个硬任务就是把苗苗找回来。说心里话，我对苗苗很有好感，多次和苗苗谈过话，但对认死理的东北人来说，收效甚微。我也曾经多次给苗苗的爱人打电话，让他做苗苗的思想工作，也未见成效，苗苗仍坚持在调入单位工作。从正面做不成工作，我和刘新民律师又找新的突破口，即通过司法程序来解决苗苗的问题，经过我们的努力，我们还是把苗苗从别的医院拉回到朝聚眼科医院，历经时间的检验，我们当时的做法是正确的。

由于政治思想工作的及时和到位，在佳蓓、苗苗等问题迎刃而解后，逐步稳定了众多员工的思想，十几名技术骨干主动与医院签订15—20年的正式聘用合同（经九原区劳动人事局鉴证），从此，医院的技术队伍稳定、茁壮地成长着。后来听说，苗苗目前是内蒙古自治区少数几个能够熟练地独立开展玻璃体复杂手术的医生之一。由于我不懈的努力和耐心的思想政治工作，为朝聚眼科医院挽留住一位眼科医学精英、未来眼科界的又一明珠，心里着实太高兴了。

妥善处理医患纠纷

屋漏偏逢连夜雨，2004年底到2005年初先后又发生了极为棘手的韩润庭、高女子、杜月清、王伟、范桂玲等医疗纠纷，闹得医院鸡犬不宁。这些纠纷绝大部分是患者不明白事实真相，让别有用心的人煽动起来的，像高女子的医疗纠纷纯属患者家属胡闹，但有些纠纷医院是有责任的。

说句心里话，我第一次独立处理韩润庭的纠纷，确实没有什么经验，还没有正式与韩润庭会面时，曾三次见韩

岁月痕

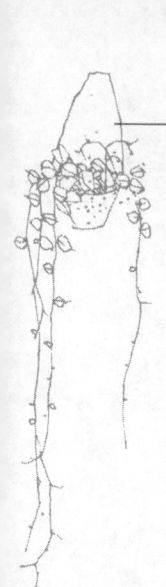

润庭领着一大帮人在医院内外胡闹，大小字报贴得到处都是，就连东河区的街头、广场、车站都贴满了小字报。我和老院长拿着小铲子、水桶亲自去铲除贴在电线杆、墙上的小字报。不知真情的小报记者也多次来医院凑热闹。

第一次解决医疗纠纷我思想特别紧张，心还有些慌。每当这些人来闹事时，我的心跳得怦怦的，但经过几起纠纷的妥善解决，却把我历练得沉着、机智、老练了许多。对什么样的人和事，用什么样的办法去对待，在什么火候做什么事情，可以说胸有成竹，特别是在解决高女子的问题时，我办得很有策略，尽管他们闹腾得很欢，我却能沉着应对。我一再要求他们要想解决问题，必须找个说话算数的来。高女子的哥哥等看到我态度如此坚决，便把府谷县人大主任找来了。高女子一家认为找个大官，可能就能把医院镇住。即将与这位人大主任见面时，我又把病历反复阅过多次，我认为医院没有任何责任，倒认为这是个解决问题的最佳时机和关键。大官我见得多了，没什么可怕的，因为医院有理有据，解决问题全靠我的嘴了。我孤注一掷，背水一战，决心用我的智慧和语言来化解这场无理纠纷。我真诚地对人大主任如实陈明事情的来龙去脉，并把医院的真实想法开诚布公。也不知道那天是怎么了，我

讲的话不但语言流畅，问题分析得入情入理，而且环环紧扣主题，我仔细地关注着人大主任的面部表情：由怒视、缓和、平稳到和颜悦色，通过察言观色，我认为是火候了，随即，我的谈话戛然而止。

到底是当领导的，政策水平很高。人大主任了解完事情的原委后，握着我的手说：乡下人不懂事，给医院添麻烦了。说完这些，便把高女子一家带走了。一场疾风暴雨式的纠纷，在和风细雨中化解了。这其中的奥秘，便是语言的魅力和机智沟通的正能量的释放。

我曾经想把眼科医院建院以来发生在医院大大小小的医疗过失、医疗事故写成书，当作医院医疗安全教育的反面教材，可惜，自己早早地就离开了医院，这个愿望没有实现。

建章立制

眼科医院从沙河镇新春街中段的小四楼开始，到乳白色五层大楼的落成，在医院管理上虽然有了很大的进步，但制度不健全，操作欠规范，原始资料缺乏，基础数据不准确，没有电算化，行政管理人员基础差，医院工作目标不明确，更没有把目标分解到科室，劳动分配制度改革，

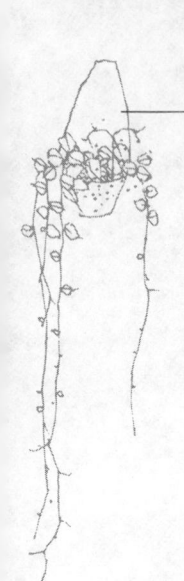

考核标准以及薪酬方案等方面不规范的地方很多，这些林林总总的管理方面的工作亟待制定相关管理理念和具体措施。这是当时亟不可待的工作任务，必须在短时间内完成。

医院百事待兴，我尤感责任大、工作繁、环境差。为了尽快改变这些，我起早贪黑从最基础抓起，着手收集各种资料，摸清、核对各种数据，整理原始资料、修改建院以来的各种规章制度、操作规程等内容，并于2004年11月整理完成了《医院工作管理手册》，使医院的各项工作初步有了指导方针，管理措施也暂时有章可循，还初步确立了医院改革方案，为今后的医院工作打下了良好的基础。可以说，2004年的后半年完全是在扎扎实实地搞医院管理的基础建设。

医院实施综合目标管理

由于医院管理工作有了指导思想，管理措施也颇具医院实际情况，2005年，医院在极度困苦的工作环境条件下，经全体员工的共同努力，当年的经济效益仍以28％的速度在增长。正确路线确定之后，关键的问题就是人的因素。这是张鲁煜处长在年底工作总结会上强调的。可

见，我们制定的工作方案是符合医院当时实际情况的、措施是得力的、效果是明显的。

2005年12月30日，医院召开综合目标实施方案动员大会，张小利院长主持，我做综合目标实施方案的说明，张波洲院长出席并讲话，张鲁煜处长在会上做出指示，肯定成绩，鼓励继续努力。他认为新方案可行，软着陆可试。

2006年医院进行劳动分配制度改革，坚持"公益性，以社会效益为最高准则，安全是天，保证医疗质量，提供优质服务，争取经济效益最大化，努力提高员工待遇，增加医院经济收入"这一指导思想；坚持"按劳分配，多劳多得，优劳优得。低保障高奖励、厉行节约"的三条原则；三个有利于实施"依托政府，坚持法治原则，依法执业；提升医疗技术，锤炼核心竞争力；建立医疗服务网络，拓宽医疗市场的三维战略，实行企业化管理，建立现代企业制度；深化管理体制改革，实施目标管理，效率优先，质量控制、成本核算、绩效考评、两级分配"的管理办法。

我记得很清楚，制定完成的包头朝聚眼科医院劳动分配制度改革办法（试行）的总体思路是：加大改革力度，

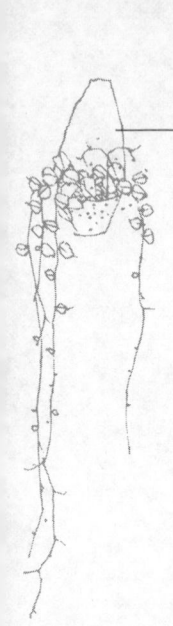

深化分配制度的改革，鼓励新技术、新项目的研究应用，以利润换效率，以效率换效益，迅速提高医院两个效益和员工的经济收入。医院总体经济目标要在上一年的基础上提高百分之十五，科室在完成医院下达的经济指标和核算节余的基础上提高员工百分之二十二的工资。

改革的指导思想：以社会效益为最高准则，安全为天，以增加医院经济收入、提高员工薪酬为目的，弘扬朝聚精神，深入开展医院管理体制改革。

改革的原则：以医疗成本核算为基础，按员工业绩定酬，多劳多得、优劳优得，充分体现重业绩、重贡献的分配激励机制，厉行节约，坚持两个效益同步发展的规则，促进部门目标、个人目标与医院的经营战略目标高度统一，提高医院整体运营效率和效益，促进医院事业良性可持续性发展。

到北京、天津、唐山眼科医院学习后，对我的启发教育很深，对拓宽自己的工作思路有很大的帮助，尤其是唐山眼科医院的王爱中科长来包头朝聚眼科医院讲授医院成本管理后，我感触挺多。唐山眼科医院的很多做法其实我也在做，但是没有唐山眼科医院做得好，究其原因，是朝聚眼科医院的基础工作做得不到位，原始资料缺乏，数据

不准确，从而影响了综合目标方案的实施。从2006年的12月开始，我们收集各种原始资料、测算员工收入、科室消耗、支出等数据。收集整理原始数据及资料的测算工作是相当艰难的，首先，医院没有电算化、原始资料又缺乏、每天算得头昏脑胀，此项工作大约进行了两个多月，初步有了比较正确的底数。同年成立了计算机中心，医院各种情况有了统一的、标准的数据，为综合目标的实施奠定了基础。

2006年底，确定了2007年度医院将实施"目标管理、效率优先、质量控制、成本核算、绩效考评、两级分配"的管理办法。着手制定了2007年劳动分配制度改革方案、目标分解与考核标准，确定了各部门各项工作任务和消耗指标、明确各科室机构和人员编制、核实绩效工资与职务津贴、对员工绩效工资等情况做了对比、调整了2007年度的奖励方案等一系列基本配套的工作指导文件，以此来指导医院2007年度的各项工作。

认真履行书记的职责

2007年3月份，由张祥院长主持朝聚眼科医院工作以来，我倒觉得自己轻松了许多，考虑的问题、想的事情

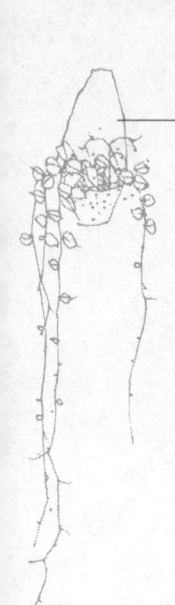

都少了，觉也睡得香了，说实话，张祥院长从赤峰朝聚医院来包头朝聚工作的消息我知道得很早，我曾向别人了解了他的人品后，才决定自己留下来继续工作的，在和他相处的700多天的日子里很愉快，我们配合得相当好。我主动找准自己的位置，积极配合张院长的工作，该我管的我义不容辞，不该我管的、凡我知情的都主动向张祥院长做情况介绍。在做好张院长参谋助手作用的前提下，认真履行书记的职责，着重抓党的方针、政策的宣传，以及思想政治、组织发展工作。

我深深体会到医院建立党组织是提高医院形象的"金字招牌"，是上下沟通的"红色桥梁"，是推进医院健康发展的"政治动力"，是贯彻落实科学发展医院的迫切需要。为了保证党的路线、方针、政策的贯彻执行，为了促进民营企业健康、快速、稳定发展，我把党支部工作的切入点和着力点放在为医院的服务和引导上，积极宣传党的路线、方针、政策，围绕医院经营活动发挥作用，围绕企业文化建设发挥作用，大力营造文化氛围，培养朝聚精神，增强斗志，凝聚人心，在医院工作中发挥着团结、凝聚和激励的作用。

眼科医院党员力量薄弱是制约医院党建工作的一个重

要因素。因此，我把发展党员作为医院党建工作的一个重要环节来抓，医院中有大量青年要求进步，渴望党的培养，主动接受党的教育，特别是在管理岗位和技术岗位上的骨干青年们这种愿望尤为强烈。医院中的这些年轻人刻苦钻研业务技术，积极要求进步，注重鼓励和激发这些年轻人的工作热情对医院的发展及其有利。我按照党员标准严把入口关，定期对要求进步的广大青年进行党的知识培训，确定培养重点，成熟一个发展一个，先后培养（发展）了吴强、宋莉、刘剑、郭雨霞、李大明等为中共党员。这些年轻人后来都成了医院的学科带头人和管理骨干。支部工作的努力开展起到了鼓舞广大员工的工作热情和积极性，凝聚了员工的向心力。

做思想政治工作是比较枯燥的，光靠耍耍嘴皮子，这个工作是做不好的。要想做好工作，只有和员工交朋友，保护员工的工作稳定，给予合理的薪酬和待遇、提供增长才干的机会和平台，帮助和促进员工个人发展。只有员工内心深深感受到医院对他的工作、生活以及未来真诚的负责时，员工才会与医院实现心与心的交换，只有在细微之处想办法才能做好工作，因为细节决定成败。比如，我们对坐月子的员工进行慰问、给员工子女送礼物、看望生病

岁月痕

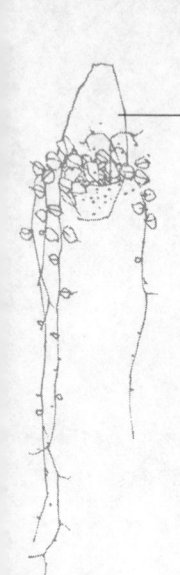

的员工、为老教授过生日、给在外地学习进修的员工发短信鼓励、去北京看望进修的员工等，都达到了事半功倍的效果。

从员工的工作、学习、生活上，想员工之所想，急员工之所急，在员工还没有想到他心中想要办的事、想要说的话时，我们早已为他想到了办好了，使员工大为感动。这样做的结果，比起员工自己提出来我们才给办，效果是截然不同的。我曾自己花钱给老专家过生日就使他们颇受感动。

医院业务发展到一定规模后，技术力量和科研成果工作也显得很重要，我多次和市卫生局科教科及市科技局联系，对2006年度的两项科研成果准备鉴定，并争取到科研经费16000元，对2005年鉴定的三项科研项目已经申报内蒙古级科研成果（待批）。朝聚眼科医院的"双层羊膜移植治疗眼表烧伤后的角膜溶解症"被立了项。

与包头电视台三套节目签订了合同，2006年度在包头电视台播发了八组眼科科教节目，时间达400分钟，这种宣传效应在包头市反响挺大。另外，医院的职工在每一期的"健康桥"杂志上发表医学科技科普方面的文章，在社会上产生了良好的效果，在潜意识上也达到了宣传医院

的目的。

多次到土右旗、达茂旗、固阳县的卫生局进行感情联络，疏通各种关系，向这些地区，特别是农村新型医疗合管办的工作人员陈述我们的各种优势，让他们主动为我们医院输送眼科病人，从发展情况来看，效果挺好。

2007年4月5日，包头市卫生局确定朝聚眼科医院为新型农村牧区合作医疗市级定点医疗机构。为了把这件事办好，我起草制定了医院"新型农村牧区合作医疗"管理办法，并印发了新型农村牧区合作医疗的有关学习材料供大家学习。在晨会上重点讲解了严格掌握入院适应症。准确掌握《内蒙古自治区新型农村牧区合作医疗基本药物目录（试行）》和包头相关部门规定的药物，应把"自费"用药和"基本药物"分开写两张处方，核实参合农牧民患者的合作医疗证、身份证，进行微机与书面记载，并告知患者入院三日之内办理转诊手续等事宜，从而让大家充分认识到这项新工作的重要性。

编纂了朝聚眼科医院1990到2007年的大事记，《九原区志史》上刊登了朝聚眼科医院的许多大事。

组织有关人员利用业余时间进行清产核资工作，摸清家底，对编制集团发展计划打下了良好的基础。

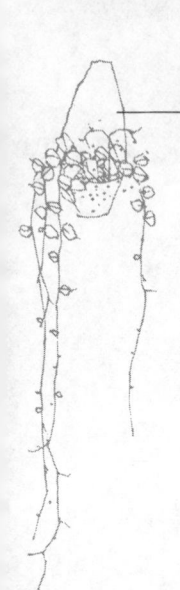

2007年11月16日，由我作词、张龙飞先生作曲的朝聚眼科医院院歌诞生。院歌在发挥号召力、凝聚力、鼓动力、影响力等方面起到了积极鼓动作用，进一步激发了大家的工作热情和积极性、增强了员工的自信心和责任感。

院歌着意体现了医院与员工、患者三者之间的责任、情感、激情和美好未来。院歌分三段，第一段的歌词内容是朝聚人的管理理念：顺民意、传光明、奉爱心，让普天下的老百姓对光明充满希望。第二段歌词内容是医院和员工唇齿相依、风雨同舟、同呼吸共命运，忠诚医疗卫生事业，医院和员工的前程定会光辉灿烂。第三段的歌词内容是朝聚精神，责任重大、承诺视觉和光明传承人。歌曲曲调优美动听、铿锵有力，旋律热情奔放、催人奋进、令人振奋。

院歌在2007年第五十期的《包头广播电视报》第二十五版刊出，并于2007年12月14日在《包头广播电台》《交通立体声电台》《调频台》同时播出。董事长张朝聚对院歌的词曲非常满意，张彩云老师曾多次对我说："张院长很喜欢这个歌，每天睡觉还要搂着录音机听几遍才睡。"我觉得能创作出这么一首得到朝聚人普遍欢迎的歌，确实也是很不容易的事情，如果我没有和朝聚人共同奋斗过的

经历和对光明事业的追求、热爱，无论如何也是写不出来的。

2008年4月16日，全国医院（卫生）文化建设成果展示会在西安举行，内蒙古自治区红十字会朝聚眼科医院集团的医院文化建设等内容，在全国医院（卫生）文化建设成果展示会会刊《扬帆》上刊出。

2008年5月5日，区委组织部秦升部长一行来眼科医院调研党建工作，区卫生局局长、党委书记冯长忠也陪同调研。秦部长对内蒙古自治区红十字会朝聚眼科医院的党建工作给予高度的评价和肯定。秦部长强调说，这家民营医院的党组织是我区最早建立的基层党组织，这个基层党组织密切联系医院的实际、明确了定位、找准了方向，紧紧围绕医院建设这个中心，履行职责，发挥作用，积极出谋划策，帮助医院建章立制，理顺关系，并结合民营医院的特点，切实加强对党员的教育管理，积极开展党的各项工作，引导党员在各自的岗位上发挥先锋模范作用，不断增强基层党组织的凝聚力和战斗力，使医院经济和社会效益不断增长，职工的收入明显提高。广大员工的工作热情和积极性空前高涨，医院的影响力、凝聚力、号召力和向心力更加显著，一个"董事长支持、医院需要、员工拥

岁月痕

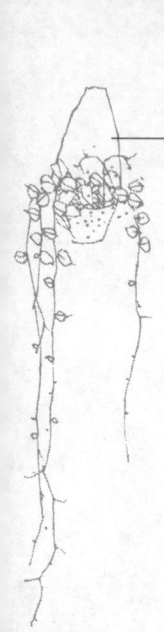

护、党员欢迎"的党建工作新格局逐步形成，有力地促进了民营医院党建工作与医院发展的互动双赢。

秦部长还对我们医院的基层党建工作提出了具体要求：要以改革创新的精神全面推进基层党组织建设，不断取得新成效，党建工作要切实找准围绕中心、服务大局、拓宽领域、强化功能的着眼点和着力点，坚持从实际出发，不断深化基层党组织"五个创建"活动，以改革创新的精神全面推进医院基层党组织建设，在加强"两新"党组织建设上下功夫，促进"两新"党组织健康发展。九原区卫生局局长、党委书记冯长忠对朝聚眼科医院的党建工作非常满意，他要求医院的党建工作要成为卫生系统的亮点，要把党建工作的具体经验展现出去，让更多的人们知道朝聚为社会、为人民作出的贡献。

2008年5月6日，《内蒙古日报》第11版和2008年1月17日的《包头日报》发表了"包头朝聚眼科医院党建工作初见成效"一文。同年，包头市九原区机关党委在朝聚眼科医院召开党建工作现场会，朝聚眼科医院党支部作了中心汇报发言。医院党支部于同年被评为九原区卫生局、九原区委、包头市先进党支部，2009年9月，医院党支部的先进事迹上了中央电视台。

问心无愧

细细想来，我确实为光明事业做了一些工作，为此我感到无比自豪。我知道自己身上有许多缺点，自己语言表达能力差，最严重的缺点就是缺乏与上级的沟通，因为，一个人的成功15％取决于知识和技术，85％取决于沟通，做了许多工作不愿意表白，认为只要干好工作，别人都会知道，其实不是这样，未及时进行沟通，给自己埋下了沉痛的教训，没有真正懂得爱哭的孩子有奶吃的含义。

为了医院工作，我曾经得罪了不少人，他们给我下绊子、出难题，还有的直接找董事长说我的坏话，但为了医院的利益我任劳任怨。我最感到欣慰的是背水一战，初见成效。在医院最困难的情况下，自己全力以赴，带领全院职工从困境中步入正规的工作秩序，自己的心血和汗水没有白流，别人认可不认可，我不管，自己拼尽全身力量为眼科事业努力过、奋斗过，心底坦荡如砥、平静似水，问心无愧。我虽没有两肋插刀的肝胆侠义之举，但我曾实心实意地、十几年如一日无私地帮医院做了许多事情，但万万没有想到的是帮人落下个灰下场，说起来自己都感到莫名其妙，实感心寒。

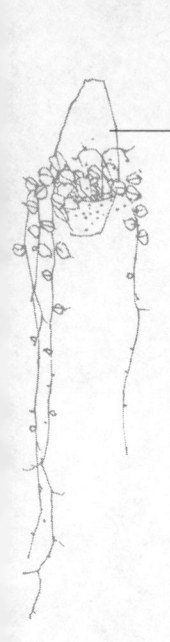

人与人的关系就是这样，做得多，便没价值了。我是糊里糊涂地来到医院，没明没黑地干，工作刚有起色，正想甩开膀子大干一场时，又不明不白地被靠边站，最后无奈离开；是在医院最艰难的时候稳定、开创局面的人，又是在医院条件最好的时候被迫离开的。我给医院做了许多事情，并没有要求什么，但应该得到一个比较客观的、诚实、实在的评价，我始终认为自己在眼科医院做了许多事情，为光明事业贡献了自己的一份力量，不管别人领不领情，也不管别人怎么说，我心底坦荡，因为我出于公心，一切都是为了医院，心中很坦荡。

多少年过去了，曾经很想忘记在朝聚眼科医院的这段岁月，但记忆中始终抹不掉我与张氏家族20余年的来来往往，常常想起自己在朝聚眼科医院的日日夜夜。曾为光明事业奋斗，我骄傲无比。

2014春节后的一天，我灵感触发，脱口书写了这段与朝聚人共同播种希望的日子：

想遗忘，又忍不住回想，
擦不干，回忆里的泪花。
记忆悠悠然走来，

格外让人牵挂。
魂牵梦绕朝聚情,
幕幕回放难舍取。
昔日的点点滴滴,
脑海里时时浮现,
风风雨雨摸爬滚打,
磕磕绊绊无怨无悔,
荣辱不顾甘洒汗水,
用心灌溉希望的明天,
就为黎民百姓的千万双眼睛,
我们共同拥有拼搏的过去,
怎能忘怀?
只为光明事业奋斗而信心无比。

剪不断,过去岁月谁又忆,
诉不尽,心窝窝里的情谊,
时光飘飘然过去,
真的使人心醉。
梦绕魂牵聚朝情,
心灵深处自难忘。

岁月痕

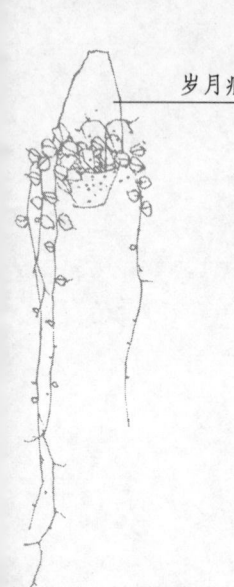

忍辱负重地执着，

义无反顾地奉献，

纠葛牵绊是是非非，

创伤的心田谁抚慰？

无须记曾经的过去，

追寻生命旅程的承诺，

只为父老乡亲的千万双眼睛，

我们共同拥有温暖的过去，

永远铭记！

曾为光明事业奋斗而骄傲无比。

（该诗曾发表于2014年《歌词作家》第5期）

难忘的成都之行

工作期间曾经出差过很多次，唯独2009年赴成都开会这趟最为难忘。本来这差事是小利院长让我去参加的，她曾多次说过：张书记对眼科医院功不可没，别说是去开会，就是奖励旅行一趟也是应该的，当时我心里特别高兴，且不说去与不去，单单张小利说的话、表的态，就是对我工作的一种肯定，完全证明我的工作是有业绩的。

就在出差的当天，我把一切都准备停当，把自己的工作也作了安排，因为下午就要出发。可就在临出发的前几个小时，张鲁煜处长突然通知我不用去开会了，并说这是董事会的决定。我有些控制不住自己的情绪，这么大的事情出尔反尔，难道这是小孩子的脸说变就变？里面的实情至今也是个谜。极有可能是别人下了套、备好了窟窿让我钻。我这人也实诚，认准的事，八头牛也拉不回了，立即向董事长申明，票买了，假也请了，我自费去吧！我们彼此谁也没再说什么。这趟差还是去了，是自己掏腰包去的，从成都回包头后，张鲁煜处长曾让我把这趟差费报了，但我很倔强，没有向医院报销一分钱。

多少年过去了，这件事一直在我心中，留下了不可磨灭的印象，致使我心灰意冷而且直接导致我很不情愿地离开了曾经付出过、战斗过、热爱过、很有情感的眼科医院的工作岗位。至今说起这件事来仍深感委屈，我没有做错什么，也不是我非要去开这个会，是医院让我去的，突然改变这个决定，肯定是有原因的，应该给我解释一下。当时的做法，实在是欠缺公平，处理事情的水平尚差许多，即便采取相应措施也应该三思，不该为谗言割袍断义，亵渎了多年彼此用心维系的友谊。

2009年5月16日当天，女婿开车送我和妻子去包头

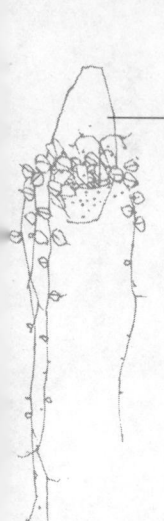

机场，一路上谁也没有说话，我脸色铁青，内心翻滚着浪潮，而且一浪高似一浪。女婿也不好说什么，一直好言相劝，不管怎么说，会也不去开了，你们就去成都旅行一趟也挺好。他的提议也许是对的，咱自己去旅行。就这样我们毫无兴致地登上了飞机。妻子在机舱里依椅而眠，我毫无兴致、心烦意乱，从机舱的窗口向外看去，窗外晴空万里，云涛在下面，波诡云谲、变化莫测只是在地上看到的，一到了几千米的高空，就看不到什么变化，一切明净，几乎是静止的永恒。人与人之间的感情，也是这样，低时变化莫测，谁也不知道明天、下一个月会怎么样；但是如果感情升华，一直向上升，总会到达升出了变化的高度，那个高度之上，就会一片明净，不再变化。想到这里自己似乎好受多了，心里也觉得平静了。虽时过境迁了，但这件事一直在我的脑海里萦绕，一想起来就有点心灰意冷，早知今日，何必当初？

人生是漫长的，许多人都对未来作了设想，然而却在一瞬间挣脱了原有的生活束缚，人生留下了新的轨迹。生活中，心灵与情感交融为之感到的，实不多见，但有时一件事情处理得不好，却能改变人的一生。

"人的一生会遭遇无数个瞬间，但生命对它的反应是各不相同的，有的在感动中坚定了信念，有的在理解中萌发了善意，有的在震惊中受到了启迪，有的在欺骗中得到了猛醒。但也有一些生命在瞬间走入了生活的阴暗，让人生远离了道德的标准，冲破了法的藩篱，并为之付出了昂贵的代价。不过，生活中有许许多多瞬间的灿烂与生命擦肩而过，像流星一样，在人生的长河中悄然划过。就像机遇是为有准备的人准备的那样，不期而至的瞬间，也只有底蕴丰厚的生命才能与之相遇，并产生感应，从而改变人生"。

我做的事情常常以失败而了结的多，可以严格地说即使不失败也总存在着磕磕绊绊极不顺利，然而，我总是一面失败一面再做，因为我在失败里头尝到艰辛、苦涩，也找到了乐趣。精神上的快乐，胜过物质上的消耗和富有。人应该培养气量，大气量就是一座桥，把生活中那么多的沟壑变成了坦途，使自己和别人都走得畅顺开阔。

人的一生，许多瞬间一闪而过，感动的、温馨的、震惊的、难忘的、寒心的，或许只有一个场景、一段对话、一个表情、一件小事，却在生命的琴弦上留下了极强的音符使之终生难忘。

让我们回过头来看看，阳光暖暖地照着，微风徐徐地吹着，身边来来往往的人，有多少是擦肩而过的，有多少

岁月痕

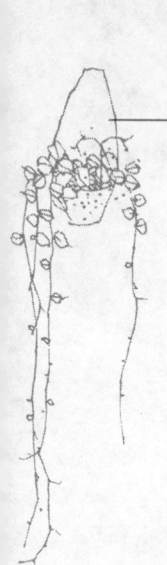

是刻骨铭心的？其实都已经无所谓了。

或许，每个人都应该给自己设置一个删除键，将痛苦、伤害、仇恨、懊恼和嫉妒统统删除，留下足够的空间，装进快乐、奋发、温暖和幸福。

二十二、近花甲热衷于学电脑

2000年前后，自动化办公的格局在各单位崭露头角，我工作的单位电脑也有好几台，自己又主管办公室工作，但老认为自己年纪大了，驾驭不了现代化的办公工具——电脑，因此没有下功夫去学习，大好时光白白流失，也与电脑这么好的"伙伴"失之交臂。

但我时常对电脑充满了好奇，几次"蠢蠢欲动"，而又不敢伸手操作。后来，还是子女们从教我最简单的操作方法开始：如第一步打开电脑开关，第二步用鼠标点击"开始"，第三步点击"我的电脑"，第四步点击"新浪首页"。然后点击网页新闻标题，总共才只有四步棋，就是世界上最笨的人也能学会的。当最初的"新浪首页"到别的网站都能点击打开时，这一下子使我大开眼界，看到了外

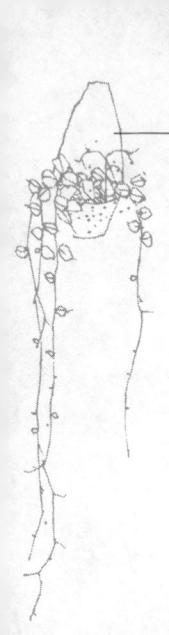

部世界多么地精彩，大大地吊起我进一步学习电脑的胃口。

老实说对于电脑的学习我曾有些畏惧，认为自己年纪大了反应迟钝，学电脑上网那是年轻人的事，与我们老年人是隔山不沾边的事。其实不然，学用电脑并不是年轻人的专利。当今这个时代不会使用手机和电脑，不管你什么年龄都是信息时代的"文盲"。

电脑的功能太多了，如打字、画图、上网、聊天、下载、购物、看新闻、玩游戏、查资料、收发邮件、表格、数码设备使用、照片修饰、系统维护、安装等60多项内容，学电脑主要在于个人的需要和兴趣，要根据自己的兴趣去弄懂弄清相关的知识，不要强求面面俱到。比如你想用电脑进行写作，那么你对Windows的使用就要掌握多些；你喜欢上网、多媒体制作，那你就重点学习这方面的内容。这样你的记忆就不会分散，对今后在这些方面进一步深化学习很有好处。但首先要学的是电脑的入门，增加对电脑的感性认识。

用电脑娱乐当然是最好的方法了，比如可以玩游戏，看影碟或上网，这些基本的使用只要别人在旁边指点一下就行了，不需要专门借一本电脑书看着做。总之，电脑入门关键在于多实践。

2007年自己在朝聚眼科医院搞管理工作已经三年有余，高科技的快速发展和管理工作的逐步深入，深感电脑对于自己的工作来说太重要了，医院也强烈要求每位院领导要学会用电脑，因此，逼得自己在班前班后苦学电脑知识。我请教过许多年轻人，获益颇多，但归纳起来，没有捷径，学电脑还得自己勤学苦练，最基本的学法是从学打字开始。

　　用五笔打字我试着学了些日子难度大些，我的拼音基础不错，便从搜狗拼音输入法开始学打字，因为我的小学拼音基础，在练打字的过程中常常对一个字的发音卷舌不卷舌还是掌握不好，但练得多了，也就熟练了。特别是在练习打字过程中，还纠正了自己多少年读错的字，发错的音，仅这点自己就获益匪浅。初练的时候，一分钟也打不了几个字，后来逐渐有了进步，虽然比不上年轻人的打字速度，但已经有了长进，慢慢地我对电脑产生了浓厚的兴趣。

　　看到自己在屏幕上打出的一篇篇文章，我高兴得不亚于买彩票中了大奖，尤其是后来又学会了上QQ，建邮箱，发邮件，网上查资料，自己觉得自己又年轻了许多。不少年轻人也常常竖起大拇指夸我这个老头儿不简单，学

岁月痕

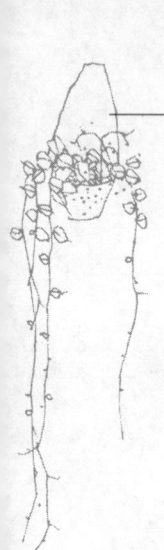

电脑比年轻人还快。现在，我应用 word 基本自如，打字的速度已经很快了，盲打还是有困难，我想力争在短时间内学会盲打还是没有问题的。

不耻下问请教年轻人很有好处。我学电脑首先放下"老"架子，向孩子们，特别是年轻的同事们学习。现在我能在百度上轻松地查找所需的资料，网上聊天更是经常的事，尤其是我在网上早就申请了博客，可以把我平时拍的照片或写的文章传到上面让大家欣赏，这让我很有成就感。

我学电脑的经验告诉我，要请教不同的年轻人，他们有不同的电脑知识和对电脑程序的不同应用手法，同样一种程序可以有好多种办法去应用，这个学习过程既快，还能掌握更多的电脑知识。现在我真的离不开电脑了，写作在电脑上进行，查资料要用电脑帮忙，保存资料要电脑，给远方的朋友用电脑发信函速度极快，储存影像资料要电脑分类、修改，不用打长途，在电脑上聊天轻松亲切，还有视频，电脑啊真是太好了。

决心和年龄绝不是此消彼长的关系，只要像奋蹄前进的老牛，有只争朝夕的精神和心态，依然能在有限的时间里，耕种出丰硕的成果！

二十三、家有小女初长成

　　常常忆起母亲说的一句话：要说天底下的亲情，就是两句：生我的，我生的。细细想来，确实如此。父母亲生下了我们，又含辛茹苦地把我们拉扯大，不管条件怎么样，我们都能娶妻生子，我们又生下了我们的儿女，像父辈一样，把生命延续下去，艰辛呵护着又把他们哺育成长，太阳从家家门前经过，日子就这么一天天地过着，亲情也周而复始地延续着。"世界上有多少问你冷不冷的人？有多少总嫌你瘦拼命强迫你吃饭的人？多少担心你生病担心你安全的人？有多少你偶尔想念，他们却终日惦记你的人？不多，真的不多，只有自己的父母，不管你在顺境，还是逆境，不论你高兴，还是苦恼，只有父母亲在期盼和祝福你。"真正爱你的人不会在意你飞得多高，而在意你

岁月痕

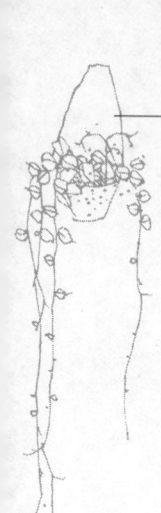

飞得累不累。我们要珍惜,一旦失去就会后悔,因为牵挂,所以不忍离去。

家,从古以来就是中国人情感最根本的归宿。是温暖,是亲情,是精神的寄托所在,家是夕阳下的依偎,风雨中的搀扶。随着时间的推移,儿女的长大,家慢慢地成了空港、空巢,只有老之将至的老夫老妻相互搀扶着、守望着,因为,我们盼望着子女们回来,再现昔日的欢乐。《常回家看看》中唱道:"常回家看看,回家看看,哪怕帮妈妈刷刷筷子洗洗碗。老人不图儿女为家做多大贡献,一辈子不容易就图个团团圆圆。"这首歌,唤起人们对亲情、对故乡的思念。唱的就是中国人精神境界的变化,就是对一家人团圆的渴望。而这首歌又勾起了我无数个香甜而温馨的和孩子们在一起的记忆:

大女儿是在包头铁路医院出生的,她母亲在医院里待产足足三天,当时的阵痛,实在太入骨、太熬人,只有做母亲的才能体会得到,为了女儿的出生自己付出了多少辛酸苦辣,却毫无一点怨言。女儿是在1975年的阳历4月20日(阴历是三月初九)晚11点左右呱呱落地的。第二天,当护士把闺女抱给我看时,我还有些不好意思,接住孩子居然不会抱,十分狼狈。小家伙大大的眼睛,黑黑的头发，小手攥得紧紧的，小嘴唇不停地嗫着，头上还有一个硬包（出生时的创伤）。她的出生给我们增添了无限的欢乐，也给我们带来了许多繁忙，洗尿布、热牛奶，最难熬和可怕的是女儿生病了，竟无计可施，急得我和老伴团团转。那时，我已经初步涉入医学这个行当，但自己当时学识太浅，只会头疼医头，脚痛医脚。1975年冬天，大女儿感冒咳嗽，连着服了许多中西药，就是不见效，自己都骂自己太没有用了，就连最简单的咳嗽都治不好，急得我抓耳挠腮，一点主见也没有了。此时赵美大夫（包头二机医院）正好来我们大院串门，我赶紧求他相助。赵美大夫说：咳嗽只是个症状，未必是真正的病因，只有找到真正的病根，才能治好病。中医分内伤外感咳嗽，西医也分急、慢性支气管炎等好多类，要把咳嗽的类型分析辨别清楚，才能辨证施治。也就是说不论从中、西医的角度来说，都应该从整体情况来分析、判断疾病的发生和发展的规律才是最重要的。记得赵美大夫开的药既平常，又不贵，而且疗效神速。

二女儿快出生时，因为有了生老大的经验，老伴儿虽阵痛频频但总觉得还不到生的时候，结果小家伙自己着急就生在她妈妈的裤子里，我们急匆匆地把厂子里的汽车找

岁月痕

来，赶紧把她们母女送到东河区红旗卫生院下设的妇幼保健所进行产后保健，当时情况紧急我竟忘记带孩子的衣服被褥等用品，孩子出生后没有衣被，只好用她妈妈的秋裤把孩子包了起来，可以说当时的情景很是狼狈不堪。

二姑娘性情温顺，不爱哭，我把糖水往她小嘴上一抹，小家伙还不住地舔着小嘴唇。尽管我和老伴特别盼望生个男孩，现实又生了个闺女，老伴有些不悦，想把二闺女跟别人家换个小子，由于我和父亲的力阻，这个想法才没有实现。不管怎么说二姑娘的出生，还是为我们的生活增添了喜气。

二姑娘出生于1978年2月20日，阴历是正月十四，当时正赶上粉碎了"四人帮"后，全国人民高兴啊！往年这个时候是没有红火的，而从这年开始，包头市的大街小巷到处锣鼓喧天，扭秧歌的、斗活龙的，甚为热闹喜庆，我父亲也说，这孩子将会改变咱们家的厄运，果然，不久，父亲落实了政策，我们的生活从此芝麻开花节节高。

从呀呀学语到蹒跚学步，从幼儿园到学校，我们的每一句话、每一个微笑和点头的鼓励，都能给孩子们带来莫大的欢喜，虽然日子清苦，但我们这个最小的社会单元其乐融融。

女儿渐渐大了，出落得水灵灵的，又到了谈婚论嫁的阶段。男大当婚，女大当嫁，这是天经地义的事情，虽说这是双方十分满意的姻缘，但从我内心来说，还是不情愿的。

当鞭炮响起来的时候，闺女被一帮年轻人簇拥着要下楼，忽然，我的老伴叫住闺女，我回过头看到老伴满眼含着泪花，她伸出双手把闺女紧紧搂在怀中，孩子似的把脸贴在闺女的脸上，所有人都静静地看着她们母女俩，她们拥抱了多长时间，谁也没有计算过，反正我觉得时间好长好长，直到眼泪把闺女化的妆都冲掉了，母女才依依不舍地分开，谁想把自己屎一把尿一把拉扯大的闺女，就这么送给别人当了媳妇。从呱呱落地时的欣喜，蹒跚学步时的守护，到呀呀学语时的欢乐，孩子们成长中的每一个微笑，每一次哭泣均汇成了一股清澈的甘泉在父母心中荡漾。要让父母说句心里话，绝对舍不得自己的闺女。

一声炮响，就把自己含辛茹苦养大的闺女让别人娶走了，自己的闺女嫁给了别人家的小伙子，慢慢地我的闺女成了别人的媳妇、母亲，成了别的家庭的主妇，说心里话当父母亲的实在是极不愿意的，也是很舍不得的，但太阳从家家门前过，一辈一辈都是这么传承的，我自己也是娶

岁月痕

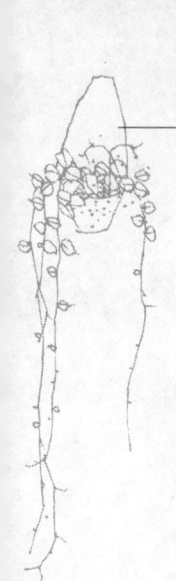

了别人家的闺女而自立门户。我们从五楼的窗户上，含着喜悦的泪花看着人们把闺女拥着上了婚车。从此，闺女开始了新生活，给别人的家庭添了欢乐，而留给我们的却是寂寞和清冷。

闺女长大了，我们自己变老了，不知从什么时候开始，我们的生活离孩子们越来越遥远，老觉得相互之间的联系少了，我们慢慢地有了孤独的感觉了。常常想起与女儿发生的争执，闹出的不愉快。有时孩子们确实受到了误解，委屈的泪水飞扬的同时，毫不让人地与我们争论，她们有时会撒娇闹脾气，语出惊人地气我们，看着她们那因激动而绯红的脸，"大人不计小人过"，我们也就一笑而过了。

说实话，我们其实也很脆弱，而且对子女爱得越深，内心越脆弱。父母对子女的爱和子女对父母的爱，永远是不对等的，父母的心是最宽广的海洋，当孩子坠落到这里，总能得到爱、抚摸与宽恕，但很少有人能一模一样地回报这种爱。人类的规律，向来是自上而下的垂爱毫无保留，由下而上的尽孝则浅尝辄止。所以，羊羔跪乳、乌鸦反哺，更多时候不过是庙堂之上的说辞。

随着斗转星移，慢慢地闺女把爸妈这个家当成了驿站、码头，匆匆靠站，又匆匆离去，她们赶紧去经营自己

的小天地了。我们彼此住得越来越近，聚得越来越少，只是在逢年过节的时候才象征性地走动几天，也像是住店似的，来也匆匆，去也匆匆。尽管只是短暂的相聚，我们却很是满足，她们都有自己的事业，作为父母，仍然盼望她们幸福，"想你却安慰你不要想家，你远走，她笑着挥手，还没转身早已泪如雨下，你给他的只是一个电话，他给你的却是整个天下，父母亲盼望和子女们相聚，又怕因相聚而耽误他们的时间，常常想听到她们的声音、笑容，又怕因此耽搁她们奋斗的拼搏，真是越老越糊涂，越老越没出息。"时间长了，一个子女的电话竟能让自己的父母感到惊喜和心满意足，可见父母对子女的所求是微不足道的，翘首盼望子女的电话问候，常能激活老人的心神，确实能让自己的父母感到温馨。

也许这个世界上，父母永远是无条件关心你、爱护你的人。无论你走得多远，飞得多高，那根线永远在他们手里，你是他们永远的牵挂。但千万不要将自己的晚年生活寄托在儿女身上，将年老的幸福建筑在孩子身上，这本身就有着缘木求鱼的危险。

《包头晚报》（2013年4月19日）刊登郑少如撰写的一篇散文《母亲》，里面把对母亲的思念、感激，母亲的

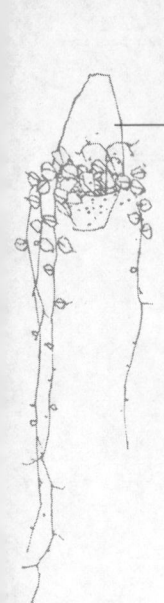

无私伟大以及自己做了母亲后的感悟描绘得栩栩如生，很令人感慨，我顺便摘了几段："妈妈，人生落地，模模糊糊天生带下来的第一句话一定是妈妈，不分国界，不管种族，不论性别。一个人可以什么都没有，却一定有个妈妈。这是亘古不变的永恒的定律。"她在文章中又说："妈妈是一个职责，天职。上帝授予的，佛祖加封的，人类自然选择的。妈妈是一个责任，那两只肩膀定是为儿女担当的：幸福、苦难、艰辛、酸楚。当你的话和谁也不能说的时候，见到妈妈只一个眼神，她便懂了，你也说完了，心里敞亮了，踏实了。"郑少如在文章中说："你也当了妈妈了，才一行一行地读着妈妈的诗，一年一年地读着，一点一点地懂着，这叫做妈妈。"请天下所有的人善待自己的双亲吧，敬重自己的母亲吧。当你自己也做了妈妈的时候，才会对这种感情有更深的体验。

无论子女多么忤逆，不论子女多么不情愿，父母都愿意给子女最深沉、最博大、最宽广的爱，这就是天下的父母心。

孩子永远是父母长不大的娃，父亲是天，母亲是地，天地合一，支撑这个家，不管你多富有，无论你官多大，到什么时候也不能忘记咱的家。只有你自己做了父母，品

尝到了养育小生命的天伦之乐，你才会知道不做一回父母是多么大的损失。我们不知道父母亲是怎样把我们抚育长大的，当我们自己当上父母后，含辛茹苦地哺育着自己的孩子，才真正领会可怜天下父母情，养儿方知父母心，养儿才感父母恩。父母对子女的爱是无限的，子女对父母的爱是有限的，子女生病父母揪心，父母有病子女能问问看看也就知足了，子女花父母的钱理直气壮，父母花子女的钱就不那么顺畅。

　　人常常是上往下亲，父母对子女的爱无怨无悔。前年偶患小疾，手术后麻药未解，身体不听使唤，大女儿喂我东西，自己还感到不习惯、不自在，忽然间想到，她小时候，从出生到成长，我们不也是如此这样地呵护她，这也许就是乌鸦反哺、羊羔跪乳的真情流露。有首歌曲说得好："总是向你索取却不曾说谢谢你，直到长大以后才懂得你不容易，每次离开总是装做轻松的样子，微笑着说回去吧，转身泪湿眼底，多想和从前一样牵你温暖手掌，可是你不在我身旁，托清风捎去安康……"阎维文演唱的歌曲"母亲"更是将人间真情演绎得真真切切："你入学的新书包有人给你拿，你雨中的花折伞有人给你打，你爱吃的（那）三鲜馅有人（他）给你包，你委屈的泪花有人给

215

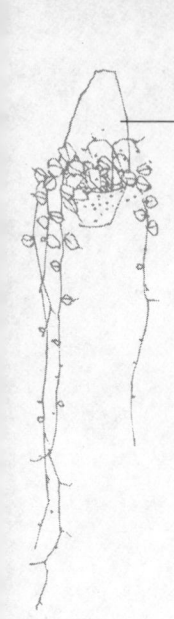

你擦，啊，这个人就是娘，啊，这个人就是妈，这个人给了我生命，给了我一个家，啊，不管你走多远，无论你在干啥，到什么时候也离不开咱的妈。你身在（那）他乡总有人在牵挂，你回到（那）家里边有人沏热茶，你躺在（那）病床上有人（他）掉眼泪，你露出（那）笑容时有人乐开花，啊，这个人就是娘，啊，这个人就是妈，这个人给了我生命，给我一个家，啊，不管你多富有，无论你官多大，到什么时候也不能忘，咱的妈。""儿女和母亲的爱的出发点、着落面与延伸线永远也不会相同。因为她是母亲，她的眼睛是纯净而神情的海。而我们只是小小的船，永远走不出她的海。"

"买了十斤的排骨，她艰难地拎着回家了。路上，歇了三次，腿还是痛，走不了长路。好不容易爬到二楼的家，看看表没敢喘息就赶紧清洗排骨，时间不早了，再过一个小时孩子们就要回来了，上了一天的班，累，不容易。

锅里炖上满满的一锅，剩下的塞冰箱里，这样吃的时候就不用现买了。忙乎完这些才顾得上擦擦头上的汗。坐下来喝口水喘喘气，水还没喝上几口，突然想起忘记买土豆了，人老了，真是不中用了。想着念着到了菜市场还是给忘了。

着急慌忙地拿钱锁门下楼，晚了孩子们就赶不上回家吃口热乎饭了，老了别的帮不上忙，总想让孩子们吃的可口点。越忙越乱，腿又开始剜心的痛，她一脚踩空，从楼梯上滚了下来。

不知过了多久，她被提兜里手机欢快的歌声惊醒。忍着腿痛一把抓过手机摁下接听键，孩子的声音传了过来：'喂，妈，晚上吃啥呀？'，'啥？又是炖排骨？你是非要把我吃伤了才行？好，就算是排骨，那你换个做法也行吧，总是炖排骨你就做不烦？就知道省事，真没啥说你！'她愣住了，嗫嚅着说：'你不是说喜欢吃妈炖的排骨，咋又不想吃了？'孩子在电话那头恼怒地说；'就是山珍海味天天吃也会腻的，你连这道理也不懂？'说完生气地挂了手机，剩下的她在楼梯口惭愧地发呆，竟忘了腿上的痛……"

这是我在报纸上摘录的一段真实的故事，故事的情节却和现实生活中许多家庭类似，尤其和我家主妇的所作所为极为相似，只要为了孩子们，自己身上的肉都舍得割下来，可怜天下父母心。

忘记了是谁在网上说："妈妈们都有个通病，只要你说哪样菜好吃，她们就会频繁地煮那道菜，直到你厌烦埋

岁月痕

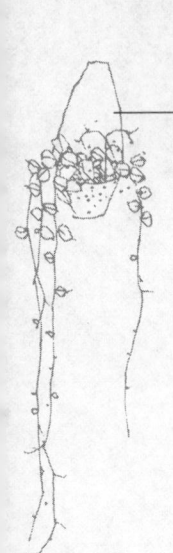

怨为止。其实她这辈子，就是在拼命地把你觉得好的，给你，都给你，她们不是不知道变通，只是爱得不知所惜而已。"

所以，愿天下做子女的，别苛求自己的妈妈，珍惜她还健在的日子，好好陪伴她，这世上，不会有比她还爱咱的人了，"子欲养而亲不在"是句老话，却能把人的心戳得千疮百孔，生痛无比。

"所谓父母子女一场，有时想想很悲哀，我们之间的缘分，就是此消彼长，就像一棵树和土地，还是种子的时候，土地能包容我、孕育我，等我长高了，开出了许多花结了许多果，即便根仍然扎在土里，但树与土地之间，有了越来越远的距离，最后只剩下默默的守望。"

二十四、四合院里的老邻居

自搬到九原区居住以后,不断地搬家挪地方,房子越搬越宽敞,居住环境越来越优美,到处树木葱茏、鸟叫蝉鸣,绿茵丛中不时飘出轻柔的音乐,但人来人往却少了交流和沟通,让人感到生活的不实在,总觉得少了点什么,怎么也找不到以前在四合院居住时与邻居亲密和睦的感觉,所以,时常会想起四合院里的老邻居。

东河区瓦窑沟附近有一条巷子叫新太店巷,这条东西走向的巷子共有四十几个大院,二哥结婚时就住在这条巷子的九号院,他搬家后我又继续在这个院子里居住了十几年。

这个院子里总共有十五六户人家,院子里正房一溜,住着赵木匠、月升嫂、金大爷、我、秦老汉、庞秀珍、二

岁月痕

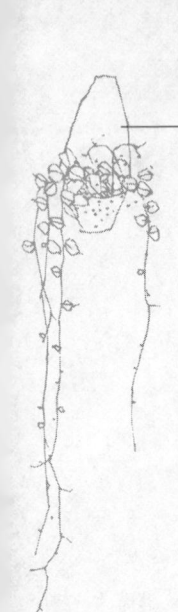

大大等七户，东房一排住着宁夏二高一家十几口、刘姨、三片等四户，西房四间住着小八子和郁裕祖孙三代人，南房只有两间住着庆恒一家，院里大人小孩约有两个排，五个民族，但都能和睦相处，亲亲热热，谁家有个大凡小事，都有热心的庞姨、月升嫂出来张罗。

当时人们的收入很低，常常是等不到开支，钱包便空空如也。院中邻居常常便相互借用，等开支后立马还上。那时候，不光是相互借钱，生活用品、工具都相互借用，如米、面、油、锅、碗、瓢、盆、自行车、缝纫机等，有时正炒菜，没有酱油，顺便到一家要点救急，那时，不管谁家缺少什么东西，只要张嘴向邻居说说，便能得到解决。

那时候，改善一顿生活是很难的事，谁家只要包个饺子、炸个油糕，肯定不会忘记给邻居端上一碗。吃点稀罕东西，必然会给邻居送上一份。

四合院里的人们，几乎没有什么隐私，因为每天相互串门是必不可少的，大家和睦相处，相互间问寒问暖，谁家有个急事难事、小灾小病，常常会得到众邻居的关照。哪家有个吵嘴的、打小孩的，邻居会在第一时间赶来。四合院虽然拥挤杂乱、嘈杂，但邻里之间常来常往、互助互

帮，其乐融融，像一家人一样。尤其是过年过节团结和睦的氛围越显浓厚。不像现在，人们居住条件好了，但相互之间封闭了，没有情感交流了。在一个单元楼里住了十几年，居然叫不出彼此的名姓来。

上西房住的赵木匠一家六口。赵木匠是典型的老工人形象，紫红的脸膛、粗壮的双手，胳膊上的血管一根是一根分得清清楚楚，因为常年的木工营生，背有点驼，常有咳嗽气短的毛病，不喜欢多说话，一旦说话慢言踏语，很有乡土气息，在院里人缘也不错，祖上三代贫农，是当时背景下的依靠对象，但和我们这些"黑五类"子女也相处得很友善，我记得他还帮我买过一对板箱和两把椅子，那个时候这种东西可是个稀缺货。赵婶个子高高大大，大嗓门，说起话来满院都能听到，干起活来雷厉风行，过日子很仔细，几个孩子都在上学。

月升嫂是我心中最为尊敬的一个人，虽说身体不太好，但却热心助人，谁家有点为难事，只要让她知道，她都会想尽办法、诚心实意为你解决。我在那院住的时候，不会做饭，常常求救于她，她不管手头多忙，只要你去找她，她一准帮到底。有一年，说好万明等朋友要来品尝家乡的特产——莜面，自己又不会做，就又想到了月升嫂，

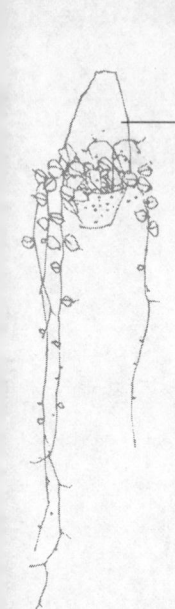

到了她家，我见月升嫂的孩子正感冒发烧，急得她满地团团转，我也帮不上她什么忙，实在不好意再求她帮忙搓莜面，只好怏怏离去，她也不知道怎么知道我们要小聚吃莜面，等我们下班回来，两屉细腻均匀的莜面鱼鱼早就码在笼屉里了。月升哥也是干木工的，不喜欢多说话，个子不太高，心气却挺高，在厂子里是模型工，每年都是先进工作者，别看他外表感情淡漠，内心却像火一样炽热，他对时事政治毫不关心，但对时局却看得清清楚楚，他对我们这些当时谁也不敢沾边的黑五类们，却异常关心，只是不表示在言语中。那年，二哥工作调离包头后，给我留下个大风箱，这个风箱与自己居住的房间极不般配，它样子大不说，风力却不大，拉起来忽踏忽踏的，就是吹不起火来。有天，月升哥来我的居室串门，这间屋子虽家徒四壁但清清爽爽，唯有这个风箱是个庞然之物与十几平米的居室格格不入，当时他也没有说什么，只是把锅台的尺寸量了量。有一天，他也没和我商量什么，就把这个大风箱搬走了。没过几天，他就把一个与锅台配合极为合适的小风箱给我搬过来，并让我生火试试风力。就我当时的经济状况，是绝对没有条件谢人家的，只好真诚地向月升哥深深地鞠了一躬。"谁也有个马高蹬短的时候，你也不要灰心

丧气，再多的云也有散的时候。"月升哥朴实的几句话至今仍在我耳边回荡，我时时提醒自己，千万不要忘记过去的人和事。

院里正房住着的金大爷老两口，金大爷是我心中崇拜的偶像。老爷子很有学识，据说还是北京地下党负责人刘仁的交通员，也不知道是什么原因，竟成了受批判的对象，从北京到了包头，先是开了黄河酱油厂，也不知又犯了什么事，后来一直在家闲居。他有八个儿子，其中老六老七不幸夭折，六个儿子都在干极为普通的工作。

金大爷神采不凡，头发虽有些白，但红光满面，精气神挺足，说话的声音像浑厚的钟声传得很远，他对酿造、糕点等有关化学方面的研究颇有造诣，后来不知什么时候竟对祖国医学产生了浓厚的兴趣，常常能看到他伏案疾书，时间不长，居然能与市级大医院的大大夫攀谈交流切磋医术。他有时喜欢在四合院的房檐下乘凉闲坐，拿着把蒲扇，笑眯眯地望着巷子里来来往往的人们，像是在休闲，又像是在思考。他对子女的要求极为严厉，让每个孩子都要具备生存的本领和维系生活的资本，他常说不论干泥瓦匠、木工，还是其他与老百姓生活息息相关的什么营生，只要社会存在，就离不开这些人。我在那院待的时

岁月痕

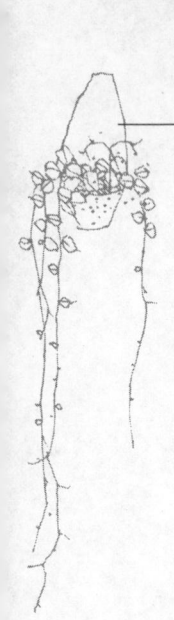

候，也常受到金大爷的熏陶，学木匠我买不起木工的工具，学瓦工身体素质又不行，他给我拿过来几本医书，读读吧，书中自有黄金屋，当时自己在市针织厂工作干的是染匠，又是临时工，便横下一条心，开始了自学中医的艰难之路，而金大爷就是我的启蒙老师。

在西正房居住的庞姨是街道主任，那时的街道主任可是了不起的人物，只要说谁有问题，谁准得挨批判住学习班，但庞姨对我是另眼看待的，虽没有帮过我什么，但在微不足道的生活细节上，常常给予关心。夏天，一般人家都在院子里自己砌盘的炉子上做饭。我一个人没必要也不会弄个春炉子，每当她们做完饭，她的大女儿丽萍就喊我在那儿做饭，我端上个小簸箕，铲些煤面就过去了，三下五除二，一顿晚饭也就好了，这样既省了生火还节约了燃料。

那个时候特别想当兵，曾经也求过庞姨，但人家不好和我这个初出茅庐的小子说明什么，只能婉言谢绝，我曾经埋怨过她，这么点忙也不肯帮。后来我才慢慢知道其中的奥秘：鉴于当时的局势，我是不能加入到这个队伍的，因为政审就过不了关。

东正房的二大大老两口是回民，二大大有咳嗽气短的

224

毛病，冬天喜欢用衣服大襟把嘴捂着在院里出出进进，小脚，穿着很干净，打扮得极有民族特点，说起话来有板有眼，很同情我的遭遇。那年冬季，我心烦意乱，天寒又没有取暖设备，肚子难受，熬了点汤药喝下卷缩在炕头，不知二大大怎么看见了我萎靡不振的样子，悄悄地进来我都没有发现，"孩子，不要太难受，事情总会好起来的，留得青山在不愁没柴烧。"几句话，把我的心说得热乎乎的，竟不自觉地流下了眼泪。自父母回到家乡后，多少年了，出来进去就我一人，我就没有见过自己的亲人，更没有得到过亲人的嘘寒问暖。二大大送过来的两个煮鸡蛋，觉得沉甸甸的，久久舍不得吃掉，至今想起来，犹如昨天的事情，不能忘怀。一晃40余年过去了，每次想起这件事，我都不由得涌出热泪，那个朴实善良的二大大让我在远离父母的时候得到母爱，在最艰苦的岁月得到抚慰，那个热乎乎的鸡蛋让我今生今世回味无穷。

上西房住着郁裕祖孙三代人，是这个院里颇有文化素养的一家，郁裕姥爷很有气派，山羊胡子梳理得清清爽爽，满脸的慈祥，打扮朴素干净利索，走起路来慢却稳健，从后背看绝对想象不出他已经是个年迈的老人。老人家年纪虽至耄耋，但说起话来声音洪亮，慢条斯理，抑扬

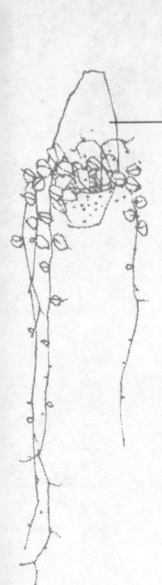

顿挫，颇有学者风范。我不知道老人家过去是干什么的，他和院里的人们都能和睦相处，我也发现郁裕常常和老人家有些争执，也许是晚辈又在和他撒娇罢了。郁裕母亲不喜欢说话，也不善和院里的人交往攀谈，但却很和善，闲暇有抽烟的嗜好，在众人面前从不抽。郁裕和她母亲的性格迥然相反，她热情大方、快言快语，喜欢帮助别人，看到别人有毛病的时候，会直言不讳地给你指出，也不怕你受制。有一回，月升嫂让我帮她画一幅干枝梅的素描，她要为月升哥绣枕头，我实在不好推脱，自己又没有这个本事，憋了几天总算画了出来，不知怎么让郁裕知道了，找到我，连珠炮似的对我说："画得太死板，根本没有立体感，这样绣出来能好看吗？"说着她掏出一本画册，上面正有干枝梅的图，我照猫画虎，总算完成了月升嫂的任务。

  院里还有几户人家不喜欢和人们交往，彼此很淡漠，见面只打个招呼而已，因此在我的印象中也十分模糊。

二十五、镜头记录下的酸甜苦辣

当我从书架取出一本本影集仔细翻看，拿起泛黄的老照片，回忆曾经的往昔，物是人非，耳边响起的风声依旧，眼前盛开的繁花依旧，只是那些身影不知踪迹……

一张张笑容可掬的老照片，记载着我色彩斑斓的童年、艰难酸苦的青少年以及自我成长历练的过程。一张张老照片真的蕴含了许许多多酸甜苦辣咸，有乐趣，有痛苦，有感动，缕缕情丝，记载了一个个鲜为人知的故事，负载着一段段美好的回忆，细细地摩挲着、品味着，回忆中弥漫甜甜的酸酸的气息，但不管是苦是甜，回忆起来总会泛起含泪的微笑。

记忆里，家里的第一张全家福听父母亲说是在呼市的某个照相馆拍的。当时我也就是五六岁，站在父亲的身

岁月痕

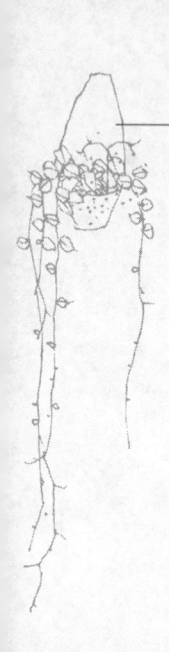

旁，身着中式不合体的布衣裤，留着马鬃头，一脸的稚嫩，有些羞涩害怕的表情让人哑然失笑；大妹则端坐在父亲的膝上；两个哥哥在父母身后站着，略显自信、豪迈；父母亲正值壮年，显得年轻、沉稳、忠实。照片已有些发黄，但那是我们家的第一张全家福，所以这张老照片一直在我的相册珍藏，因为那个年代拍张照片是一项非常奢侈的消费。

第二张全家福是在包头青山区的钢城照相馆照的，隐约记得是在1958年的春节后。家里又添了小妹和小弟，当时我也就是十来岁，已经懂得了许多事情，要拍照片自然是件了不起的大事，拍照的时候真的很紧张也很兴奋。在摄影师的安排下，全家人大人坐好，小孩站好，摆弄了很久，照片才拍完。忐忑、兴奋地等待一周后，拿到了一张非常严肃的全家福照片。家里人全都有些紧张，拍得极不自然，我站在父亲的身旁，头还有些歪，大妹站在母亲的一侧，两条小辫还直直地撅着，小妹和小弟都在父母的怀里。当时真的很兴奋，我迫不及待地把照片装在镜框里高高地挂起来，希望所有来家里的客人都能看到这张照片，这是我们家的第二张全家福，与第一张全家福已经间隔近十年。那时，家庭生活虽然艰辛，但充满了欢乐。

从这两张全家福开始，我对照相就开始怀有特别的情怀，心中时刻在想，什么时候我也能拿起照相机给家人拍照啊？

参加工作后，看着朋友们的海鸥牌照相机十分羡慕，经常围着这些朋友忙前跑后，为的是跟这些朋友们学些照相的知识，没过多久自己居然也学会拍照片了。

随着喜爱程度的不断增强，倾注在玩相机的时间明显增加，几乎所有的业余时间都在捣鼓相机、研究摄影理论，慢慢地自己拍照的水平逐渐有了提升，有的照片还得到不少领导的夸奖和肯定，有的照片还获得《包头日报》的新闻奖。拍摄水平虽然很有进步，但自己还是买不起相机，所幸包头针织厂工会的理光5、理光10相机我都能随时借出来进行拍摄，虽然辛苦又费力费钱，但我对摄影的感情一直都在，那种兴奋感，至今记忆犹新。

20世纪六七十年代，经常能拍上黑白照片确实是件奢侈的事情，我的家庭生活尽管艰辛，但在这方面还是富有的，因为我们常常呼朋唤友结伴去郊游踏青，或参加只有二两薯干酒和几粒大豆佐酒的朋友小聚，或逢年过节的家庭团聚，我们常常举起相机把这种富有的精神生活捕捉下来。小小的135相机拍摄的黑白照片，张张都显露着那

岁月痕

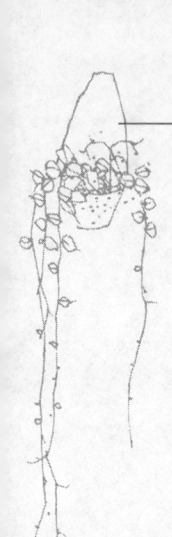

个时代的气息。

当然，在这些老照片中，记录着我们一家及亲朋好友的喜怒哀乐，记录着大家的生活从艰辛到甜蜜的过程，记录着至亲好友踏青欢聚的兴奋和欢快，张张照片都有一个动人的故事。

照片记录最多的还是我的女儿们，从她们六个月起，就都有照片记录着她们的成长历程：爬坐翻身、蹒跚学步、呀呀学语、喂奶、洗澡、公园游玩、第一天上学、佩戴红领巾……孩子们的成长过程都有照片佐证，每当自己翻阅这些老照片时，感情激荡不已，那种甜蜜、幸福的感觉就像又回到了那个时代，让记忆之大门敞开，遐想无限。

当好多同龄人还需穿戴整齐上照相馆拍照时，我的孩子们已经成了我拍照的小模特，拍摄着她们吃饭、挖苦菜、推自行车、滑梯、写作业等各种生活的镜头。

壬辰年中秋，我们兄妹相聚包头的"世外桃源"，相欢时大家看到我带去的一张照片不禁哑然失笑。这张照片拍摄的时间大约是1977年左右，二哥的两个孩子、大妹的两个孩子和我的大女儿，在大妹家的炕上靠墙角的地方，按大小一溜儿排开，孩子们稚气未脱，笑容可掬，童

真浪漫，神态各异，虽然个个穿戴得破旧土气，表情特别可爱。这张照片虽然是黑白的，但我却一直珍藏。照片上的孩子们现在都已经成了他们孩子的父母亲，自己的小孩也比照片上的他们大了许多，但孩子们那天真烂漫的样子将永远定格在我们的心坎上。

日月如梭，孩子们渐渐大了，莫等闲白了少年头，看看孩子们和孩子们的孩子，真是感慨万千。岁月不饶人，低头想姊妹们各有建树，下一代更是青出于蓝而胜于蓝，我们都感到很欣慰，长江后浪推前浪，一辈一辈都是这么传承的，过好我们真实生活的每一天，这就是幸福。

父母亲在农村待的那几年，我同样拍了照片：经过七八年的农村生活，父亲园艺工程师的形象已经荡然无存，活脱脱的一个农民打扮，中式的对襟棉袄还露着针脚，棉裤肥大，脚踝处还用带子绑着，头顶的帽子虽是皮子的，还很陈旧。母亲的衣着打扮也是典型的家乡老妪式的，但她的言谈举止仍然透露着城市老太太那种气度，虽显得苍老了许多，但母亲在那样的环境中仍保持着自己独有的爱干净的嗜好，在照相之前总要把自己梳洗打扮一番。

1967年的春节，是父母亲被迫回到老家后，我和二哥、大妹在包头一起度过的第一个春节，二哥家中又添了

岁月痕

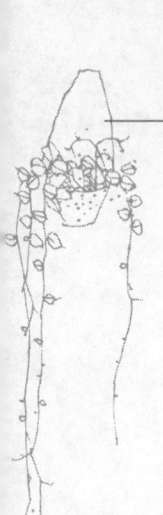

两张嘴，生活窘迫，我们彼此情绪极度低落，好在为兄的在我们身边，觉着是最大的靠山。知道父母亲和小妹、小弟被迫遣返到老家，生活很悲惨，暂且栖息在三叔的凉房里，生活起居极不方便，加之运动连连，与当地乡亲又很生疏，且是戴着"帽子"回去的，每每想起这些，心中如打翻了五味瓶子……

年是什么？年怎么过？特别是父母亲又不在包头，"年"的概念更加模糊了，年好像越来越远，年味越来越淡，因为总觉得有父母在才像过年。

儿童时代盼着过年，因为过年能穿上母亲给做的新衣服，吃上白面饺子和馒头，和小伙伴们嘻嘻哈哈地玩耍，兜里揣着100响的小鞭炮，乐颠颠地东家进西家出，还不时地用香烛点燃小鞭炮，啪啪的响声后就能闻到浓浓的火药味。有好吃的、乐呵呵地玩，还能得到长辈们给的一毛或五毛的压岁钱，那年味儿真足。

等到长成半大小子，依旧有着对过年的期盼，可如今父母被迫遣返到原籍，我再也没有兴致想过年的事情，心中再也没有多少奢望，早早地就睡了，所以只是有一点点过年的迹象，只是在门框上贴了副对子，那时的过年就是在饱受煎熬。

二哥极不愿意看到我们这样的精神状态，大年初一的早上，他邀我和大妹三人去三三照相馆拍了张照片，上面题写着：1967年春。照片上兄妹三人极富青春气息，但从表情上看明显地忧郁重重，心中的懊恼还是在照片上显露无疑。我是学中医的，深知人的内心活动和外在表现是会保持一致的。

　　那个年代，学会照相是很费钱的，虽说黑白胶卷不算贵，但自己工资少，冲胶卷洗印照片也消费不菲。为了省钱自己买了显（定）影罐、显影粉、定影粉，又请木匠朋友制作了晒盒，简单的冲洗设备就备齐了。上光板、烘干等用具我们是买不起的，只好把玻璃擦得亮亮的作为上光板，烘干只能靠自然风干了。

　　自己的住房就是暗房，冲洗设备因陋就简，一切准备就绪，自己就开始冲洗胶卷、放印照片。白天上班没有时间，冲洗印全部在晚上进行，夏天天黑得晚，为不影响第二天上班，我们早早把窗户、门用被子捂得严严的，心甘情愿忍受酷暑的煎熬和墙上吊挂的红灯泡的烘烤，汗水不时往下流淌，我们却乐此不疲，尤其是当印出效果好的照片时，心中的快乐简直无法用语言表达。

　　彩色胶卷逐渐流行起来，人们对彩色照片的喜爱程度

岁月痕

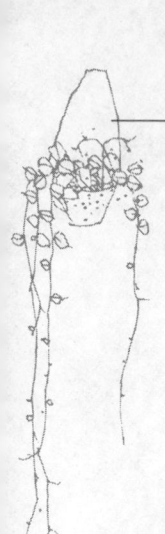

越来越强烈，但老百姓还是没有到照相馆照彩照的时间和习惯。我和王仲贤、吕福几个摄影发烧友，趁春节休息时间，就想起了走村串户地去照相，一来可检验自己的摄影水平，二来还有些收入。那年春节期间，我们三个人骑着自行车，到近郊的邓家营子、陈户窑子等村落吆喝着照相，虽说那时改革号角已经吹响，市场经济开始在祖国大地掀起，但都是当中医大夫的我们，堂堂国粹的继承者，爱面子，放不下架子，还处处怕碰上熟人，也不敢大声吆喝，自然生意平平。

走了几个村子后，我们的胆子就大了，也敢吆喝了，也能主动向老百姓介绍自己的业务特点，还懂得揣摩顾客的心理，也知道怎样笼络顾客。我们常常是进了这家院子，又到了那家院子，就这样出出进进的，倒也觉得风光自在。我们既欣赏了农家小院门前鲜红的对子和对子上面的内容，又能看到农民朋友现实生活的变化。逐渐富裕的农家人举家庆贺春节，照张全家福是欢庆节日必不可少的内容，我们抓住这一时机，走村串户为人们照相，心里倒也美滋滋的。但有时看到村民们举家欢乐的场面，我们心中多多少少有些酸溜溜的失落感，但为了自己的爱好，也为了挣些钱贴补家用，心理、心情还是比较平静的。

有一天，进了村落就有人指指点点，进了院子呼啦就有人出来看我们，原来是我穿着个黄军大衣惹的祸，他们以为我们是抓赌的。那时，人们的娱乐活动少，农闲下来村民常以赌博为乐，政府对赌博严厉打击，村民们警惕性很高。知道这些后，尽管天再冷，我也不穿军大衣了，因为这影响我们的生意。

记不清是哪年的春节，我和仲贤、吕福三人骑着自行车直奔磴口，过黄河，去德胜泰那个村子去照相。虽说已到六九、七九的季节，但黄河仍然千里冰封。走在黄河上，河面上不时地发出砰砰的巨响，河床上一道道足有一二公分的裂口子，遍布在整个河面上，有的地方还能看见黄河的水在冰下流，吓得我不敢往前走。听老吕说，越是响的地方，表明河水冻得越结实。就这样走走停停，几百米的河面走了好长时间。大约到了对岸，我才放下自行车长长地舒了一口气，真可谓经艰历险。

20世纪90年代彩色胶卷已经开始流行，最多是柯达、富士、乐凯这几种，其中柯达还原色彩最好，适宜拍摄产品类照片；而富士胶卷较为绚丽夸张，拍摄生活照最合适不过。当时市场上出售的胶卷，标准规格是36张，不过照片达到上限后，只要把握好，往往还可以多抢拍几

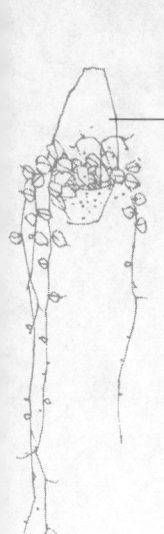

张。有暗盒的彩卷贵，我们大多买没有暗盒的彩卷（这种卷便宜），照完一个胶卷后，换另一个胶卷是不能在光线下进行的，只好蒙在被子里或在山药窖里装。这个营生可不轻松，往往累得满头大汗，但全然不顾这些，仍然我行我素乐此不疲。那时候彩色胶卷相对来说很贵，所以拍一张照片，按一下快门都是非常谨慎的，拍糊了是会心痛的。

2000年后数码相机、可摄手机的不断涌出，彩色胶卷黯然失色，几乎无用武之地。照相全部是数字化，再也不用担心按快门拍糊照片了，且数码相机内存卡容量也大，想拍什么就拍什么，不管是谁拿起来都能拍，拍得好的装到电脑里，还可以修版、"换身"……现在，几乎家家都有数字相机，照片存在电脑里，点击即看，还可以整理成电子相册。智能手机的普及，给摄影爱好者带来了巨大的便捷，人们可以随时随地拍摄、剪辑、修饰，好的照片还可通过微信发到亲朋好友们手机上，人们时时刻刻都能享受精彩瞬间。

科技的发展真的很快，一切都跟着改变了，这种改变让我们的生活越来越好，越来越丰富。

我始终把摄影作为自己的特别爱好，相机也越换越好，我用这些相机曾给卫生部原部长陈敏章、自治区原副主席赵志宏、包头市副市长孙桂芳拍过照片，这些照片都是抓拍的，并且获得好评。当然拍得最多的还是我们的家庭照。

喜欢捕捉工作生活中一闪即逝的美妙瞬间是自己的一大喜好，几百个胶卷和几十本相册足以证明自己对摄影的执迷不悟。功夫不负有心人，自己的作品在摄影天地初露头角，曾获《包头日报》《健康导报》《包头卫生报》等媒体举办的新闻图片竞赛鼓励奖。

岁月痕

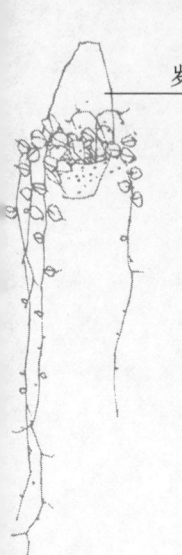

二十六、旅行途中的欢乐

花钱旅游不冤枉

我特别喜欢旅游,但家里经济状况有限,出门旅行是种奢望,运气好的时候,单位有公差派,还有机会在外地转转,但这种机遇毕竟很少,自己是个小干部,出差的机率真是少之又少。但心中向往旅游的情结有增不减,所以,就从报刊上收集全国各地名胜,仔细阅读这些风景胜地的有关资料,时间长了,各地旅游名胜资料收集的特多,只好归类剪贴,这样一来,全国主要名胜古迹的资料就整理了十几册,这些资料对我后来出去旅游打下了良好的基础,无论走到什么地方,我都能说出个子丑寅卯来,令和我同游的亲朋好友十分钦佩,直夸我知识面广,懂得多，其实，他们都不知道我平时就注意收集积累许多名胜古迹之类的资料，从中汲取了这方面的知识。

后来，家境逐渐好了起来，想出去旅游的念头又萌生了。

先前，我是独自出去游山玩水，后来家庭经济状况逐渐充盈，便携妻子一同去外地旅游。细细想想，我们也确实去了不少的地方，东北的长春、沈阳，河北的石家庄，山西的王家大院、乔家大院、绵山、平遥，陕西的西安，广东的广州、深圳，广西的南宁、北海、桂林，海南的三亚，湖南的长沙、张家界，湖北的武汉，云南的昆明，四川的成都、重庆，福建的厦门及华东五市……当然也有因公出差顺便旅游的，但绝大多数旅游还是自费去的。这些钱花得不冤枉，使我们开阔了眼界，增长了知识，锻炼了身体，陶冶了情操，获益颇多。

美丽的长白山

曾参加在吉林延边朝鲜自治州举办的医院管理工作论文研讨会后，举办单位组织我们去长白山旅游，这趟旅行虽然是公差顺便办的，自己还是掏了不少旅费。

天还没有大亮，我们就都乘坐在大巴车里，汽车足足

岁月痕

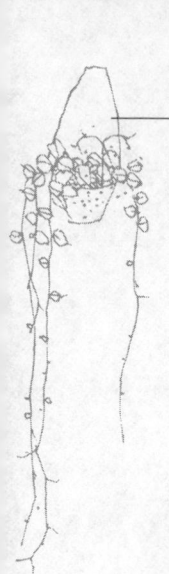

走了三个小时,到达了俄国和清朝政府曾经签订过的"瑷珲条约"的珲春镇防川村。铅灰色的云朵把湛蓝的天空遮掩得严严实实,随着轻风吹来,飘起了零星的雨点。但这并没影响游人的兴趣,我们在濛濛细雨中开始了别有情调的三国之旅。

从车窗望去,左侧的俄罗斯境地,草木葳蕤,野花绽放;右侧的朝鲜境地,图们江水澄清碧绿,淙淙流淌;中国的公路上,游人络绎,笑声不绝,没有国籍的蜂蝶和山鸟,起舞翩翩,啾啾而鸣,不时地越境而过,穿梭往飞,真是"花香溢三邻,笑语传三邦",另有一番滋味在心头。

防川村在珲春城南70公里处,位于中国、俄罗斯和朝鲜三国的交界处,有"东方第一村"之称。此处"鸡鸣闻三国,犬吠惊三疆"。车里的朋友说:站在驻军哨所前面"望海阁"的楼顶上,举目而望,一旅三国,边塞风光,尽收眼底。

到了防川哨所的时候,已近中午,天空飘起了若有若无的雨丝,凉瓦瓦的落在了脸上,增添了几分惬意。登上"望海阁"的楼顶上,举着望远镜,在濛濛细雨中尽览三国景色。防川的南面,隔水与朝鲜相望,江上飞架南北的俄朝铁路大桥,一列火车吐着白雾隆隆而过,驶向江对岸

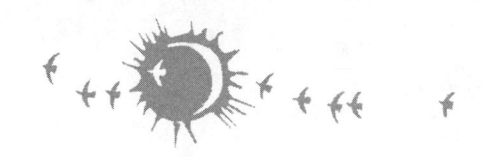

朝鲜的豆满江市，从中国领土上看到的这座桥，就是连接俄罗斯和朝鲜的桥。桥的左边是俄罗斯，左边的三个桥墩是俄罗斯建造的；而右边的其他几个桥墩是朝鲜建造的，桥的右岸就是朝鲜。桥下面的水，是中国和朝鲜的界河——图们江。从长白山悠然而下的图们江，千回百转，蜿蜒东流，像一条白练从这里飘出15公里注入了日本海。防川的东面，是俄罗斯的哈桑镇，小镇绿树掩映，炊烟袅袅，不时传来鸡鸣狗吠，哈桑湖犹如一面蓝色的镜子，映照着俄罗斯的草地风光。

听同车的朋友介绍，到长白山不观其瀑布，就等于没有真正去过长白山。我们不辞辛苦又驱车往长白山瀑布景点赶。

"长白瀑布位于白头山天池池北，长白天池四周有十六奇峰，北侧有一缺口，称U形门（古称小门），天池水由此流泻而下，由于山大坡陡，水势湍急，一眼望去，像一架斜立的天梯，人们称之为'通天河'，也叫'乘槎河'。乘槎河从山口喷豁而出，跌落直下，形成高达68米的瀑布——长白瀑布。长白瀑布是松花江之源，是我国东北最大的瀑布"。

"它纬地经天，云翻雨倾，几十里外可闻咆哮声，势

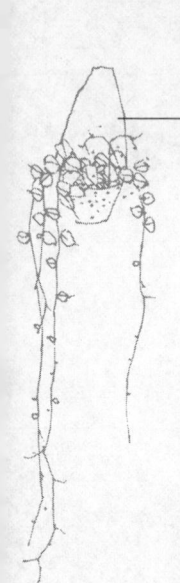

如万马奔腾，景象十分壮观。游人经过这里，无不驻足仰望，感慨万千。瀑布状如白练，从天而降，雷霆万钧，如玉龙扑向谷底，急流跌水，其景象蔚为壮观。千百年之后，瀑布下形成深约20米的水潭。潭水流出，汇为二道白河"。

"瀑布口有一巨石名曰'牛郎渡'，将瀑布分为两股。两条玉龙似的水柱勇猛地扑向突起的石滩，冲向深深的谷底，溅起几丈高的飞浪，犹如天女散花，水气弥漫如雾、如云、如烟，气势磅礴，撼人胸臆，沁人心脾。"据同去的伙伴介绍：隆冬时节，长白瀑布从悬崖上凌空而下飞起万千水滴，瞬间水花纵横喷射，十分壮观。诗云：白河两岸景清幽，碧水悬崖万古流。疑似龙池喷瑞雪，如同天际挂飞流。不须鞭石渡沧海，直可乘槎问斗牛。欲识林泉真乐趣，明朝结伴再来游。

长白山天池，是松花、图们、鸭绿三江之源，是中朝两国的界湖。它像一块瑰丽的碧玉镶嵌在雄伟壮丽的长白山群峰之中。

天池略呈椭圆形，形如莲叶初露水面。据《长白山江冈志略》记载："天池在长白山巅的中心点，群峰环抱，离地高约20余里，故名为天池。"天池实际湖面高度为

2194米，是我国最高的火口湖，不愧"天池"之称。"天池的湖水面积为9.8平方公里，湖水平均深度204米，最深处达373米，是我国最深的湖泊"。

"天池被巍峨陡峻的16峰环抱着，其中海拔在2600米以上的有5座，以白云峰最高，海拔2691米。16座奇峰嵯峨耸峙，姿态各异：白云峰气势磅礴，天晴时群峰毕露，独此峰烟雾缭绕，云锁峰尖；玉柱峰拔地摩天，似一柄寒光闪闪的锋利宝剑；紫霞峰石壁参差错落，色浓绛如紫霞；鹰嘴峰峰起双尖，如雄鹰展翅欲飞；冠冕峰重峦叠嶂，气象端严，如帝王之冠冕；铁壁峰石色赤黑、青褐如铁壁……16座山峰座座踞龙盘，气势雄浑。'处处奇峰镜里天'，天水相连，云山相映，云中有山，水中有云，倒映在湖水中的岚姿云影是一幅绝妙的泼墨丹青，令人叹为观止"。

长白山天池由于海拔较高，气候说变就变，风狂、雨暴、雪多是它的特点。

"虽然气候寒冷，但生长在有限范围内的茵茵芳草和鲜花以蓬勃的生命力使天池跃然生辉。雍容华贵的长白杜鹃，第一个把春天带到皑皑白雪上，它们在海拔2000米以上的高山苔原扎根，铺翠叠锦。婀娜多姿的高山罂粟，

岁月痕

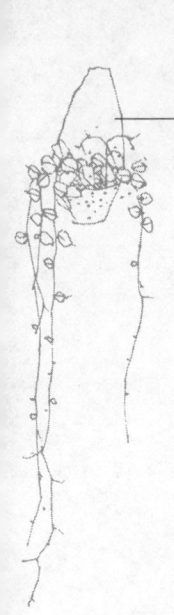

花朵洁白，它与杜鹃一起被誉为长白山两大圣花。胜似红衣仙女的高山百合、叶茎由地下蜷曲向上的稀有的倒根草、宛如金色耳环的高山菊、小巧玲珑的长白龙胆和遍布各个角落的高山桧，还有第四纪冰川时期由北极推移过来的长白越桔、松毛翠等，匍伏着矮小身躯，以坚毅而顽强的生命力，共同编织着锦绣的天池风光。"这些知识都是一同来参加会议的朋友一边游览一边介绍的。

据报刊报道，长白山天池有"怪兽"出没。目击者称，"怪兽"体形似狗，头状如蛇，眼圆像栗子，嘴如鸭，梭形脊背灰黑油亮，似有棕色长毛，腹部洁白。它游速如飞，尾部拖着10多米长的人字形波纹。可惜，我们去天池的那天，天公不作美，阴沉沉的，根本没有看到"怪兽"。

山水皆靓丽的张家界

看过张家界的山，就不要再看天下的山了，那简直太美了。那儿的山不同于我们内蒙古的山连绵不断几百里，而是一山一景，一景一山个个有着自己独特的形象，挺拔、高耸如云。毫不夸张地说，站在山脚下仰望，但见笔直的山体直插云霄，扯片白云就可当伞，尽管山峰峭壁岩

石坚硬，但还是长满了郁郁青青的各种树木，山峰与山峰相距也不太远，远的有十几里，近的却在咫尺。张家界我去过两次，一次是在2000年，当时到黄石寨景区，还没有观光汽车，全部是徒步，爬山也没有缆车，都得自己一步一步往上爬，常常把我们累得汗流浃背直喘粗气。据导游讲《西游记》中的许多景点都是在这儿拍的。站在"摘星台"等景点往下看，万丈深渊，山腰间飘荡着片片白云，你若伸手几乎可摘到白云，真是令人毛骨悚然。我从这山的山顶上了"仙人桥"，当时并不觉得有什么，等过去才看到，"仙人桥"仅有2米余宽，两旁也没有栏杆，桥的另一头山顶也只能容纳六七人，徐风吹来，似乎整个山体都在随风摇摆，吓得我赶紧拽住山上的松树枝，半天不敢说一句话，我小心翼翼地从"仙人桥"的这头往回走，腿颤抖着，步履艰难，在游人的相携之下终于回到保险的山腰，心仍在怦怦乱跳。

"十里画廊"、"金鞭溪"这些景区，当时还没有开发好，徒步游"十里画廊"也颇有趣味，走的全是小径，原生态景观颇多，虽说有点累，但凭着导游抑扬顿挫的讲解和自己看着山势的形态，竟也能臆造出许多神奇的命名。当我重新抬头欣赏景色时，导游又开始介绍了，他滔滔不

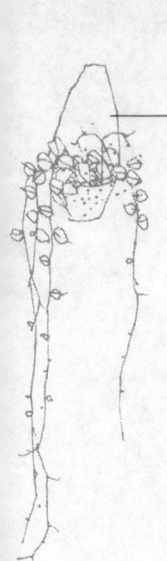

绝地说着，告诉我们这座山像什么，那座山像什么，还一边指手画脚地指给我们看，经导游这么一讲，那些平淡无奇的大山还真有点像导游说的那样，有几座山合起来特别像蛤蟆嘴，呈倒三角形，右边还有一个圆形的山头就像蛤蟆的眼睛，"蛤蟆"嘴朝着天，似乎想喝天上的露水；还有几座山像个大腹便便的和尚，左边的山是他圆圆的肚皮，右边的山是他打哈欠的大嘴，他懒懒地躺在那里睡大觉……更为惊奇的是每座山峰各具特色，造型各异，倘若你从不同的角度去观望山峰，就会有种种奇特的造型展现在你的眼前，你可以大胆地想象，为山峰臆造出许多美妙的命名。

　　张家界大峡谷是大自然在不经意间打造出来的一颗璀璨的明珠，让我们这些凡夫俗子得以触摸她温润的肌肤，走进她的灵魂，感受她险峻的气势，聆听她的兰馨之语，悦目赏心。

　　"宝峰湖，被称为'世界湖泊经典'，地处张家界武陵源风景区，距天子山8公里，距武陵源1.5公里，距黄龙洞8公里"。一小时后，我们乘车到达了宝峰湖景区，上了观光船。船缓缓地向前开着，湖水顺着船头划出几道斜痕，我举目四望，一下就被这里的景色迷住了，虽然我

也看过类似的景色，却都没这儿漂亮，碧绿的湖水就像蔬菜熬成的汁一样绿，绿中还带点微蓝，偶尔能看到几条鱼"嗖嗖"地从船这头窜到船那头，然后就不见了。我情不自禁地触摸了一下湖面，啊，水是温的，很舒服！

正欣赏着，忽听一阵歌声传来，原来是一个穿着土家族衣裳的阿哥在放开嗓子大声唱着山歌，我们立刻在船头和他们打起了招呼，他站在一条船上，也向我们这边挥着手，一直用歌声向我们表示热烈的欢迎。船上卫生局的崔大为也一展歌喉，与土家小伙对上了山歌。当我们还兴味正浓时，又遇到了一只渔船上的阿妹，也正用甜美的嗓子唱着山歌，表示欢迎我们去宝峰湖游玩。

黄龙洞是我第二次去张家界时游览的。

进入黄龙洞之前，当地导游阿妹给我们简单介绍了一下："黄龙洞已探明的洞底总面积10万平方米，全长7.5公里，垂直高度140米，内分两层旱洞和两层水洞。洞内拥有1库、2河、3潭、4瀑、13大厅、98廊。洞内有迷宫、响水河、天仙水、天柱街、龙宫等六大景区，整个大洞犹如一株古木错节盘根，散发开来，洞中有洞，楼上有楼，各种洞穴奇观琳琅满目、美不胜收。其规模之大、钟乳石之多、形状之奇，在国内外溶洞中是极为罕见的，被

岁月痕

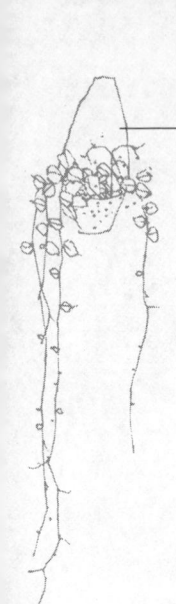

中外溶洞专家誉为世界溶洞的'全能冠军'。"

导游还强调说黄龙洞里面分4层，要走两个半小时，让我们一定要紧跟着她走，否则会迷路，当时我还很不以为然，寻思不就是个山洞么，至于走两个多小时，进去之后才发现，外表看起来如此普通的一小山，里面果然是别有洞天啊！

"自洞顶往下长的叫石钟乳，自洞底下往上长的叫石笋，两者相向生长连在一起就叫石柱。石笋、石钟乳、石柱统称为钟乳石。看看这一根，名曰定海神针，绝对是世界上最值钱的'针'，高接近20米，两端粗中间细，貌似长了20万年才长了这么高，其顶端仍有滴水，说明其仍在发育。"导游用甜润的嗓音在向我们解说着。

看到黄龙洞中洁白晶莹的钟乳石，令我们无不震撼，赞不绝口，很是激动，那些千奇百态的钟乳石数都数不清，大自然神工鬼斧创造出的奇迹，令世人百思不得其解。我们听从导游的，从不敢用手抚摸这些可爱的钟乳石，如果人摸得多了钟乳石表层被氧化了就会变黑.。

茅岩河漂流位于茅岩河风景区内，距张家界市城西32公里。茅岩河是澧水河中风景最美，险滩最多，风浪最大的一段。漂流水程18公里，落差66米，有惊无险的

河滩共55个。这是我们从导游口中获知茅岩河的基本资料。大家从景点的小摊买好了塑料雨衣雨裤,把怕湿的东西存放在车上,便三五成群地下岸登上橡皮筏子。橡皮筏子上分成两排,每排可以乘坐四五人,筏子上有可抓的带子,每个筏子上有一艄公把握着筏子的方向,尽管这样,艄公还是让大家穿戴好救生衣。只见艄公用竹竿轻轻一点,橡皮筏子便像箭一样射了出去,筏子上的我们心情极为惬意,互相撩着茅岩河的水泼水嬉戏,橡皮筏子与橡皮筏子上的人,也不管认识不认识,更不管男的女的,凡遇在近距离内都用手撩水,或用水枪相互泼水戏耍,大家说着笑着,全然不顾艄公的警示。沿河两岸峭壁险峰、飞瀑流泉、山势奇险,河水急湍似箭,猛浪若奔,劈岩穿峡,峰迴水转,真可谓:不是三峡,胜似三峡。在峡谷中逶迤穿梭,水流湍急穿石绕壁,追波逐浪,高低落差的惊险刺激仍历历在目。到了漂流终点,我们个个成了落汤鸡,但兴致很浓,就连我这个上了年岁的人,对这次漂流也留下了美好的印象,现在回忆起来,仍有种豪气在冲动。

七彩云南

昆明花博会后,我和妻子相携飞到昆明游览了世博

岁月痕

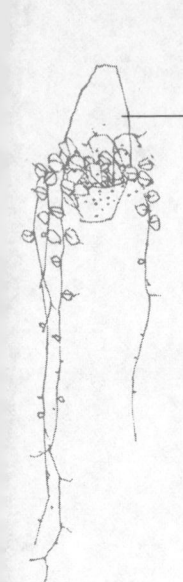

园，亲眼目睹了世界各国形形色色的植物种类，颇感世界之大，植物之繁多，真有刘姥姥进了大观园之感叹，虽说花博会已经过去一年，这里仍游人不断。

到了西双版纳，除了林木葱郁，你再也找不到一个更合适的词来形容眼前的景象，而且这没有任何的季节之分。就算景洪已然是现代都市，但能让它区别于其他城市的特征就是街道上永远绿荫密布的行道树。有趣的是，这里的行道树也不乏果树，龙眼、椰子等，但没有人在成熟的季节顺手摘取，因为热带水果在这里便宜得让人大跌眼镜。

七彩云南的品茶和石林景观虽然给我们留下了美好的回忆，但令人最为难忘的还是西双版纳的泼水活动。公历四月十三日至十五日，持续三天，是傣历新年又称泼水节，是傣族一年中最盛大的节日，节日期间，人群涌动，尽情地泼洒着幸福、吉祥之水……一个欢乐、祥和、盛大的节日让人们持续兴奋和狂欢了一段美好时光。

我们到西双版纳的时候，已经错过了这个盛大的节日，但泼水这种活动仍然在天天下午三时左右举行。泼水活动是西双版纳旅游项目之一，泼水活动常常在很大的一个广场举行，广场的中央地带建有许多储水池，约摸有几

百米长，呈一字长蛇阵。快到下午3点的时候，在广场南侧的竹楼上就坐满了男男女女、老老少少等待观看泼水的旅行者。须臾间，也不知道从什么地方传来了有节奏的铜鼓声，随着这些声音的出现，蓦然间从广场的四周涌来许许多多穿红挂绿的少男靓女，个个婀娜多姿独具傣族特色。他们踏着鼓点，逐渐从四周聚到广场的蓄水池一带，大家互相牵着手，围着水池，跟着鼓点跳起傣族舞蹈。不远处还缓缓走来几头大象，大象的背上坐着妙龄傣族少女，大象的鼻子不时来回摆动着，鼻子的摆动与鼓点和人们跳舞的节奏极为合拍。正在人们欣赏大象的时候，忽然从竹楼的一角发出一声似乎是螺号的响声，广场上跳傣族舞的青年男女的舞步戛然而止，激动人心的泼水活动拉开序幕。只见大家用花花绿绿的塑料盆、杯等用具，迅速从池中盛起水相互泼洒，人们的身上、脸上、头上，比比皆是水珠，大家笑着、说着、跑着、躲着、蹲着……广场上到处充满了欢乐的气氛，在竹楼上看泼水的我们也两股战战、奋袖出臂，急于先行，不自觉地随着人流，涌到广场参与了这场有趣的泼水活动。至今想起当时的情景，兴犹未尽。

岁月痕

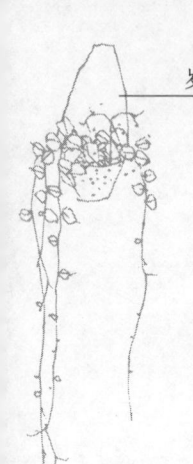

候鸟三亚情

庚寅腊月，与万明等至友相携齐飞琼洲做"候鸟"。

三亚位于海南南端，热带风光，秀丽迷人，滨海沙滩东起亚龙湾西至崖城，呈断续状分布，椰子、腰果、油棕、橡胶热带植物四季长青，是东南著名的避寒胜地，因此，人们常说："不到三亚，枉来海南。"据说，三亚与全球著名的巴厘岛、马尔代夫、夏威夷同处北纬18度，是著名的长寿养生天堂。初来乍到三亚，颇感激情荡漾，我等将亲身体验南国人的惬意之冬。

节令虽说已属隆冬，但琼州三亚天蓝蓝海蓝蓝，三亚河边尽白鹭，棕榈叶冠遮天影，槟榔椰林迎风摇曳，树下候鸟歌友引吭高歌，手风琴不断传出激荡的旋律，盏盏红灯扮靓三亚的条条街道，各种鲜花竞艳吐芬芳，许多不知名的绿叶灌木错落有致，把个三亚市装扮得分外漂亮。弥漫的花香就是下酒的小菜，把酒临风畅怀酣饮，醉了勤劳善良的北国人，使北方汉子真正享受隆冬的椰风海韵。

早晨，我们在山涧鸟啼声中的山水国际别墅旁的临春镇村民小屋中悠悠醒来，满屋子就飘荡着万明兄熬好的蒙古奶茶清香，诱使着我们垂涎欲滴。虽独在异地为异客，

但喝惯了奶茶的我们还是把它当做我们最好的佐餐饮料。餐毕，身着T恤衫、短裤，哼着小曲，迈着慢三慷慨而典雅的步调，去白鹭公园散步。这个公园紧傍白鹭河，河边红树林盘根错节，很茂盛，树上的白鹭成群结队飞来飞去，有的在树梢上幽雅地鸣叫、观望，有的舒展着翅膀在白鹭河上空盘旋，不时一个猛子俯冲下来钻在水中，须臾钻出水面，嘴上立刻就能叼着条小鱼。公园里，外地人居多，有唱歌的、跳舞的、打拳的，有坐在树影下打麻将的，细细听来，东北味儿、河南腔、山东音……处处飘荡着南来北往的浓浓乡音，现在生活好了，也有条件了，人们就一个目的，充分享受南国幽雅的山山水水和清新的空气。

　　午后，我们徜徉在楼宇环绕的湖畔，圈圈涟漪拨动心弦，看水静水动浮华了去，心分外轻盈。兴致高的时候，我们呼朋唤友赴亿阳温泉尽情放松自己。幽静的洗浴环境，温暖宜人的汩汩泉水从不同的方向流到深浅不同的池内，喷涌的泉水溅出串串水珠，犹如沸腾的玉泉，雾气缭绕，泉水清澈透明，水温达摄氏40到70度，对关节炎、脊柱炎、皮肤病和神经衰弱等病患均有疗效。穿着得体的、花花绿绿泳装的男男女女、老老少少，个个春风拂

岁月痕

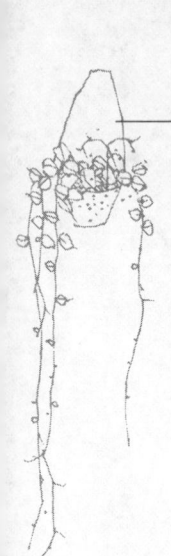

面、乐呵呵地沐浴在一方柔水之中，微微闭着眼，让心情恍惚在水汽氤氲之间，尽享这天、这空气、这迷人的温泉水，仿佛置身于人间仙境，世外桃源。

有时我们也结伴游槟榔谷、呀诺达等风景胜地，这里的棕榈树低垂着枝叶，凤凰树花开如火，椰子树轮廓笔直，榕树长叶长须如巨大的壁挂，各种不知名的树种千姿百态，种类繁多的花卉迎风招展……我们手牵着手穿越五指山大峡谷，漫步奇花异草之间，一路觅栈道、过吊桥、索桥、钻山洞、穿古林、攀藤梯、贴壁行，看千年灵芝，使人有腾云驾雾之感，亲吻原始热带雨林散发出的浓郁芳香。当然，也彻底体验了"晨凉、午热、夕暖、夜寒"的五指山一带的气候特点。

种类繁多的热带动植物让你目不暇接，各种名目的榕树藤蔓和记不住名的藤条植物就像姑娘秀丽长发，我们在大自然的怀抱中独享优美的自然风光，尽情徜徉在山水绿意之间，流连忘返。

热带雨林是天然氧吧，阳光充足、雨量适中，年均气温在摄氏24度，是老年人理想的养生和休闲的好地方。游览得累了，就坐在椰林环绕、铺满花草的绿荫中，欣赏露天舞台上的黎族风情表演。整个表演从钻木取火到黎苗族风俗，演绎着一部少数民族的生存发展历史和浓郁的黎苗风情。表演气势之磅礴、场面之博大、表演之到位，令人叹为观止，整个演出一气呵成，把黎苗族风情展现得淋漓尽致，游人无不微笑、默叹，看得如痴如醉，不时发出啧啧的赞叹声，让我们这群北国人默默地尽享着琼州千年历史自然景观和民族风情。

当漫步于亚龙湾和大、小东海时，心情极为舒畅，无边的、湛蓝湛蓝的海疆，天水一色，眼前的那一片碧海蓝天让我们感到祖国的辽阔博大，浪花挺着阳光的金丝线，编织着欢乐祥和的南岛情，不时能看到渔船点点，荡漾在碧海蓝天之间，就像一颗颗璀璨的明珠点缀在浩瀚的南海碧波之中。海浪拍打着天涯海角，不时涌起千堆雪。清澈的海水不时地涌到岸边，一遍遍地洗刷着海岸的沙滩。

阳光、碧海、涛声、沙滩与海岸边的椰林花草相互映美。独特的气候条件，旖旎秀丽的热带风光在这儿更显得得天独厚。岸边的长椅、长廊比比皆是，走得累了就躺在铺满阳光的沙滩上，或坐在长廊的小凳上，观碧海云天，听涛声拍岸，独享阳光沙滩。这时的你，完全融入这个堪称长寿养生天堂里的分分秒秒，在暖绵绵的沙滩上微微闭上眼睛，"鹿回头"、"天涯海角"等海南胜景便浮现在眼

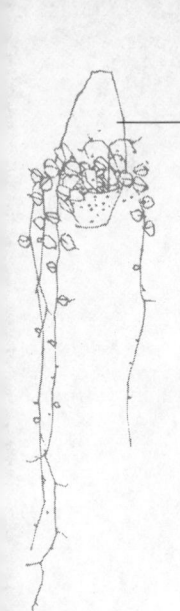

前:"鹿回头"是海南的八景之一,因山形雄伟峻峭,状如一只金鹿站立海边回头观望故名。这里一面傍山、三面环海,冈峦起伏、椰林成荫,尤其是当我们躺在小东海浴场的藤椅上,观望南海碧波,风帆点点,微风习习拂面,颇感惬意。

"天涯海角"位于三亚市西24公里,斜峙海边,乱石棋布,是古代的重要关隘,海边巨石耸立。上有清代崖州知州程哲等人的"天涯海角"、"海阔天空"、"南天一柱"等题刻。这里天海一色蔚蓝皎洁,奇石磊磊,浪花飞溅,景色十分壮观。倘若卷起裤腿,赤着脚追着海边的浪花,或者从这块礁石跳踏到另一块礁石上观海看天,顿使自己的心胸变得更加宽广无边,江山如此多娇,令国人备感骄傲。

华灯初上,我们相约漫步在三亚街头,一路说笑着,不知不觉又到了三亚湾。三亚湾灯火辉煌,游人如织,有唱歌的、跳舞的、闲逛的,也有的坐在三亚湾岸边,望着海上远处货轮、帆船的灯火,忽明忽暗,天上的星星忽闪忽闪,星星、灯火与海水相映共辉。

夜逐渐深了,人们似乎游意未尽,三三两两结伴同行。细细耳语三亚隆冬的感受,又谈起了品尝三亚小吃的

喜悦，还说好再去红沙坝港品海鲜，或去果园亲手采摘自己喜欢的热带水果，现蒸热卖，随时品尝。

磅礴浩荡的壶口瀑布

早就听说黄河壶口瀑布是镶嵌在九曲黄河之上的一颗璀璨的明珠，是黄河中游流经秦晋大峡谷时形成的一个天然瀑布，西临陕西省宜川县，东濒山西省吉县。

2000年的5月，我们渴望已久的游览壶口瀑布终于成行。黄河壶口瀑布位于晋陕峡谷中段、山西省吉县和陕西省宜川县交界。我们是从延安赶到陕西宜川县的，车离壶口还有数公里的地方，就能听得到黄河在咆哮，待车子到了壶口景区却令人有点扫兴，此时的黄河河床很宽，水流也不急，还能看到河床里的石头，远不如包头黄河段的景观，但能听到震耳欲聋的响声，待我们真正赶到壶口景点，才发现滚滚滔滔的黄河水至此由300余米宽的洪流，乍缩为50米，以其巨大的力量，泻入河谷，猛跌深槽，飞流直下，如壶注水，骇浪翻滚，惊涛拍岸，云雾排空，气吞山河，其雄壮之势，无与伦比，显示出"黄河之水天上来，奔流到海不复回"的宏伟气概。从陕西一侧观看壶口瀑布骤然被两岸所束缚，上宽下窄，在50米的落差中

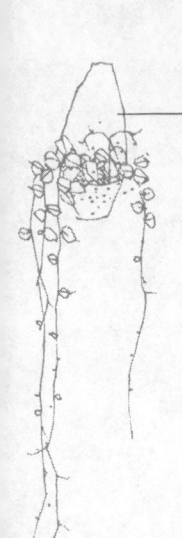

翻腾倾涌，声势如同在巨大无比的壶中倾出，故名"壶口瀑布"。

我们去游壶口瀑布时正好是非汛期时节，黄河水流不是很大，宽敞的河面至此缩为一束，奔腾呼啸，跃入深潭，溅起浪涛翻滚，形似巨壶内黄水沸腾，巨大的浪涛，在形成的落差注入谷底后，激起一团团水雾烟云，当瀑布飞泻，反复冲击岩石和水面时，产生巨大的声响，在山谷中回荡，恰如万鼓齐鸣，旱天惊雷，声传十数里外。仰观水幕，滚滚黄水从天际倾泻而下，势如千山飞崩，四海倾倒，只有在壶口瀑布附近，才能真正感受到"黄河在怒吼"、"黄河在咆哮"。虽说其声、其势远不如在汛期磅礴浩荡，但身临其境确实令人叹为观止，几乎所有来到壶口瀑布的人都会被它的气势所震撼，充溢胸口，心跳得能蹦出来，耳朵渐渐聋了，只能看见对方开口，却听不见声音，眼睛也花了，弥漫着的皆是黄色的漩涡，像是从河里蒸腾上升，又奋不顾身地下降。稍有胆量的人可以沿着凹进石崖的一道被水冲刷的石槽绕到瀑布内，领略铺天盖地的洪流从头顶越过，那种惊涛骇浪的视觉体验，与《黄河大合唱》给人的精神洗礼一样荡气回肠。

悬瀑飞流形成的水雾飘浮升空，虽然烈日当空，但在

瀑布附近，犹如细雨，湿人衣衫，这也是水底冒烟所产生的又一有趣的景观，一般越接近河面水雾越浓密，因而，在水底冒烟时，岸边观瀑难免衣服湿漉漉，如在轻洗。

听当地的老船工说："壶口瀑布落差大，加之瀑布下的深槽狭长幽深，水流湍急，给水上船只通行带来很大的困难。过去从壶口上游顺水下行船只，不得不先在壶口上边至龙王庙处停靠，将货物全部御下船来，换用人担、畜驮的方法沿着河岸运到下游码头，同时，靠人力将空船拉出水面，船下铺设圆形木杠，托着空船在河岸上滚动前进，到壶口下游水流较缓处，再将船放入水中，装上货物，继续下行，在岸上人力拖船很费力气，常常需上百人拼命拉纤。尽管有一些圆形木杠，铺在船下滚动，但石质河岸上仍被船底的铁钉擦划得条痕累累。在当时的条件下，'旱地行船'可能是水上运输越过壶口瀑布的最佳选择，它与壶口瀑布上下比较平缓的石质河岸相适应，近来，由于公路、铁路的迅速延伸，以及壶口附近黄河大桥的修建，过壶口的水上航运已阻断多年，旱地行船现仅可看到昔日行船留下的痕迹。"

听当地导游说：壶口瀑布还会呈现出"水底冒烟""霓虹戏水""晴空洒雨""旱天鸣雷""山飞海立""冰峰

岁月痕

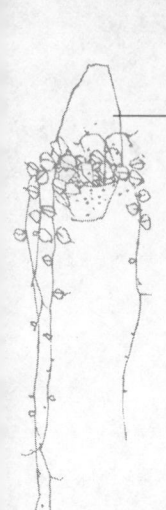

倒挂""霓虹通天""十里龙槽"等奇特幻景,但我们对这些景观并没有真正的体验,也许是天时地理等条件所限吧!

据资料介绍:"壶口瀑布最佳观赏期分为两段,一是春季4~5月份,正值农历三月间,漫山遍野的山桃花盛开,岸边冻结的冰崖消融,称为'三月桃花汛';二是秋季9~11月份雨季刚过去时,河边众多山泉小溪,汇集大量清流,阵阵秋风吹过,常有彩虹出现,叫做'壶口秋风'。这两个时期,水大而稳,瀑布宽度可达千米左右。在冬日里观看壶口瀑布会呈现出别样风情:隆冬季节,龙槽冰封,两岸溢流形成的水柱如同大小不一的冰峰倒挂悬崖,彩虹时隐时现,游移其间,七彩与晶莹映衬,起的水雾在阳光下映射出美丽的彩虹,瀑布下搭起美丽的冰桥,令人不禁慨叹大自然的鬼斧神工,使游人无不叹谓造化之神奇。"

这时,我忽然想起梁衡的一段话:"凡世间能容、能藏、能变之物唯有水。其亦硬亦软,或傲或嗔,载舟覆舟,润物毁物,全在一瞬之间。时桃花流水而阴柔,又烈岸拍天而狂放。凡河川能伸能屈,能收能藏,唯我黄河。其高峡为镜,平原飘带,奔川浸谷,挟雷裹电,即因时势

而变。时滔天接地而狂呼，又拥地抱天而低语。"他寥寥数语，高度概括了壶口瀑布之险之美之雄，就像把整个壶口瀑布浓缩后摆放在你的面前，令你无限遐想、回味。

壶口瀑布不再是一个单纯得让人欣赏的风景，它已经成为中华民族的一种精神象征。

康熙皇帝的行宫——岱海

大地方有大地方的名胜，小地方有小地方的景致，许多人常常向往大地方，而忽略了家门口的景致，闻名于塞外的岱海，我们倒忘却去游览。

小时候，常听母亲念叨家乡的美景岱海滩，说海子如何宽大，海子里有各种鱼类在里面生存，最大的鱼有门扇般大，不论怎么烹调，鱼的味道美极了。也听老人们传说：清朝时期康熙多次巡边来到岱海，看准了这块风水宝地，并在此兴建了行宫，取名"凉城"，并为岱海题名"天池"。行宫后来改名为汇祥寺，曾为内蒙古规模宏大的召庙之一，1939年毁于战火。

从资料上我查找到：凉城境内北亘蛮汉山，南立马头山，中怀岱海滩，整个地形群山环抱，峰峦叠嶂，沟谷交错，湖溪缠绕，岱海置于其中，形成了独特的自然景观。

岁月痕

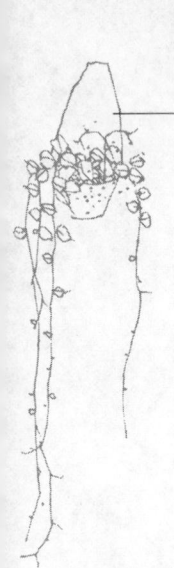

在凉城的民间有种种离奇的传说，比如岱海里的鼓乐声、假皇帝戏班，还流传着康熙皇帝在岱海沿岸修建中京的故事等，究竟事情发生在哪朝哪代，何年何月，谁也说不清楚。这些传说，一直为岱海披上了神秘的色彩。

清乾隆四年，山西榆次名医王吉天，行医路过这里，看见满山遍野都长着珍奇草药，药香扑鼻，山泉淙淙，喝一口甘甜如蜜，是一处天然药材场。于是他就决定在这儿定居下来，为当地居民们采药治病。

经过几年的研制，他把60多种草药用温泉水泡制成药酒，为人治病。王吉天制成的药酒对当地常发的风湿病关节炎疗效明显，药到病除，解除了居民们的病痛，人们都很感激他，这样一传十、十传百，不久此药酒的名声就名扬四海了。

因药酒产于岱海南岸，岱海东原有鸿鸿池，再加上水草丰美，引来无数鸿雁戏茅，便取名鸿茅酒。后来这种酒就成了进贡皇家的贡酒。时至今日，这种酒仍是当地老百姓最喜好的佐餐酒。

从资料中得知的岱海似乎很平淡、遥远，尽管清康熙帝曾在此建过行宫，但岱海留给我们的印象仍然在心中荡不起涟漪，我们很想近距离地抚摸岱海的神秘色彩。

甲午年七月初，我们全家八口人开着自己家的轿车相邀去游岱海。从包头到呼市的高速公路宽阔坦荡，一路上我们的心情格外舒畅，互相谈论着、说笑着，只听见车轮不停地发出嗤嗤的与公路摩擦所产生的悦耳的声响，道路两侧的树木不住向后移动着，不知不觉中，几百公里就被抛出脑后。出呼市、集宁便很快到了卓资县，我们兴致极高地品尝了卓资县张金涛的熏鸡，小憩片刻，直奔凉城县境内的岱海。

车子在盘山公路上减速行驶，我们顺便欣赏着乡间的田园风光，泛黄的莜麦，开着黄花的油菜，怒放的山药花白紫相间，漫山遍野的山花竞相争艳，各种草生长得相当茂盛，把整个山川装扮得分外娇嫩。当车快行驶在山顶的时候，便远远地望见了岱海像碧蓝一样的绸带铺漫在山脚于碧草之间，一眼望不到边，我们在车内不时引颈眺望，种种遐想在脑海中盘旋。

岱海的旅游度假区是内蒙古第一家建在旅游景区的度假区，最大的度假区是京能度假区。度假区内有欧式城堡、韩国别墅温泉等建筑群，还有许多别致的凉亭和栈桥，自然组成由湖泊、山脉、水草紧紧相连的颇为别致的塞外风景旅游区。旅游活动项目很多，设施齐全，档次也

岁月痕

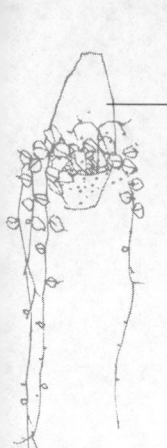

挺高，最受人们喜爱的是泡温泉和乘坐快艇或游艇在岱海上兜风。

旅游景点的风味小吃颇多，特别是岱海的炸鱼，脆、香，且外黄里嫩，很有嚼头。

从芦苇荡到码头有多条用木板铺成的栈道，行走在浮桥栈道上，微风拂过脸庞，远方千里碧波粼粼，岱海上空的海鸥紧紧跟在游船后不断泛起的浪花忽上忽下，一眼望不到边的芦苇荡随风飘逸，湖面、水鸟相互映衬，让人格外惬意。

码头上排列着多只游船快艇，供游客们租用，小字辈们兴致勃勃，穿上救生坎肩登上汽艇。突突、突突箭一般地冲向湖心，在浩瀚的湖中盘旋，水波翻涌，浪花四溅，甚为惊险。我们这般年纪的人只好望湖叹息，不敢逞能，站在湖岸拍照留影后，望着岸边郁郁葱葱丛生几十里的芦苇，盛开着碎纷纷的小白花，水碧草青，野鸭游动，遗鸥穿梭，生机盎然，身临其境，顿觉神清气爽，惬意休闲。

来来往往的游船停停靠靠，上上下下的游客熙熙攘攘，我们竟不由自主地也购了船票，登上了游船。开游船的是当地人，说着一口浓郁的家乡话，他告诉我们：岱海方圆80多公里，最深的地方有八九十米，绕着岱海边缘

跑一圈，几乎要用一天的时间，游船只是直线运行，来回大约40分钟。他还告诉我们天鹅、仙鹤等十几种珍奇鸟类经常过往。我顺着他手指的方向，看到远处的飞禽不时地列队亮翅起落自由飞翔或湖中游荡，它们欢快的鸣叫、舞姿翩翩，迎送贵客。

　　远处起伏不断的山峦披着一层薄薄青青的薄纱，雄姿妖娆，山上的树木显得格外郁郁葱葱，把个岱海衬托得更加绚丽多彩，难怪康熙爷把这里选为自己的行宫地址，又令皇子在此修建避暑行宫。可惜，时过境迁，现在什么也看不到了。

　　虽说在岱海逗留的时间不长，却让整个心灵得到净化，忘却了生活中还有的种种纷扰和不快。

岁月痕

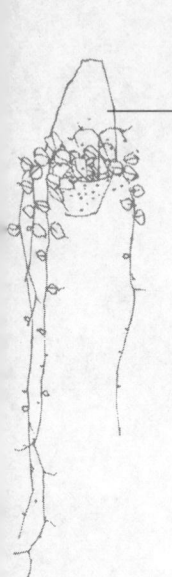

二十七、白头翁的驾驶梦

在我的记忆当中，汽车是一种权力的象征，高官显贵才会配有，普通老百姓连想也不敢想。1986年我调到九原区卫生局工作后，局里才有一辆212小轿车，那是下乡检查工作用的，大多数下乡办事都是骑自行车或摩托车。随着人们生活的日益提高，汽车大量涌入各单位和个人，有车的家庭渐渐地多了起来，许多年轻人纷纷参加驾校的学习，很快就拿到了驾照，看到他们开着自己的爱车出出进进极为风光，实令我们这批翁妪老朽羡慕万分。可惜，我的年岁大了，有心想考个驾照，又怕年龄不饶人，望车兴叹，只好作罢。

后来，我在报纸上陆续看到报道："无锡有个'老高头'，大名叫高曙军，年近八旬，人家现在可是全国名人

了，不但因为他第一个触发了公安部关于驾驶证领取年限的变革，更因为他以七十二岁高龄带着老伴驾车出游，饱览全国28个省市自治区的今古奇观，撰写了30余万字文章见报，并酣畅淋漓地给自己这样的行为定位是'开车养老'！"

现年81岁的高老头选择了一种全新的生活方式，68岁考驾照，八旬老人携妻驾游天下，成为目前中国年龄最大的驾驶者。据了解，70周岁是中国驾驶证申领年龄上限。我从媒体中了解到：高曙军65岁时开始载着妻子骑摩托车游玩。两年来，他们先后穿越苏、鲁、皖、豫、冀、辽、吉及京津等九个省38座城市。创江苏老年人骑摩托车旅游长途纪录。

"因为驾车，因为远游，因为独特的养老方式，老高头被社会看上了！旅游业找他，新闻媒体找他，地方政府找他。目前全国有近180家电视台、报纸、杂志、网站都刊登过他的事迹，在中央电视台也有数小时的专题报道，同李瑞英、白岩松等央视名嘴都曾亲密接触过。国家将驾照报考年龄从60岁提高到70岁，就是因为高曙军的情况而改变了国家立法"。

无独有偶，在网上我又知悉：在山西省太原市，有一

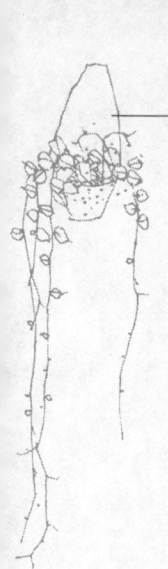

位古稀老人在 70 周岁生日前两日考取小型汽车驾驶证（C1），成为山西省年龄最大的驾驶证申请者。这位古稀老人孙有信是原太原铁路局工程师，他萌生报考驾照之意，是因为退休后喜欢游泳，常会骑自行车到晋阳湖，他一直想自驾出游，享受美好生活。

这两位老人的举动，对我触动很大，我们年龄相仿，体质也相似，人家能干成的事情，我们也一定能够干成，想想考大夫多难的事情都能顺利过关，区区一个驾照能难倒自己吗？我想考驾照的想法很强烈，再加上老同学王仲贤常鼓动我说：开车的感觉是写小说，坐车的感觉是读小说，那种感觉是不一样的，时代在变，我们要跟上时代的发展，搭好这趟末班车。他的话更加坚定我学驾驶的信心，我暗暗下定决心，跃跃一试。

2009 年，我办了退休手续，除了按时接送外孙上学、偶尔写些东西外，常闲居在家。一天，我试着和老伴儿谈论高老头的事情后，说出了我的真实想法，老伴倒也通情达理，竟同意了我的想法，只是不同意买车。2010 年我在郭培金老友的陪同下便报名参加了驾校的学习。

教练让我先把交通规则熟读烂记，也就是先把科一的考试过关后，才能来驾校学习科二的考试内容。于是，我找好了有关科一的考试内容，每天利用一个半小时的时间来复习。科一的考试内容完全是在电脑上操作，自己的电脑操作技术还算可以，没用多长时间，几百道有关交通法规等知识基本掌握了，模拟考试回回在98分之内，便预约考科一。到考试的时候，考场里参考的几乎是清一色的年轻人，自己颇感不适，自觉有些紧张，但自己很快就镇定下来，因为学医自己曾经参加过许多场考试，对于考试可以说是老练有加，更别说只有几百道题的考试，完全有能力考过。监考老师一声令下，只听见考场里电脑前的鼠标在不时地发出敲打声，四十分钟的科一考试，我只用了十五分，电脑显示了我的考试成绩96分，顺利过关。

　　科二的考试对我来说是很陌生的，也是难度最大的，虽说汽车见得多了，也坐过不少好车，真正让自己来驾驶这个铁家伙，还真有点不好驾驭，真是不在一行不知一行的艰辛，驾驶虽然是个熟练活儿，但基本原理和基本知识一定要掌握的，这是教练对我这个老学员常说的话。说完他就教我如何踩离合器、挂挡、制动、方向等最基本的驾车常识。待这些掌握后，便开始学习移库训练。看似简单的操作，对我来说件件都挺难，首先是方向掌握不好，你想让它向右，车子偏偏向左动，刚把方向调正，挡位又挂

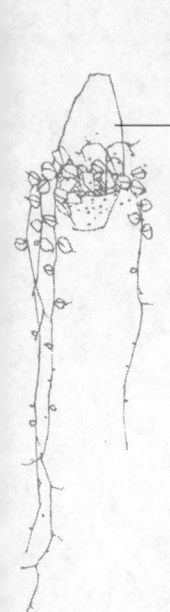

错了，急得头上直冒汗，虽说天气不算热，只练习一个小时的移库，也浑身上下都让汗水浸湿了。就这样天天练习一个小时，一个月后自己能驾车顺利移库了。教练又让我学习坡道起步、单边桥、障碍路、起伏路、侧位停车、百米加减挡、百米障碍、直角转弯等科二的考试项目。

说实话，就科二的驾驶考试毫不比医学考试逊色多少，这种感觉只有亲自参与了才能体会到其中的艰辛，真是行行都有行行的规矩。经过两个多月的艰苦训练，教练说我可以预约科二的考试了，自己也觉练得不错，可以试试。

离考试的日子还差几天，我和教练商量好再加强训练几天，期望一次过关。那天练车的人很多，教练竟把我练车的时间忘了，没有给我安排车，教练也没有到场。等轮到我练车时天有些黑了，也不知是自己心理负担重，还是心情不太好，上车后情绪有点乱，但总算熟练地把车开到练车场地的指定线，但事情就发生在这一刹那，我想把车停下来，没想到踩错了制动，把油门当了刹车，轰的一声，车撞到了另外一辆教练车上，两辆车直到被教练车旁的大树挡住，我驾的车才停住。当时自己已经懵了，车周围围了那么多学员看热闹，自己却不知道下车，只是呆呆地坐在驾驶位置上,不知如何是好。幸好没有什么大碍,两辆教练车都有损伤,值得庆幸的是没有人员损伤,真是不幸中的万幸。教练小伙子姓刘,挺和气,那天他没有把油门线摘掉,所以他的责任大些(练习移库不允许挂油门线),我和教练赔钱修车,害得教练受了批评,扣了奖金,至今想起这件事,感觉很对不起这个教练的。第二天的考试还是参加了,但由于那件事故的原因,考试失败了。

由于那场事故,自己心中不免打起嘀咕,是否年龄真的大了,脚手迟钝、思维缓慢,这种行当能否参与?老伴儿也规劝,放着坐车不坐,非要受累学开车,不是那个年龄了。我也反复想这个问题,大约有半年的时间没有练车,更别说去参加考试了。驾校有个规定,在两年之内没有申请考试,此轮参考资格便被取消。就在我拿不定主意的时候,二闺女劝我,自己喜欢就再试试,不要错过了这个机会。这几句话又鼓起了我的自信,经过紧张的练习和友人的帮忙,科二的考试也通过了。

科二顺利通过对考科三是很有利的,最直观的就是自己的信心足了,冀泉生整整陪了我三个半天练习起步、换挡、踏离合器、踩油门,自己也觉得这些动作做得颇为熟练。科三的考试远比科二好些,原因之一就是车往前开,

岁月痕

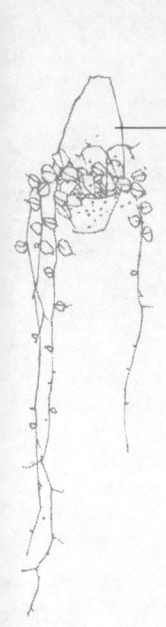

不用怕撞倒杆、压到线，但油门和离合器老是配合不好，不是拖挡，就是灭火，要不就是挂不上挡，很恼火。冀泉生告诉我，这不能急，得慢慢来，全靠自己去品，时间长了就掌握了，驾车技术含量不高，全凭自己揣摩。科三的考试还是顺利的，挡位只加到三挡，拐了一个左转弯。也许考官见我年龄偏大，只让我开了百十来米，就示意停车，并在考卷上签了字。

功夫不负有心人，科三考试后半个月，我终于拿上了中华人民共和国机动车驾驶证，白头翁的驾驶梦实现了。证虽然到手了，心里也挺高兴，但却不敢开车。有一回，我和冀泉生开车去昆区办事，他把车停在建设路旁让我开，他在副驾驶上陪我，我小心翼翼地发动了车，慢松离合器，踩油门，车居然慢慢地起步了，换成二挡、三挡……车速由20迈、30迈在建设路上跑着。自己觉得很了不起，过花甲之年的人啦，还能开车过瘾。

就在我孤芳自赏的时候，还是闯了点祸。有段时间，一宫大转盘没有信号灯，那次自己刚能开车，也是第一次开车从钢铁大街通过，车到一宫大转盘，四面八方的车子都拥挤在一起，看到前面突然而至的车子，紧踩刹车制动，由于自己的驾驶技术不熟练，踩制动不到位，一下就

撞到突然闯来的车子后尾上，周围一下子围了很多人，交警也赶到了。那天，我还没有带驾照，陪练教练冀全生反应快赶快和我交换了座椅位置，他把责任全部兜了过去，幸好事故不大，也没有扣驾照、扣计分，只是又赔了些钱修车。后来分析，那天事故的发生，前面的那辆车也有责任，他的车开得过快，突然一下就停在了我的车前，我又是个新手，对突然出现的情况束手无策才酿成的，要是老司机绝对不会出现这种情况。这件事对我教育很大，常练习驾驶技术还是很有必要的。

后来一有时间，我就练习开车，先是在人稀车少的道路上开，后来在昆区的钢铁大街、东河区的和平路、人多热闹的地带自己也能开车畅行，就是有些紧张，最近也敢在建设路的六车道上开车，一点也不慌张，而且操作自如，有时也超车，但大多数还是把速度控制在60迈左右。

屈指算来，驾龄也快有两年了，多亏了冀全生的陪练，驾驶技术和胆量进步很快，水平得到进一步的肯定，用冀师傅的话说我是基本出师了，可以下山了。

驾车行驶在公路上，特别是当行驶在高速公路上时，人与车，与路，与整个路上的车流融为一体，就好像是滚滚流动着的社会整体的一部分，那种感觉确是好极了。但

岁月痕

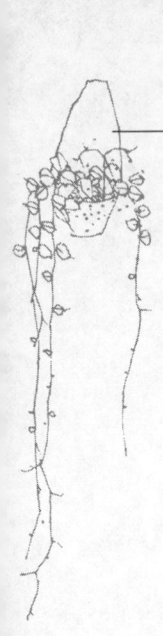

驾车原则是胆大、心细、沉着、冷静、不慌张。驾驶速度一定要在自己的掌控之中，后面的车再按喇叭，别管他，他有本事就叫他超过去，没本事就跟着你，千万不能因为后面的按喇叭催促而乱了方寸，导致错误；横穿马路等左转弯时，要一点点挤进去，当你堵在路中央的时候，过来车辆了不要因为堵住他们了就着急慌乱，而是要镇定，因为你是不得已而为之的。

开车是很严肃的事情，安全第一对驾驶员、乘客都是至关重要的。市区里开得再快和再慢，同样的路程能差几分钟啊，每一位司机请对自己、家人和他人负责，安全第一、谨慎遵章驾驶才对。

二十八、不可忘怀的平凡老人

　　王参是我的至交王文明的父亲,他小我父亲好几岁,我常称他王叔。我和王叔交往已经有四十多年了,其间的友情毫不比与王文明差,说忘年之交一点也不过分。

　　王叔个儿不算高,人很精神,如今已经到了米寿之年,但腰不弯背不驼、耳不聋眼不花,心态十分坦然。他这辈子不管生活多么艰辛,不论遇到什么挫折,饱经风霜的脸上总是挂着笑容,在我的记忆中他不怕任何艰难。他的一生风风雨雨很坎坷,早先在邮电局工作,后来,因为莫须有的罪名,单位拿老实巴交的王叔开刀,让他做了替罪羊,迫使王叔不情愿地离开了自己喜欢的工作单位。王叔曾经上访过多次,终因种种原因未果,子女们也不让他再去打理这件事情。后来,他对上访失去了信心。到了形

岁月痕

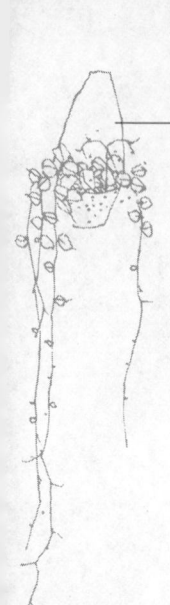

势大好的 2000 年初，心不甘的王叔又想起了这件事，拿出了有关证据、上访材料，请律师帮他打这个官司，律师看完王叔的有关材料说：要是在前几年，官司完全可以告赢，但现在证据已经过了有效期限，没有法律效力了。王叔也不后悔，反正事情已经过去很多年了，无所谓！不论什么事情只要把它放下了，心里也就轻松了。

　　正如哲人所说：上帝在给你关上了一扇门的同时，也必然会为你打开另一扇窗。好歹天无绝人之路，那几年，经过王叔艰辛的努力，养活一家七八口人的生活还是没有问题的，他干过泥瓦匠、木工、油漆工、裁缝，还会用竹签子把自己纺好的羊毛织出用现在时髦的话讲，时尚的毛衣毛裤，就连街坊邻居的婶子大娘、姑娘小媳妇们都啧啧称赞王叔的编织手艺。王叔没什么嗜好，偶尔也小酌几口，就酒的菜也没什么，咸菜一碟、花生米一小盘，最多也就是炒个土豆丝。酒也不是什么好酒，都是从小铺里打回的散白酒，但王叔总是能喝出好心情来。他兴致极浓地端起酒杯咕咚一声，热辣辣的烧酒就下肚了，两盅酒下肚，烧滚了心，烫热了情。他用粗壮的手摸摸嘴角上的酒汁，再捏几粒花生米慢慢地咀嚼着，细细体味着花生里的清香和酒里的醇香。普通老百姓喝酒贪图的是解乏回味，

虽然喝的常常是散白干儿，最好也就是十几块的"二锅头"，酒味苦、涩、燥，但王叔仍能喝得酣畅淋漓，有滋有味。因为，王叔在喝酒时，对生活的热爱和满足感已经融进了酒里，更多的则是包含了对未来生活的憧憬。王叔喝酒时偶尔也把他的子女们叫到跟前，陪他饮酒，也不为什么，就图个气氛，虽然都不是什么高档的好酒，但王叔常常能喝出情趣来，当他喝得脸红扑扑的时候，话匣子也就打开了，说的最多的还是他的子女们。他常夸自己的孩子们懂事早，能替他分忧，过早地分担着家庭的责任。

王叔有三儿三女，个个出落得很标致，几个子女都很孝顺，尤其是大闺女、二闺女很有出息，日子过得红红火火，姊妹们交往甚密，谁有个马高蹬短的坎儿，都主动出来分忧解愁，大家族显得和谐亲情，子女们的友爱相处，使王叔心上分外欣慰，他没有什么愿望，就盼子女们能幸福地生活。

前几年，王婶去世后，老人一直独居，穿戴虽说没有王婶在世时那样整洁，但也全身上下干干净净，他不愿拖累孩子们，更不愿打扰儿女们的生活，喜欢自己料理自己的生活，想吃什么就做点什么，不愿自己做了，就在小饭店里对付一口，总觉得生活颇为自在满足。孩子们常去看

岁月痕

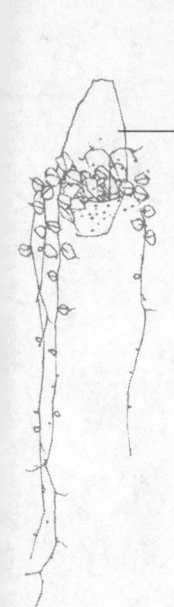

他，顺便拿去吃的喝的，他自己活得很逍遥自在，生活能自理也很规律。他不怎么喜欢体育锻炼，最大的喜好就是养鸟、遛鸟，有时也和鸟儿说说话。王叔编鸟笼的手艺很高，不论是用细铁丝或竹签子编的，小巧玲珑总是很别致，让人耐看。王叔对鸟的习性也掌握得恰到好处，什么鸟用什么饲料、什么时间喂、什么时候遛，王叔都了如指掌。遛鸟也是有讲究的，鸟笼怎么提溜，鸟笼上要不要蒙布，遛到什么程度，这里也有很多说道。

王叔对子女要求很严，尤其重视生活中点点滴滴小事上的道德教育，有件小事对我教育颇深，至今想起还觉脸红：也不记得是哪年暑假，我和王文明去毛凤章营子一带割草，不想，一场大雨把我们的计划打乱了，待雨停后，草是割不成了，两个人披着空麻袋往家赶。也不知道是怎么想的，当路过一片玉米地时，我竟顾不上多想，麻溜钻到了玉米地，就想掰几个玉米回去，王文明见我钻到了玉米地也麻利地跟进来，两个人大气也不敢出，眼睛不时向四处张望，生怕掰玉米的声响引来护秋的人，我们猫下腰，脸紧贴着地皮看四周有没有人来，听一听有无玉米叶子发出的响声，觉得很安全了，我俩才慢慢地从玉米地出来，又赶紧走过了一片树林，经过两片白菜地，在渠畔上

坐下稍事休息时，忐忑的心总算有些平静。到了王叔家后我把麻袋里的玉米棒子倒出来，数数足有五六十个，王文明站起来把大个的玉米统统装到我的麻袋里，把小的玉米拾到家里的一角准备煮着吃。我俩正兴高采烈地整理玉米棒子的时候，王叔回来了，他拉了个小板凳也帮我们扯玉米棒子的外皮，说是现掰现煮的玉米好吃。也不知是王文明的妹妹还是谁说漏了嘴，让王叔知道了这些玉米棒子是我和王文明偷回来的，王叔的脸色立马变得相当严肃，不客气地说：为人处事要老实本分，不能占集体的一针一线，更何况，你们小小年纪竟然偷生产队的东西，这还了得，咱们虽然是老百姓，生活也不富裕，但这种坏毛病万万不能有，说着，便把地上的玉米统统装到麻袋里，让我和王文明立刻送回去。我们知道王叔的脾气，自然拗不过他，只好背着麻袋很不情愿地往毛凤章营子的方向走去，悄悄地把这些玉米棒子全倒在了玉米地里。

"文化大革命"开始后，学校秩序全乱了，乱砸乱打，批斗老师，大礼堂里贴满了大字报，学生不上课，每天去抄家，破四旧……那时，我在学校住校无所事事，常去王叔家。因家事变故的原因，自己情绪一度消沉，王文明知道我当时的处境，也常约我去他家撮一顿。我虽比王文明

岁月痕

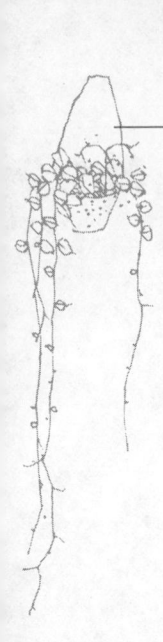

大几岁，但凡事王文明总是让着我，替我着想。我们已经有四十多年的交往，可以说是无话不谈的至交。但我们始终保持着一定的距离，彼此的心常常互相牵挂，对方不管谁有个困难或沟沟坎坎，只要对方知道，没有任何代价和条件，默默地为朋友排忧解难，就像江湖上说的两肋插刀在所不惜。王叔的大儿子王文明身上有很多王叔的遗传因子，人样长得比他父亲帅多了，个儿也比王叔高许多，而且在王文明的身上遗传了很多王叔的优点，还处处裸露着许多王婶善良的遗传基因。我俩的交往王叔是看在眼里，喜在心上，别看他平时语言不多，也不善于表达自己的情感，但他总是在你最困难的时刻默默地出现在你面前，用他心里揣着的那颗太阳释放出亮光和暖意，温暖着我，至今想起常令我肃然起敬。

1973年仲夏，王文明和孙新福为我打了个碗柜，虽说他俩当时的手艺平平，但对于家徒四壁，只有一个鸡蛋家当的我来说，已经是锦上添花了，甚为喜爱。真是初生牛犊不怕虎，更不知天高地厚，什么事情都敢自己张罗做主，就连油漆家具这样的大事情，自己说干就干了。买回砂纸、清漆、广告色，刷子、腻子，挽起袖子就干起来了。打好腻子、磨好桌面、上底色、刷清漆，慌慌张张地

干了半天，直了直腰，看看自己油刷过的桌子，满怀喜悦之情。

直到第二天才感到自己不是干这事的那块料，整个柜子被我涂抹得黄不黄、紫不紫，颜色难看还不鲜亮，桌面到处是皱褶，好好的柜子被我弄得面目全非，才感到事情的严重性，也体会到做什么事情也不是那么简单的。我傻眼了，只好硬着头皮去请王叔来收拾残局。王叔看了我油漆的柜子，又好笑又生气，说道："三百六十行，行行有规矩，不是谁想干就能干好的。"王叔说着便蹲下来返工重做，而且这样一来比刚开始做还要艰难得多。王叔说着做着，打磨、起底色、调色……直忙乎到近午夜，这个柜子才又有了新的面貌。

1975年我患病住院康复后，身体有些虚弱，顿觉力不从心，加之我的大女儿尚小，上下班来来回回也极不方便，很想调换到离单位近的住房，在闫万明老友的协助下，要调换的房子说好了，宝山兄的人车也开来了，帮忙的朋友陆续到齐了，最让我意外的是王叔也早早地过来了，自行车上还带着山药、酸菜等东西。他知道我的日子苦，刚成家没积蓄，加之又病了一场，这么多的人来帮忙搬家，中午吃什么？可别说，就是王叔带来的酸菜山药蛋

岁月痕

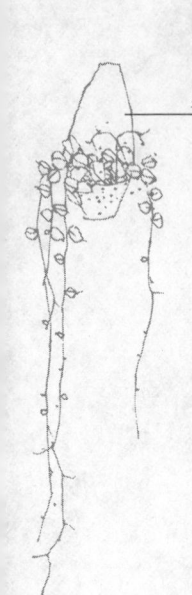

解了我的燃眉之急。大家做了锅酸烩菜，吃着馒头，就着咸菜，喝着从小铺打回的薯干散白酒，兴致极高，家就这样从东河区的新太店巷搬到了二里半的针织厂宿舍。

几十年过去了，憨厚朴实的王叔对我的点滴关爱一直在我心中珍藏着，王叔总说他没有做什么，但老是在我最困难的时刻出现在我面前，我觉得欠王叔很多，也并没有给王叔什么，王婶去世时他只是象征性地收了点礼，后来请他吃饭，就是不让点好菜上好酒，我觉得自己愧对王叔，深感遗憾。感恩，是凝在内心深处的感觉，情迫自己一口气书写下了这篇文章，也算是对王叔的真诚回报。

二十九、"情有独钟"抖空竹

包头市建设路彩虹桥西侧有个小游园，虽然面积不大，却绿树成荫、草坪绿油油、鲜花遍地，这个小游园的树种很多，有迷人的美人松、挺拔的新疆杨、醉人的榆叶梅、蓬勃的马尾松、带刺的皂槐、憨厚斑驳的老榆树、诱人的桑和梓，婀娜多姿的垂柳更是惹人喜爱，尤其是在微风的吹拂下，垂柳像少女的长发随风飘逸，悠然自得。令人心醉的是在小游园南侧的垂柳下有片绿油油的草坪，在这个草坪上，经常有个大约五十岁左右的男子在抖空竹。他中等身材，紫红的脸膛上总挂着笑容，虽说是个大男人，但玩起空竹来灵巧得就像是个翩翩起舞的仙女，他动作娴熟、玩的花样很多，令人眼花缭乱，吸引着游园的人驻足观看，常令不少人微笑、默叹，不时发出啧啧的称赞

岁月痕

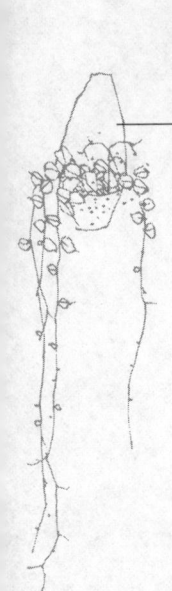

声和掌声为他喝彩。

前几年，我在朝聚眼科医院上班常常要经过小游园，自觉不自觉地常能碰到他，相遇的时间多了也免不了和他攀谈几句，后来竟拜他为师学起了抖空竹。

这个被人们称为空竹高手的后生姓赵，在神华集团公司开小车，收入颇丰，没什么其他爱好，就好抖空竹，一有闲暇就抖起了空竹，空竹嗡嗡的响声在他心里简直就是最动听的旋律，空竹旋转的姿态就是最好的舞伴。他用心听着空竹发出悦耳的嗡嗡声，时紧时慢地随着空竹的上下旋转也翩翩起舞。他常和我说，抖起空竹什么都忘了，剩下的就是享受。他说自己原来身体也不太好，就是七八年的玩空竹，把体质锻炼好了。赵师傅特别谦和，和人相处更随和，又乐于助人，凡想学空竹的人，只要求助于他，他总是知无不言，并不厌其烦地给你做各种示范动作。他常把自己学习空竹的经验毫无保留地传授给别人，还时常把自己的空竹让给来学习的人体验感觉。在赵师傅的影响下，我从羡慕、心动、想学等几个心里路径，也慢慢地成了空竹爱好者。

当我聆听了赵师傅的讲解后，凭着感觉将线绳理好，套上空竹，摆开双臂，有模有样地开始抖，只一下，空竹竟然哐当一声掉在了地上。真是有点奇怪，空竹到了我的手上，竟然不听我的指挥，但我还是饶有兴致地捡起空竹，缠好线绳后挥臂再抖。这次更糟糕，颤抖的空竹居然砸在了我的脚趾上，那叫一个痛啊。十来次反复后，我仍然不能抖一个来回，兴致已经荡然无存，仿佛是一只斗败的公鸡，心里充满了怨气。

在赵师傅手把手的帮助下，我再次张开双臂，滑动起线绳上的空竹。真是奇了怪了，这时的空竹还是刚才的那个空竹，可它却像突然有了磁力，又像是粘了胶，还像是安了滑轮，不仅不再掉下地，还能在那成V字形的绳两端窜滑。当我稍加速度和力时，它竟然也能嗡嗡地响起来。听到响声的那一刻，我激动极了，竟有点手舞足蹈。从独自挥绳使空竹滑动两个来回，到三个来回，到更多……后来，我的盘丝、捞月等基本功大有长进，我开始对空竹产生了兴趣。

功夫不负有心人，现在的我不仅能让空竹上蹿下滑，嗡嗡作响，还能做出如"猴子爬竿""小船荡桨""抛接""玉带缠腰""摇铃铛""大鹏展翅"等花样。赵师傅常对我们十几个练空竹的老者说：哪个动作都不白给，都得下苦功夫练习。想到第一次抖空竹的经历，我明白了遇事不

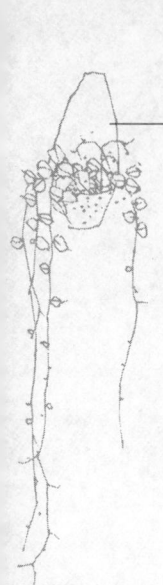

能眼高手低，处事不能怨天尤人，而反复的操练即会熟能生巧。抖空竹没有固定的模式，年轻的朋友可以做复杂的动作，窜蹦跳跃，年长者可以根据自身条件选择适合自己的动作，快慢得体舒缓随意。

大家聚在一起抖空竹，我又结识了新朋友，谈天论地，其乐融融，消除了孤独。正像有的老同志所说，退下来以后又重新找到了组织。

空竹在我国有着悠久的历史，最早记载见于明代。《水浒传》中宋江在征讨方腊看到抖空竹，曾有感而发写下了"一声低来一声高，嘹亮声音透碧霄，空有许多雄气力，无人提处漫徒劳。"空竹最早是由陀螺演变而来的一种民间儿童玩具。俗称响葫芦，江南又称之为扯铃。

空竹分为单轮（木轴一端为圆盘）和双轮（木轴两端各有一圆盘）。双轮空竹比单轮空竹容易操作。圆盘四周的哨口以一个大哨口为低音孔，若干小哨口为高音孔，以各圆盘哨口的数量而分为双响、四响、六响，直至三十六响。拽拉抖动时，各哨同时发音，高亢雄浑，声入云霄。空竹的操作技巧有扔高、呲竿、换手、一线二、一线三等多种形式。

最大的空竹直径近一公尺，重好几十斤。此外，爱好

者又把茶杯盖、茶壶盖、钢精锅盖以至于圆桌面、自行车轱辘等等器物都纳入了空竹系列，也玩出了许多乐趣。

过去空竹大多是用竹或木制成，现在随着现代材质的利用，用上了工程塑料、合金塑料等，颜色多种多样，轴上装上了轴承，转速更快，因转速快了，也为动作的多样化创造了条件。当转动轮轴时，由于空气灌进轮中激烈冲击而发出嗡嗡的响声。

转动轮轴的方法是用"滚"和"抖"，用两根45到55厘米的竹竿，竿头上各系一根绳子（现大多用尼龙线或木工线），缠在空竹的系腰间，双手持竿，一高一低地抖动着，绳子就拖着空竹飞转起来，随着手中力度的不断加强，空竹发出的嗡嗡声也会不断地增强。

抖空竹技巧性、趣味性强，运动量可大可小，只要有一块空地就可以抖起来。空竹的玩法特别多，各种玩法的称谓也别具一格："小船荡桨""大鹏展翅""猴子捞月"等，特别形象逼真，别说玩，就光听这些名字，就够人寻味。

抖空竹的方法经过历代的发展，尤其是现代的大胆进取，出现了富于变化、神奇莫测的新花样，有"金鸡上架""翻山越岭""织女纺线""夜观银河""二郎担山"

岁月痕

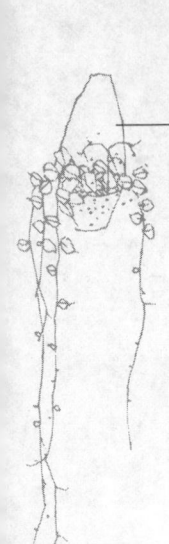

"抬头望月""鲤鱼摆尾""童子拜月""鹞子翻身""彩云追月""海底捞月""青云直上"等等动作，令人眼花缭乱目不暇接。最为惊险骇人的是"蚂蚁上树"，长绳一端系于树梢，另一端手持；另有一人抖动一只空竹，忽然将飞转的空竹抛向长绳，持绳者用力拉动长绳，将空竹抖向高空，并可飞上五六十公尺的空中。待空竹落下时，抖空竹者稳稳接住。初见此技，未有不惊呼者。但这个动作我只是在电脑上看过，在包头地区还没有发现。

抖空竹看上去是上身运动，其实不然，它是全身运动，是靠四肢巧妙配合完成的，当双手做各种花样时，上肢肩关节、腕关节、下肢关节、腰部、颈椎等都在不停地运动，身躯前后左右运动，两臂舒张收缩，不能站着不动，而是要随着空竹小头的方向，不停地调动或改变自己的位置，也就是说要不停地转圈子，眼睛要时刻盯着空竹的小头，大脑要随着空竹的转速、方向、位置，不时地要发出许多指令，需要脚步挪移相互配合才能完成各种动作。反复练习空竹能促进血液循环，提高四肢的协调能力，促进脑细胞的活跃，提高灵敏性延缓衰老。同时还可提高视力，促进心智的发展。抖空竹运动对胃肠道消化系统起着机械刺激作用，改善消化道的血液循环，促进消化能力，预防便秘，对老年人身心健康都有益处。抖空竹是一项有氧健身运动，整个过程和运动技巧，必须通过力量和速度才能完成，经常抖空竹可以去掉"将军肚"、调理血压，使人精力充沛。抖空竹时心情舒畅，呼吸自然，促进了人体各器官的组织供血，并改善了人的新陈代谢。练习抖空竹还能锻炼眼睛、耳朵和四肢的灵活能力。

我从资料上查到：形、神、意、气为抖空竹的四大法宝。

形：指的是抖空竹时的姿势和动作的完美。古人说："形不正则气不顺，气不顺则意不宁，意不宁则神分散。"这里的形，也就是抖空竹时头身正直，含胸垂肩，体态自然，使身体各部位放松、舒适，不仅肌肉放松，而且精神上也要放松，呼吸均匀，逐步进入抖练状态。对每个动作的起落、高低、轻重、缓急要分清楚，不僵不滞，柔和灵活，以达到引挽腰体、活动关节这一健身功效。

神：即神态、神韵。健身养生之道在于"形神合一"，抖练空竹动作时则应做到"唯神是守"。只有"神"守于"中"，而后才能"形"成于外，全神贯注讲的就是这个道理。抖空竹时，神不分散，结合每个动作的特点，手、眼、步、法、神共同配合到位，神韵才能显现出来，动作

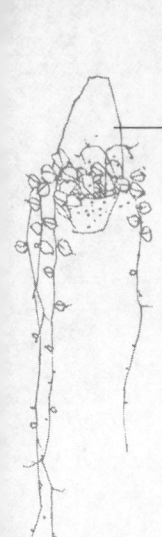

方得灵活敏捷、轻松活泼、轻盈潇洒、神气十足。

意：即意境、意念。也就是在抖空竹时，你的心情是否平静，一切杂念是否已经排除，精力是否集中到抖空竹活动中。所以，这里的"意"也就是心，意由心生。如果在抖空竹时，你心慌意乱，心不在焉，则各种动作都会走形，还可能使空竹伤人。如果抖空竹时心旷神怡，则能达到心领神会的境界，抖起空竹才能得心应手。意随形动，气随意行，如能达到意、气、形合一，才能起到疏通经络、调畅气血健身之目的。

气：就是呼气和吸气，也称调息。要求抖练者有意识地注意呼吸调整，不断去体会、掌握、运用与自己身体状况或与空竹动作变化相适应的呼吸气方法。对于初学者来说，首先应学会空竹动作，明确各个动作的要领，使姿势达到准确优美。然后，在运动中逐步运用正确的呼吸方法。呼吸气和动作的配合应遵循以下规律：先吸后呼，起吸落呼，拉吸收呼。呼吸形式从自然呼吸向腹式呼吸转移，也可根据空竹的动态变化或劲力要求而选用呼吸形式。但是不论选用那种呼吸形式，都要松静自然，不能憋气。同时，呼吸时以不疾不徐为宜，逐步达到缓慢、细匀、深长，以利于身体各器官的正常工作。

凭我玩空竹的经验：玩空竹最基本的是两条，一要盯着一点，二要腰部稳健。注意力要高度集中，做各种花样时，眼睛始终都要注视着空竹在空间旋转的位置变化，随时做出正确的判断。抖空竹不要单纯去追求什么花样，主要要坚持学习，找出其中的规律，达到锻炼身体的目的。

岁月痕

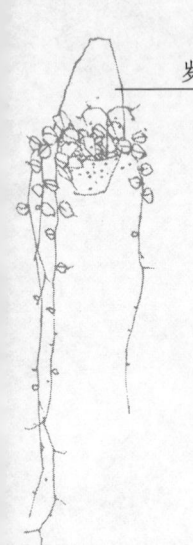

三十、余霞尚满天

　　夜已深，初秋带露的寒气穿过敞开的窗子悄悄潜入到屋内，没有半点睡意的我不由得打了一个寒战。前些日子还徜徉在浓烈火红的盛夏，一夜醒来，夏天什么时候匆匆地溜走了，秋静静地来到了浮躁一夏的人们面前。时光流逝得咋这么快，照照镜子发觉自己的头发越来越稀疏，青春的欢笑在我脸上雕刻出道道皱纹，还有下垂的眼睑，越来越驼的脊背。时下正处临风落泪对月伤怀的多愁时期，我比较清醒地认为过去的岁月并没有留下多少值得骄傲或令人断肠的往事，但生活还是有意义的。岁月恬静安然，半醒半睡中潜回那一弯湮没在年轮深处的光阴，任由那方土地撩拨我的心田。

　　时间是从来不留情的，自己还觉得是原来的自己，再

看看周围的孩子们却一天一个样，明明是昨天的孩子，今天已是某部门领导了，须臾间，自己已经步入老年人的队伍。

老年是人生的金秋季节、阳光时段，如同大自然的秋天一样，灿烂辉煌，它展现在人们面前的是成熟、收获和丰硕，仿佛一幅色彩斑斓的画卷，又如同一道气势磅礴的风景。翻过去的不再是薄薄的白纸，也不再是高高的门槛，而是千辛万苦，是悬崖峭壁，是我虽蹒跚却结实的脚印。

我并不怀念年轻的自己，但我接受所走过的道路，不管那其中有多少挫折和伤痛，因为是它们成就了我现在的自己。所以，比起年轻时的我，我更喜欢现在的自己。

"老是一种凝练和成熟，是一种用含蕴包裹着的透亮，清素的表面总是有一种永恒的睿智，像一首静默的哲理诗，总是有一种一切都在掌握之中静观世相的感觉，那种永远剪不断的隽永的回味，是老人最动人的魅力。"青年时代有激情和幻想，却缺乏诗的意境，中年时代太实际，太繁忙，缺乏诗的浪漫，唯有老年时期减轻了人生沉重的使命，有了闲暇和平静的心情，表现出一种成熟的美、风范的美，这才是真正最富诗意的岁月。"人生如一条河，

岁月痕

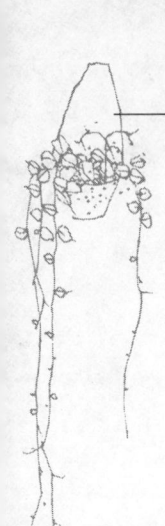

青少年是上游，细小而狭窄；壮年是中游，曲折而湍急；老年人是下游，才显得平静而宽阔，豁达而宽容，通畅而大度。"

老天爷是公平的，岁月夺走了我们青春的容颜、健强的体魄，却赐一颗明净淡然的心给老了的我们，使老了的我们更加珍惜，更会爱了。博爱了，心中有大爱了，爱家人，爱朋友，善待所有认识不认识的人，善待一切有生命的生命，尊重世间所有的长者如尊重自己的父母，爱惜世间所有的年轻人如爱惜自己的子女。

"因为活到这个岁数的人，会宽容生活给予的公与不公。面对命运之'命'，什么事都不在乎，遇事不纠结，不患得患失，径自去接受它，然后放下它，一身轻松地走向未来的生活。

因为活到这个岁数的人，淡定了、从容了、心如止水了。要想使这一湖静水泛起涟漪，是比较困难的"，当然，这湖静水有时也会跳起几朵快乐的小浪花，那就是看到儿女的成长和发展。我们比父辈强，儿女又比我们强，儿女自立成才，能打拼出自己的天地，且对社会、对大众做着极有意义的事情，是我们最大的欣慰。

"因为活到这个岁数的人，生活开始变得简单了，对物质的占有欲变淡了，饮食清淡了，亲情浓了，对亲人呵护备至了……"

"以坦诚的心态承认老之将至，以平和的胸怀接受老之将至，我们拥有了一种境界，获得了一份智慧。老之将至，无非意味着就此将步入生命的秋天，它虽然多了几片生命的落叶，也由此有了一份旷达与高远；它虽然少了几片青春的花瓣，也由此多了几分淡定和从容。"

退休后闲暇的时间多了，免不了回眸往事，在岁月的轮回叠加中，又多了一层可以感怀往事的经历。

"当人试图回忆往事的时候，不仅仅停留在伤感失落的情绪上，而是见证了从青涩到成熟，一路走来或美好或痛苦的过程，成熟的人可以在怀旧中思考，汲取养分，不再轻易地沉迷，不会盲目地陷入泥沼中无力自拔，隐忍着痛地微笑上路；放开曾经纠结于心的混乱，在大千世界的变化里，锻造出可以温暖他人、也能温暖自己的豁达之爱。"

怀旧可以找回久违的纯真，朦胧中又看到无所顾忌的一颦一笑，还可能在幡然醒悟后重新回忆往昔的美好。

怀旧的人不会忘记过去，不会逃避曾经的罪孽重重，不会在意得失。一路走过的风雨，只会让人更留恋、更

岁月痕

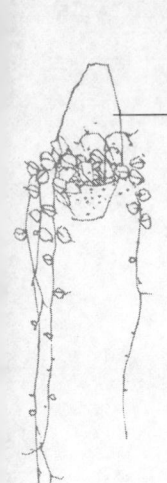

珍惜。

"学会怀旧，在怀旧中学会用理性的思维分析这个世界，在怀旧中体会与发现，或许我们会变得更笃定、更从容，从而拥有一份闲情淡泊的人生。"

记得有人说过，当你试图回忆往事的时候，你正在渐渐变老。老了没什么不好，留恋往事也是种幸福，微闭双眸，仿佛回味一杯没有加奶的咖啡，有点苦涩，喝了就不忍放下手中的杯子。得意时要看淡，失意时要看开。可为而为之，不可为而不强为之。人生有许多东西是可以放下的，只有放得下，才能拿得起。得和失，成与败，就能够淡然处之。人要活的神清气爽、悠然自得。每个人的内心，都有几处暗伤，有的泪只能往心里流，有的苦只能咬牙顶住。

人生，不是总如意，生活不是都称心，路，不通时，学会拐弯。事难做时，学会放下。有些回忆，记起，便是温暖；有些纠结，想开，就是舒坦；有些苦恼、有些伤痛，放下便是释然，忘记就是快乐。

小小老百姓的往事回眸尤为清晰，有时着实令人心潮澎湃，幸福的怀旧会使自己变得潇洒年轻，成也罢，败也罢，过来之后自有评说，前车之鉴启示后人，失败的经验

才是最宝贵的财富。

夜色阑珊唤起曾经的回忆，收集生命中快乐的记忆，尽情地敞开怀旧的大门，让最最难忘的童年、少年、青年、壮年的倩影重新在我们的视野里飘荡、徘徊、畅想，这种有益身心的怀旧，会唤醒我们沉睡的梦幻，激发出更多的聪明才智，来丰富我们的生活。回忆是件很奇妙的东西，它生活在过去，存在于现在，却影响未来。

岁月承接并延续了一段跌宕起伏但又飘渺无序的故事，撷取生活经历中的片段，汇集人生成功和失败的经验与教训，参透人生祸福相依的哲理，更像是本小说，记述人生酸甜苦辣的经历。激发撰写《岁月痕》的初衷即叙事纪实，似杂文、如散记、像小说，抒情真言相间，感叹顿悟并存。记忆的堆积、情感的散发，慢慢地会听见内心的声音，在酣畅的倾述里尽情地绽放喜怒哀乐，正如电视连续剧《渴望》中的主题歌所言："悠悠岁月，欲说当年好困惑，亦真亦幻难取舍，悲欢离合都曾经有过，这样执著，究竟为什么，漫漫人生路，上下求索，心中渴望，真诚的生活，谁能告诉我，是对还是错……故事不多宛如平常一段歌。"记忆中有些东西，像镌刻在大理石上的字迹一样，风风雨雨几十年的岁月是消磨不掉的。

岁月痕

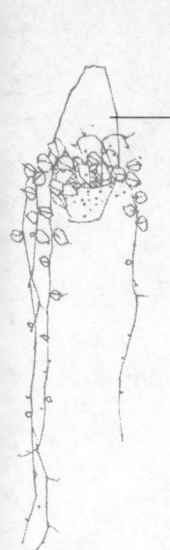

倏然之间，鬓角就增添了白发，额头就刻上了皱纹。"神龟虽寿，犹有竟时。"淡然地面对人生岁暮，"是历尽酸甜苦辣之后的淡定，渗透悲欢离合之后的从容，悟彻成败荣辱之后的豁达，洞明是非曲直之后的聪明。"

轻轻地触摸走过的路，闲闲地写下几段文字，让自己和朋友们，领悟人生之真谛。人总是要老的，但心不要老，心要像春天的草，心要像出巢的鸟。其实，生活里除了光鲜明媚，甘美膏腴，还有一些令人回味的苦味，苦味往往比其他的味道更真实深刻。生活的历练已打磨出成熟的姿态，在平淡生活的氤氲里，风定落花香。

孩童有稚嫩的美，青年有健壮的美，中年有成熟的美，老来有恬淡自如的美，人的事，生而尽其动，死而尽其静，听其自然。

随着年龄的增长，人们会越来越感慨于岁月如梭、青春易逝，于是，总是希望通过一些回忆，来重温过去的美好或苦涩。

附：习作六篇

一、为了千万双眼睛
——记张朝聚和他的眼科医院

在包头市郊区沙河镇建设路旁，矗立着一座乳白色的高大建筑，这就是闻名遐迩的包头市私立眼科医院。医院的创办人，是位长期致力于眼科事业的祖传眼科大夫。

十年前第一次采访张朝聚时，他刚从包头郊区医院眼科主任的位置上退下来。这位在基层工作了三十多年的眼科医生面对农牧民患者渴求的双眸，一颗赤子之心震颤了，他毅然放弃去美国过安逸生活的机会，决定把余生奉献给养育自己、尚不富裕的黄土地上的人民。在人们不解的目光中，他东奔西跑，多方筹集资金。他在国外亲属的支持下，拿出自己的全部积蓄盖起了一座小四层楼，

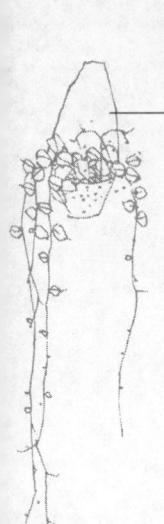

购置了必需的眼科设备，办起了面向百姓、高服务、低收费的眼科诊所，拉上妻子儿女一起踏上了这条艰辛跋涉之路。

1992年，张朝聚把眼科诊所搬迁到新盖的建筑面积为2500平方米的门诊楼和住院楼里，经过卫生行政部门审批，内蒙古第一家私立眼科医院诞生了，正式挂牌为朝聚眼科医院。朝聚眼科医院从一起步就走上了现代化建设和管理的轨道。这家医院仅有120张床位、40余位医务人员，却投资1000万元从美国、日本、瑞士引进了先进的医疗设备——氩激光、PRK准分子激光仪、超声乳化仪等。这些先进的眼科医疗设备由包头朝聚眼科医院应用于临床，在内蒙古自治区是第一家，对提高眼科疾病的医疗诊断水平、减轻患者的痛苦起了极大的作用。

张朝聚家代代从医。他的子女们均受过高等医学教育，一女儿在美国留学，小儿子在广州中山医科大学读研究生。张朝聚深知高科技的设备需要掌握高科技知识的人来使用。为了培养一支适应时代需求的高科技医疗队伍，他不仅坚持不懈地钻研业务，还不计代价，先后派出本院十几名青年医生到北京、上海、武汉、兰州等地医（学）院学习深造。他还高薪聘请了北京医科大学教授定期来院

开办专家门诊并举办讲座，使医院的医疗水平不断提高。一位曾在解放军某医院工作的医生面对如此众多的设备惊叹不已，他说：就是大医院里，也不是所有的医生都有机会操作这样的设备。在朝聚眼科医院里，不仅学有所长的人可以充分发挥才智，只要肯下功夫，钻研业务，医院都会为他们提供施展才华的机会。

张朝聚常对他身边的医务人员说，我创办医院的最大目的不是挣钱，而是为社会办一点事。他认为，医院是一个福利机构。在治病救人的基础上，才能谈经济效益，因为医院始终信奉"患者是上帝"的信条。坚持以低廉的价格，提供优良的医疗服务为办院宗旨，把用最大的努力为人们解除痛苦作为全院工作的中心环节。朝聚医院明确提出：不能让一个病人因经济困难失去治疗的机会。严禁医院的工作人员收受"红包"。在这所医院里，患者无论是干部还是农民，不论是老人还是孩子，医务人员都一视同仁，热情服务。土右旗一位患者在打工时与人发生口角，被对方用铁锹劈伤，一侧眼球掉落在脸颊上，跑了四五家医院，因没钱交押金被拒之门外。这位民工怀着最后一丝希望来到朝聚眼科医院，医生立刻把他送进手术室。这位民工深受感动，病愈出院后，立即把治疗费送来。和林县

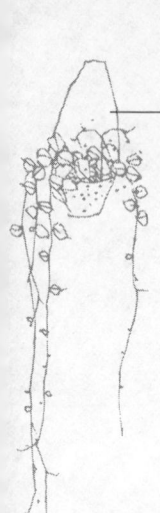

黑老幺乡农民石林贵干活儿时右眼溅入一块铜屑，当时血流如注，急送至市内大医院，住院20多天花去2000多元钱，眼内铜屑仍未取出。他经朋友介绍来到朝聚眼科医院，张院长了解了他的困难处境后当即表示为他减免医疗费用，并用超声定位法做手术，从他右眼中取出一块7乘3毫米的铜屑，让他重见了光明。包头城建技校一名学生来信说"我因右眼外伤失明住院治疗。手术前我把事先准备的'红包'送给大夫，被婉言谢绝了。四个多小时出来后，我爸爸、妈妈给大夫准备好了的糕点，可主刀大夫张小利和张波洲一块也没吃，而是吃自己备的方便面。"为方便偏远地区群众就医，张朝聚花了近30万元购置了一台超大型医疗救护车，既可以救护病人，又可以在车上治疗。这个"汽车医院"经常为群众巡回治疗，让老百姓在自己家门口，享受到高科技的医疗服务。谁也不会想到，这位心里总是装着患者的私立眼科医院院长，可以花千万元购置设备，可以不惜代价培养人才，可以为生活确有困难的患者减免医疗费用达10余万元，而自己的生活却一如十年前般俭朴。

1996年5月，张朝聚去美国进行学术交流，在那里，他参观了世界著名的美国洛杉矶眼科医院。美国之行，开阔了他的眼界，也使他更深地感受到了我们与世界发达国家之间的差距。他回国后，立即对医院进行全方位的改革。他积极创造条件，与美国洛杉矶眼科医院结成友好医院。易长贤、克劳迪、海伦等国外医学博士曾来朝聚眼科医院讲学和临床指导；朝聚眼科医院的计算机与国际上最大的微机网路"英特尔"联网，随时可以把疑难病症资料输入计算机，获得国内外有关医院专家的指导；花600万元在内蒙古地区首家应用治疗近视眼的PRK，已让50余名近视眼患者告别了眼镜。目前来咨询求治近视眼的患者纷至沓来。朝聚眼科医院还给包头医学院捐款，设立优秀（师）生奖励基金，用于教学攻关和奖励优秀师生。

一系列行之有效的改革，使朝聚眼科医院在短短的几年里名声鹊起，河北、四川、云南、山西、宁夏等地患者慕名而来。十年来，该院接诊和治疗区内外眼病患者近26万人次，使6000余人重见光明，在患者心中树起了一座丰碑。

今天，朝聚眼科医院规模不断扩大，又一座集医疗、教学、科研于一体的2000余平米的四层楼拔地而起，年底将投入使用。在张朝聚院长的带领下，朝聚眼科医院正努力向一个集医学科研基地、教学基地和临床医院"三位

岁月痕

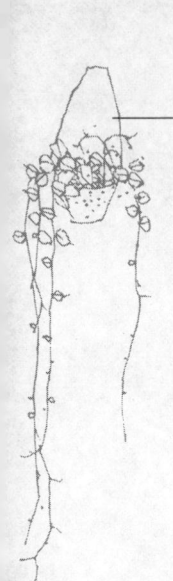

一体"的国内现代化医院迈进。

（本文刊于1998年9月11日的《包头日报》头版，本文获得全国大中城市晚报一等奖。）

二、包头朝聚眼科医院
　　党建工作初见成效

　　2004年7月，内蒙古自治区红十字会包头朝聚眼科医院在九原区组织部指导帮助下成立了第一家非公有制医院党支部。三年来，这个党支部在上级党委的关心、支持、指导下，明确了定位、找准了方向。紧紧围绕医院建设这个中心，履行职责，发挥作用，积极出谋划策，帮助医院建章立制。理顺关系，并结合民营医院的特点，切实加强对党员的教育管理，积极开展党的各项工作，引导党员在各自的岗位上发挥先锋模范作用，不断增强基层党组织的凝聚力和战斗力，使医院经济和社会效益不断增长，职工的收入明显提高。广大员工的工作热情和积极性空前高涨，医院的影响力、凝聚力，号召力和向心力更加显

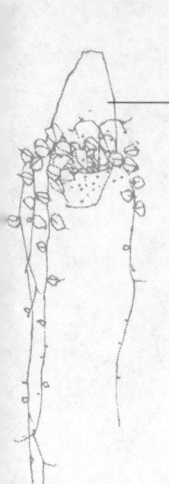

著,一个"董事长支持、医院需要、员工拥护、党员欢迎"的党建工作新格局逐步形成,有力的促进了民营医院党建工作与医院发展的互动双赢。

实践证明党员的先进性在民营医院同样有用武之地和广阔的空间。搞好非公有制医院党建工作,这个党支部主要抓了七个方面的工作:

(一)不断扩大党组织的影响力。

通过在非公有制医院建立党组织、开展党建工作,有效地解决了非公有制医院党员组织关系长期"空挂"的问题,使党员过上了正常的组织生活;同时,制定培养发展计划,积极发现、培养优秀青年医生、护士和业务技术骨干为入党积极分子,(该支部已发展新党员1名),现有多名业务骨干纷纷向党组织靠拢,主动递交了入党申请书。这样做既发展了非公有制医院中的优秀分子成为党员,巩固和扩大了党的阶级基础,而且党员的先锋模范表率作用起到了员工向党员看齐的榜样作用。支部在员工教育活动上采取寓教娱乐的多种形式,让广大员工更加了解党和国家的政策法规、利用业余时间有计划地组织他们学习讨论、参加丰富多彩的文化娱乐活动、播放党员电教片等。通过这些活动的开展,党员们的凝聚力迅速提升,党组织在员工中的影响力也进一步增强。

(二) 加强党员的责任感教育。

党员和非党积极分子在各项工作中能处处起到模范带头作用，善于做思想工作。通过开展挂牌上岗、岗位竞赛等一系列活动，进一步激发了广大党员的先锋意识，工作责任心明显加强，党员带头学技术、带头完成工作任务、带头遵守规章制度的良好风气正逐步形成。由于党员和非党积极分子的示范带动作用，员工们的主人翁意识得以增强，在医院中掀起一股比技术、比工作、比贡献的创先争优的热潮，医院的各项工作得到增强，大大提高了医院的工作效率。

(三) 善做思想政治工作，卫生技术队伍稳定

这个支部始终注重把握好"三点"原则的工作方法：一是把医疗工作的重点作为党组织活动的着力点，二是把医院发展的增长点作为党组织活动的切入点，三是把医院经营的出发点作为党组织活动的落脚点。支部成立以来始终如一地支持医院的工作，协助医院建章立制，规范各种操作规程和医院各部门的工作流程，模范地执行内蒙古自治区物价部门制定的标准，编辑医院管理工作守则，根据医院实际情况编制医院改革方案，通过一系列的管理工

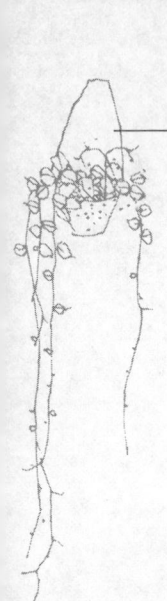

作，使医院的各项工作稳步向前。

这个支部积极探索联系、宣传、组织、团结员工的工作机制，当员工在生活中遇到困难时，主动出面帮助解决；当员工出现思想抵触时，及时出面进行协调；当个别员工有偏激行为时，及时出面制止；当员工提出合理化建议时，及时反馈采纳，千方百计协助解决好引进人才落户、子女入学、配偶工作和住宿、员工的职称晋升考试、执业医考试等方面的问题，为所有签订劳动合同的聘用人员办妥医保、社保等五种保险金的缴纳手续，从2007年开始，医院为员工庆祝生日、赠送生日礼物，这一小小的举动，却温暖了所有员工的心……由于这些活动的开展，进一步稳定了人心，从而使医院的卫生技术队伍很稳定，求上进、钻研业务的风气蔚然成风。三年来，支部以扎扎实实的工作凝聚了人心、得到了全体员工的支持、拥戴。

（四）开展丰富多彩的文体活动，活跃了精神文化生活。

经常性地组织开展卡拉OK大家唱，组织篮球、乒乓球、羽毛球、象棋、跳棋比赛，设立阅览室，创办了院报、简报，不定期的组织外出旅游，利用"护士节"组织开展医疗竞技大练兵等有益身心健康的文体活动；支部还

构思和创作了充分体现朝聚人的精神，体现员工、医院和患者之间鱼水之情，体现朝聚人奋发向上、无私奉献光明的高尚品质的院歌。大家在学唱院歌中体会到，院歌有充分发挥号召力、凝聚力、鼓动力、影响力、向心力的作用，能进一步激发大家的工作热情和积极性，增强员工的自信心和责任感，这些活动的开展既陶冶了全体员工的情操，又增强了他们的身体素质和综合能力，为加强医院文化建设、提升医院形象起到了很好的作用。

（五）建立扶贫助医长效机制，积极开展义诊扶贫活动，致力于回报社会

医院把服务社会、造福人民当作一件民心工程来抓，经常组织医务人员深入山区、边远乡镇开展义诊防盲、减免医疗救助费用等公益活动；全部减免手术费用、为贫困白内障患者实施复明手术的"光明扶贫行动"，医院前后已参加了九次这样大型的复明行动，先后为贫困白内障患者实施复明手术3150余例，直接为患者减免医疗费用近945万元，大大造福了广大白内障患者，促进了包头市残疾人健康事业的发展，得到了群众的普遍认可，被誉为"贫困患者的光明使者"。

2007年医院又投资70万元，（三家医院）利用三年

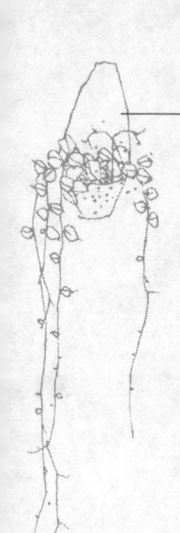

的时间，为全市204所幼儿园的35000多名孩子们免费进行眼病健康体检，现已为3050多名孩子进行了健康体检。

每年我们扶助达茂旗贫困学生2000元，此项扶贫献爱心活动到今年已连续进行了三年。

（六）及时向区委和区政府反映医院的心声并提出意见和建议

由于支部经常向区委和区政府反映医院的心声，区委、区政府很关心医院的工作，上级党组织经常来医院指导医院的工作，区委书记每年都要来医院视察一二次；今年，张小利院长被推选为区政协委员，更增强了医院坚持"依托政府，坚持法治原则，依法执业；提升医疗技术，锤炼核心竞争力；建立医疗服务网络，拓宽医疗市场的三维战略"办医院的基本方针。

（七）注重医院文化工作

加强医院文化建设，增强医院的凝聚力是我们围绕医院全方位展开的医院文化建设。我们以调动员工积极性为目标，运用文化的力量和方式对医院进行管理。这项工作我们是从医院的规章制度的建设上着手的，医院的规章制度既是构成医院文化建设的重要内容，又是医院价值观、道德规范、行为准则、科学管理的反映。它不仅对广大职工进行约束，同时还能协调院领导和职工之间、医务人员之间、以及医务人员与病人之间的关系。近年来，我们相应出台了不少规章制度，从制度上保证了中心、核心、人心，"三心"合为一体。

医院文化是在医院创建和发展中形成的，伴随着医院的发展而发展，用先进文化、先进理念打造医院品牌，提高医院核心竞争力，是新时期医院建设发展的新潮流。全面提升医院管理水平是当前广大管理者和医务人员十分关注的新课题。为全面交流医院文化建设的经验，展示医院文化建设的成果，推动医院文化建设向更高的阶段发展，在医院文化建设中，我们还把医院的文化精神层面建设作为重点来抓。与医院领导整理确定了医院的院训、院徽、院旗和朝聚精神，编纂了医院大事记，比较详实的纪录了眼科医院从无到有、从小到大的发展历程和重大事件，这些资料将作为我们佐证历史、展望未来、借鉴当今、弘扬精神的原始档案保存起来。医院有了院旗、院徽、院训后，经过长时间、多次的不断构思、修改，医院又有了院歌。院歌于2007年第50期包头电视报刊出，2007年12月14日在包头广播电台、调频立体声台播出。人人学唱院歌，院歌起到了鼓舞人心、令人振奋、催人奋进的推动

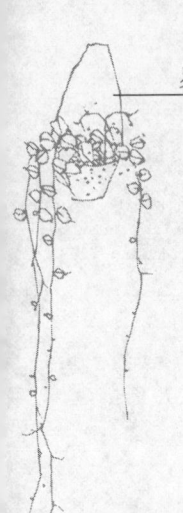

岁月痕

作用。

（本文刊于 2008 年 5 月 6 日的《内蒙古日报》和 2008 年 1 月 17 日的《包头日报》。）

三、一位眼科医生的博爱情怀
——记包头朝聚眼科医院院长张小利

在草原钢城乃至内蒙古几乎人人皆知朝聚眼科医院，这是因为朝聚医院医疗卫生事业的迅速发展和影响，得到了社会各界的关注、尊重和认可，然而，更让人肃然起敬的是包头朝聚眼科医院的领头人——张小利。她悬壶行医20多年，顺民意、传光明、奉爱心，让普天下的老百姓对光明充满信心，她在播种希望，让爱充满人间。她在内蒙古地区用手术治疗白内障的名气颇大，但她谦和地没有一点名医的架子。苦心孤诣铸就济世本领，书山有路勤为径，学海无涯苦作舟，她经常自嘲天资不慧，却能始终以勤能补拙鞭策自己不断前行。更令患者佩服的是她精湛的医术，高尚的医德，平易近人、敦厚仁爱的品格，无私忘我的济

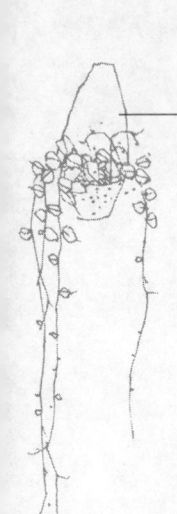

世情怀,常常被患者交口称为妙手仁医,百姓医生……

对眼科事业的追求令同行们刮目相看

张小利生于医学世家,算到其父著名的眼科界名人张朝聚,至少是三代从医,受医世家族的熏陶,她从小酷爱医学。她的父亲张朝聚对子女要求很严格,不但教她们学习医学知识,还教她们如何做人,如何做一个有用的人。正是她父亲的一言一行的榜样力量,在潜移默化中影响着她的成长,在她20多年的医疗生涯中时时激励着她做好自己的工作。

一个人胸怀有多大,就能做多大的事。古有花木兰替父从军,今有张小利帮父创事业。作为张氏家族的长女,她为弟妹们做出了表率。朝聚眼科事业从小到大的发展充满风雨、磨难,复兴的曲折历程都有她的心血,她的很多认识和决策都是高瞻远瞩的,许多认识和思路得到了其父的赞许,历史在前进,医院要发展,她抓住机遇,加快医院发展的步伐。她协助其父筹建眼科医院是相当不容易的,申请土地、筹措资金、筹划基建、挑选人才和设备——她日夜奔波,与各行各样的人洽谈,眼科医院从一小四楼发展到现在的现代化高楼大厦,处处都有她的足迹,事事她都付出了辛勤的汗水。功夫不负有心人，一座现代化高科技的眼科医院拔地而起，她为包头的父老乡亲们祛痛疗疾、播种希望，点燃生命之光的夙愿达成了。医院迎来了络绎不绝的求医患者，还经常有国际友人慕名前来就医。她的大家风范、潇洒气度凝聚了团队的力量，也为她赢得了更广阔的事业舞台，虽经风风雨雨，但她依然无怨无悔，她的事业成功了。

对技术精益求精，从不满足取得的成绩

眼科病人相当凄苦，特别是患白内障所致的失明，更令患者痛断肝肠。所以，人们常用拨云见天日这一古代只有修炼到家的神仙才能实现的变化、来表达对眼科医生的敬意。张小利从小抱负很大，立志要为普天下的老百姓送光明、献爱心。打铁先得自己硬，她深知学好医学知识，拥有娴熟的医疗技术，才能为人民群众排忧解难。四年的医学理论学习，虽没有达到头悬梁、锥刺股的境界，但废寝忘食钻研医学理论的劲头，常令同窗学友自叹不如。正式悬壶济世，她仍不忘苦练技艺、对业务技术的追求仍然孜孜不倦，多方请教、四处拜师、见缝插针挤时间去国内外参加学术交流，眼界不断开阔，使她的医疗技术更加炉

岁月痕

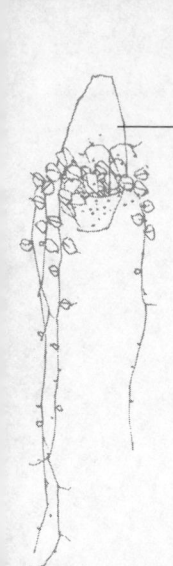

火纯青。

　　宝剑锋从磨砺出，梅花香自苦寒来，一分耕耘，一分收获，经过多年的摸索，她对治疗白内障等眼病有了独到的见解，并大胆提出了一整套治疗白内障等眼病的治疗方案，如悬吊人工晶体的植入这一技术填补了内蒙古眼科界的空白，许多论文发表在《中华眼科杂志》等国内外杂志上，她做白内障手术已达3万余例。她的名字妇孺皆知、家喻户晓，她被包头人誉为草原明珠。

　　张小利院长是内蒙古地区大名鼎鼎的白内障专家，她是最早在内蒙地区开展白内障超声乳化技术的医生，在白内障技术不断发展的今天，她能把各种复杂的白内障手术做到几乎完美。最新的超声乳化联合非球面人工晶体植入、超声乳化联合多焦点人工晶体植入，高度近视眼有晶体眼人工晶体植入等技术都占国内领先地位。美国眼科博士观摩了张小利的手术后啧啧称赞：这哪里是观看手术，简直就是在欣赏艺术。

社会责任重于泰山、对病人高度负责

　　张小利技术娴熟，在外的名气颇大，她对病人高度负责，始终注重父老乡亲的沉疴痼疾，社会责任重于泰山。

她十分关注弱势群体，热衷于社会救助公益事业，从1998年开始，连续九年参加《光明扶贫行动》，在市、区残联的积极支持下，医院先后免费做白内障复明手术3150例，减免手术费用945万元。

二连浩特市一位失明30年之久的蒙古族老太太，生活的空间完全被系在家门口和大树之间的绳子限制。30多年没有看到自己儿子长成什么样了，平常只能通过声音来辨别亲人。当张院长在二连浩特医院手术时得知老人的情况后，立即为老人检查并免费实施了手术，还亲自将200元人民币送到老人手中，复明后老人感动的用蒙语表示感激。

2004年6月24日，包头社会福利院五龄孤儿党立荣终于看到了这个五彩缤纷的世界，小立荣可爱的笑容对着每一个人绽放，不断亲切地呼唤着张小利为"院长妈妈"，这是张小利成功为党立荣植入人工晶体手术后一周的欢快场面。2002年张小利曾带领"光明行动"医疗队为患有先天性白内障的党立荣实施过白内障摘除术，但是由于当时党立荣年龄尚小，不能植入人工晶体，小立荣仅恢复了部分视力。2004年6月张小利与社会福利院取得联系，很快把党立荣接到医院，再次免费为党立荣实施了人工晶

岁月痕

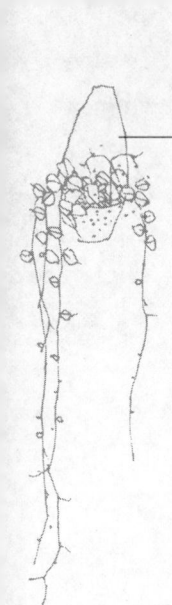

体植入术。

1998年张小利为一个年轻女患者实施白内障手术时，患者突然哈气连天，烦躁不安，一问才知道是毒瘾发作，经张院长耐心解释和疏导工作，手术才得以顺利完成。术后她多次找患者谈心劝其戒毒，并鼓励患者重新树立生活的信心。患者出院后她还去其家中苦口婆心劝其戒毒。现在该女患者已经重新开始了新生活，逢人便说是张院长挽救了她。

2007年6月，张小利积极配合监狱党委的人道关爱，成功为死缓服刑人员徐井云免费实施白内障摘除术。术后虽然她一再嘱咐徐井云不能哭，否则容易感染，但是徐井云还是控制不住自己的情绪，感动地流着眼泪说：一定要好好改造，争取早日回到社会，做一个对社会有用的人。

现年78岁，家住东河区东门大街北梁的贾克明老人，仅靠拣废品、街道的低保维持生活，老伴下肢残疾常年卧床，生活十分凄惶。虽患白内障3年多了，一直没有得到及时的治疗，当张小利知道这些情况后，立即决定为老人免费检查，并亲自为老人免费做手术。复明后的贾克明老人双眼含着热泪：如果我什么也看不到了，我的老伴也会没人照顾，医院救了我们家两条命啊！

普济苍生是她生命中最幸福的事情

张小利是包头朝聚眼科医院的当家人,医院大大小小的事情她都装在心里,许多事情都需要她去解决,但她并没有一时一刻脱离自己的医疗工作,她与患者之间充满着灿烂的阳光。每个人的心中,都有一轮能够发出热量和光明的太阳,正是这光和热,她与患者相处的有声有色,有滋有味。她陶醉的时刻,无疑是手持锋利的手术刀,在无影灯下干净利索地与病魔拼杀的时刻。手术刀充满感情,救死扶伤的医德职责和使命深深地铭刻在她心中,在她心里永远燃着一盏爱的灯火。她说:做医生就是要爱病人,不论日夜、随叫随到。她每天忙得顾不上吃饭,晚上没有在12点前睡过觉,她的妈妈、婆婆看到她这样没日没夜地辛勤工作心痛地说:为什么就不能休息一天?她回答:还有那么多的病人在等着我呀。一句话说得让妈妈、婆婆潸然泪下。她经常教导医务人员不能有半点疏忽,人的生命是宝贵的,我们手里握着的,是人的生命和健康。生命之托,重如泰山。

20多年来不管多么忙,不管多么累,她都要看自己的病人,只要看到病人,她的心里就高兴,心里就踏实,

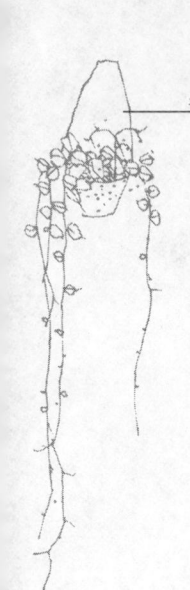

她常说：对于医生来说病人的利益高于一切。如果你的从医生涯中，从没有解决不了病人病痛就食不甘味、夜不能寐的经历，从没有半夜三更打电话到病房、查探病人病情的经历，就绝对不是一个好医生。

张小利不仅医术高明，服务态度谦和，对待病人的怜悯和尽心更让人感动

一位96岁的老红军一下手术台高兴地、情不自禁地拍着手说："太好了！我看见了，看见了。真没想到看的这么清楚。"一位76岁的老人说奥运会第一次在中国举行，我得把眼睛治好，亲眼看看奥运比赛。小利院长让我实现了我的心愿，我这辈子没什么遗憾了。

一位七十多岁的乡村老教师，为大山培育了千千万万儿童，没想到晚年却失明了。眼睛复明后老人拉着小利院长的手激动地说：我又能看到大山的孩子们背着书包去上学了，又能看到学校早上升国旗的情景了。

每当她看到老人们复明后瞬间的激动情景，一股幸福的暖流传入心扉，她习惯长长地舒口气，脸上绽放着抑制不住的激情，她从心底里祝福这些老人们健康、长寿。

一位患尿毒症的患者，一周做三次透析，他对生活已失去信心，然而更大的不幸是双眼失明。因为风险太大，

哪家医院也不愿为他做手术。小利院长为他详细的检查并亲自为他手术。他又能看书、看电视了，一张忧愁、痛苦的脸从此有了笑容。家属非常感谢："是小利院长给他带来了光明，带来了活着的希望，更给我们全家带来了欢乐。"

一位五保户农民康二厚双眼失明，在乡亲搀扶下来医院看病。寒冬季节老人却薄衣单衫，且又破又旧。张院长接诊后十分酸楚，她细心为老人检查眼病，又免费为老人实施白内障手术。工作繁忙的张小利仍惦记着衣衫单薄的老人，她亲自到商场为老人挑选了一件上等的羽绒服送给老人。当老人接过张院长亲手送的羽绒服时，老泪纵横激动地说："你不仅给了我光明，而且还给了我胜似亲人的温暖啊！"

张小利对病人有着一种特殊而又深厚的情感，她把病人的困难当作自己的困难，为了这份责任，她终日为病人的健康忙碌，只知奉献，不图索取。她的一言一行、所作所为，正如美国医学权威刘易斯·托马斯所赞叹的：技术再发达，病人仍然需要医生那种给人以希望的温柔的触摸，那种无所不包的从容长谈，但要保留这些是一件难事，在今天唯有最好的医生才能做到。

岁月痕

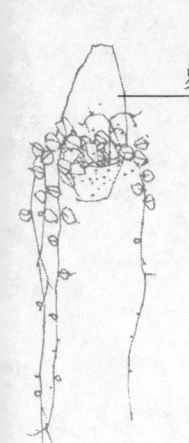

和患者沟通如数家珍一样兴奋

具有丰富临床经验的张小利，常常把与病人之间对话的方式变为朋友间的交谈，以菩萨心肠对待患者，和患者沟通如数家珍一样兴奋。虽然说话并不难，但要把话说得恰到好处还是不容易的。她与患者之间和谐友爱地相处，心平气和、富有同情心、安静地倾听患者心里的肺腑之言的做法，令同行们佩服不已。她常用温馨的、拉家常、提问的方式，稳定术前表现焦虑、恐慌和情绪紧张的患者，全力以赴地满足老年病人的不同需求。昆区一名女患者，双眼白内障失明，因害怕手术，听信收音机广播，吃了好多广告宣传的药品，眼睛没治好，钱到花了不少。当有人把她介绍到朝聚眼科医院时，找到了张院长，张院长认真耐心地向患者解释病情，鼓励她战胜疾病，并亲自为其实施了白内障手术。重见光明的那一刻，患者高兴地握着张院长的手说，"是您给了我第二次生命，是您让我又一次看到了这个美好的世界，我一定告诉更多的白内障患者，让她们早日就医，别像我痛苦地生活在黑暗里那么多年。"

一位名叫孙明远的"无笔根式"书画家，在半年前感

到双眼视线模糊、看不清东西，就连写出来的字都是歪歪扭扭的，让这位老人在艺术创作上受到了严重阻障。经过多方面的打听和朋友的介绍，老人找到了张小利。孙老一听要做手术非常担心；经她耐心地与孙老沟通，老人心里上的担忧没有了。但在上手术台的那一刻，孙老依然非常紧张。细心的张小利院长发现了这些，一边细心地做着手术、一边和老人攀谈。孙老幸福地回忆说：手术并没有想象的哪么可怕，也就是十分钟左右的样子，术后不痛不痒没有任何不适的感觉，第二天，当我摘下被蒙在眼睛上的纱布时，哦！太神奇了，我又看到光明了，我又能为我钟爱的艺术工作了。

一名性格孤僻、脾气暴躁的退休老干部，因为双目失明，几次有轻生的念头。张院长接诊后，耐心细致地给老人讲解疾病的成因、治疗方法和预后，她诚挚温和的态度、悠扬顿挫的讲解使老人疑虑全消，并激起老人生活的热情和希望。当老人重见光明那一刻激动地对张院长说："你不仅给了我光明，也给了我第二次生命。"

爱是和谐社会构建的基础，爱是关心、是理解，因为有爱，才使我们生活的世界充满朝气和活力，一位眼科医生的博大情怀，为四海百姓播种希望，点燃生命之光。

岁月痕

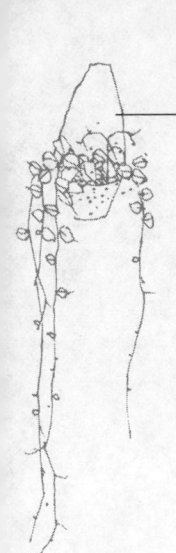

（本文刊于2008年9月18日的《北方周末报》整版；人民日报社主办的《人民文摘》2008年第十期第63页；2008年9月20日《内蒙古日报》蒙文版第3版；2008年9月《鹿城52》头版头条。）

四、成功自有非凡处

——包头市郊区卫生事业发展纪实

包头郊区近年来以他的日臻成熟,日趋繁荣兴旺,引起人们越来越多的关注,与包头郊区繁荣兴旺并驾齐驱的是包头的郊区卫生事业。这里的农牧民不再为缺医少药紧锁眉头,这里的干部职工不再为医疗条件简陋而无可奈何,包头郊区卫生局乘着时代的春风、改革的春雨,在这块可亲、可爱的土地上创造出了卫生事业的辉煌。被人民称作白衣天使的医务人员,在包头郊区广阔的田野上,播下了情爱,写下了诗篇。

包头郊区卫生局从1984年以来,大胆改革农村卫生工作,紧紧抓住改革农牧民预防保健、就医就药这一中心环节,全面推行院(站、所、校)长负责制、综合目标责

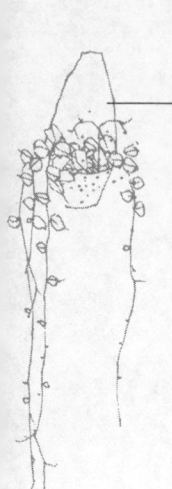

任制、院长承包责任制和以目标管理为主的多种形式的经济技术责任制，突出防保、发展医疗、积极改善办医条件。

锐意改革，开拓进取，一举改变了农村医疗卫生环境，翻建、新建、扩建工作用房17380㎡，增添了300万元的医疗设备，扔掉了农村缺医少药的恶劣医疗条件的状况，他们在总面积2244平方公里的郊区土地上，播下了如雨后春笋般的卫生网点，拥有郊区医院、朝聚眼科医院、郊区中医院等较大的卫生机构，还有4个国营农牧场医院，15个乡卫生院，125个村卫生院，237个个体医诊所，新增添79个服务项目，服务半径不断扩大。十几年来，他们多次受到郊区、市、自治区的表彰和奖励。全系统21个单位均被评为文明单位，其中有两个市级文明单位。目标管理工作连续9年被评为优秀单位，预防工作连续6年被评为市级第一名，《健康杯》保持9连冠，地方病防治工作连续11年名列市级榜首，还多次获自治区和国家奖励。

春种秋收，冬藏夏长，田野上的诗篇好深沉、好浓郁、好高昂，成就后面的艰辛、创业中的困惑、丰收包涵着喜悦，只有郊区卫生局的奋斗者们才能懂得。

把历史的时针倒拨到1984年,当时的郊区卫生局面临怎样的前景呢?医(卫生)院工作用房破烂不堪,医疗设备陈旧老化、医务人员开不了工资,卫生队伍不稳定,一多半乡卫生院濒临倒闭,如何尽快摆脱目前的困境呢?出路在哪里?

俗话说:沧海横流,方显英雄本色。1984年郊区政府举贤任能,让杨培明挑起了郊区卫生局的大梁。一个诚实、稳重的知识分子面对22万农牧民期待的眼睛,面对农村医疗卫生事业的重任,他没有慷慨激昂,更没有徘徊、退却、叹息。

从他走马上任的第一天开始,就时时为农村卫生事业的发展思考着、观察着、探索着,他决心从零开始,稳稳妥妥地解决一个又一个的难题。他不分白天、黑夜、假日,不分上班、下班、休息,只要是农村卫生事业,他不惜一切代价,他用整整两个月的时间搞调查研究,郊区的15个乡、场、镇、苏木的条条小道上,几乎都留下了他的足迹。他靠敏捷的思维、敢打硬仗的精神、果断的决策,终于找到了解决难题结症的关键。经过深思熟虑后,他拿出了一套综合性管理方案。思想解放创新路,班子带头步子齐。他统一了领导班子的改革思路,扬长避短,深

岁月痕

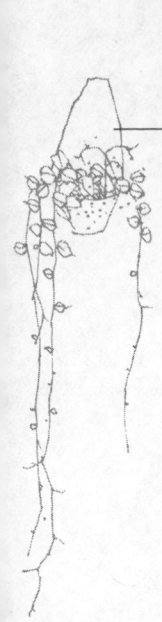

挖内部潜力，首先稳定卫生技术队伍，解决好560多名医护人员的吃饭问题。他开始点燃了上任后的第一把火。

他首先在全区卫生系统中实行院（站、所、校）长负责制和两级聘任制，实行"三权"下放，将人权、财权、行政管理权均下放到基层单位，局属各部门定员、定岗、定任务、定质量、定服务，扩大基层单位的自主权，用优质服务和加强经营管理提高工作效益。

区医院和中心卫生院实行岗位综合考核的奖励基金制度，按照包、订、计、奖、罚的原则，以百分制的办法，拉开分配档次，奖惩兑现。

部分亏损的卫生院，全部实行岗位经济技术责任制，盈余提成、亏损不补。对集体卫生院实行定岗位、定提成的岗位工资制。

第一次改变了分配上的平均主义后，大大调动了广大职工的工作积极性，经济和社会效益有了明显了提高。

卫生改革的初步胜利，事业的初步成功，这给卫生局的当家人杨培明增添了战胜一切困难的勇气和信心，他的工作劲头更足了，乘着初战告捷的欣喜，他又点燃了第二把、第三把火。他率领郊区卫生局一班人，把农村卫生改革向纵深发展着。

一九八六年他又推行了彻底打破大锅饭、砸烂铁饭碗的新的岗位经济技术责任制，即把工资、奖金补贴捆在一起，实行多种形式的劳动分配制度，上不封顶、下不保底。

吃饭靠自己、卫生经费搞建设，独立核算、自负盈亏、按劳取酬的改革办法又在全系统推广开来，他根据技术结构、地理位置、医疗设施、经济基础等情况，对局属15家卫生院分别实施了纯收入分成，加成率分成、活分活值计酬、部分工资浮动等多种经济技术责任制，而国家对卫生院的补贴，只能用来更新医疗设备，开展新项目。

实行全员风险抵押承包制，又是在他的积极指导下，在全系统铺开。经过实践，职工们不仅没有被扣掉风险抵押金，每年还能分到红利。

不等上级扶持，不全靠国家的拨款，依靠自己的力量，以副补医，以副养医，走自我完善、自我发展的路子的改革举措，又在他的倡导下实行了。卫生院实行股份制经营，这又是他大胆的举动。这种多层次、多形式、多渠道的办医形式，在包头郊区已基本形成格局。

根据责、权、利相结合、国家、集体、个人利益相统一、职工劳动所得与劳动报酬相联系的原则，一九九四

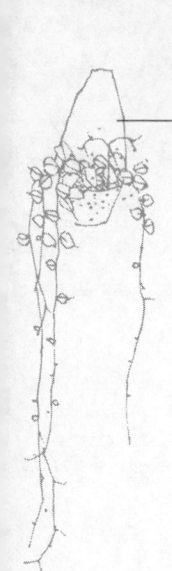

年，18家医院、卫生院全部实行院长承包制和综合目标责任制，综合目标以巩固和发展农村卫生事业为前提，各项指标和重点科研项目均分解到基层各单位，建立了严格的管理、考核、奖惩细则，强化管理手段、实施步骤，使全系统的每个职工都做到了目标明、任务清。

伴随着一项项改革措施的出台，郊区卫生事业上了一个又一个的新台阶，发展和壮大了医疗卫生队伍，基本解决了农牧民翘首以待的看病不进城的愿望。

杨培明喜欢扎扎实实的工作，又有奋发进取的精神，他不善言辞，在卫生技术人员的眼里，他是极普通的一兵，是实干家，凡是要求职工做到的，他自己首先做到。他工作负责、办事认真、脚踏实地、一步一个脚印，在原则的问题上从不让步，正是他的一言一行、一举一动赢得了广大医务人员的信赖，在郊区卫生系统产生了巨大的影响，形成了一股奋发向上的凝聚力和向心力，他用真情和汗水、智慧和勇敢换来了郊区卫生事业的新面貌，他的事业成功了。

改革的春潮为郊区卫生局顿开了一番新天地。他们清醒地认识到，今天我们已站到了跨世纪的起跑线上，21世纪中国将以新的姿态步入世界先进行列，迅速提高医疗

卫生技术水平，提高全民整体素质，势在必行，刻不容缓。强民是强国的根本，郊区卫生局注重在基本工作上狠下功夫，他们将维修费、匹配投资和自筹资金1000余万元集中起来，在推倒的危房上重新盖起了一幢幢宽敞明亮整洁的工作用房，为农牧民就医创造了一个良好的医疗环境。原有的医疗设备均是五六十代的产品，且丢失严重、残缺不全，他们按照自治区制定的医疗装备标准，更新配备了医疗设备，各乡卫生院装备了X光机、心电图机、检验、手术设备。有的卫生院还购进了B超、721光色比度计等先进仪器和救护车。区医院先后配备500MAX光机、B超、心电监护仪、半自动生化分析仪、钾、钠、氢分析仪、仿生理波普治疗仪等医疗设备。为了扶持和突出蒙医蒙药，1991年一所使用面积为400㎡的苏木卫生院拔地而起，他们又投资300多万元新建了防疫站检验楼、妇幼保健楼、卫校教学楼等。

各乡卫生院的工作用房均进行了新建、翻建或扩建。虽然说不上乡里最好的房舍就是卫生院，但郊区卫生局主管的医疗服务网点，全部是砖混结构的新房。

曾一度门庭冷落的卫生院，又焕发了新春活力，医疗人员的精神面貌和工作热忱有了极大的提高，服务质量和

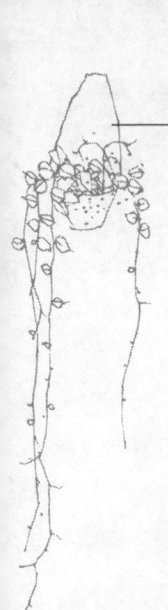

服务态度日新月异，深受农牧民的欢迎，一天只工作四五个小时已成为过去，如今实行了昼夜24小时值班制，那彻夜通明的灯火啊，为农牧民的健康和幸福点燃了希望之光，经济效益有了明显的改变和飞跃。昔日为工资难展愁眉的医护人员，全身心投入到工作之中，心情舒畅地各司其职，成为名副其实的白衣天使。

这是一片沸腾的热土，这是一批改革的斗士。为了加快发展步伐，提高医疗水平和服务质量，他们把培养人才和提高专业素质放在首位，在职人员均经过岗位培训，每年又有部分大中专毕业生充实基层，使郊区的医疗技术水平逐年提高，目前，有高级职称医技人员12名。主治医师99名。他们还把有培养前途的技术骨干送到市内外大医院进行学习，至1984年以来，已有98名中青年医生从高等学府深造回来，成为医疗卫生战线上的中坚力量。许多医务人员在国家省市级医学刊物上发表论文。

按每2000人建一个村卫生室的规划，先后在15个乡建起了125个村卫生室，甲级村卫生室达65%。为了早日实现规范化，建立健全了相应的规章制度，使每位医护人员严格遵守操作程序，并定期下乡指导。如今，郊区卫生局已形成了一个适应时代要求的新格局，他们紧抓预

防、保健不放，成绩斐然，在各乡卫生院设防保站，各村设防保员，形成防保网络。各种疫苗接种率和覆盖率均名列自治区前茅，1994年世界银行有偿投资200万元，用于发展妇幼事业。

他们制定了以灭鼠为主的综合防治措施，鼠密度由每公顷37/只，降低到每公顷0.01只以下，并先后完成了两项科研成果。这令人欢欣鼓舞的成就，是组成诗篇的基调，它渗透了数不清的汗水与微笑。局长杨培明为研究鼠类的生活状况，掌握第一时间资料，他一连半个月一头扎进旷野里，挖开一米多深的冻土找鼠洞穴。为了早日消灭地方病，无论盛夏还是严冬，他走遍了郊区16个乡、场、苏木的每个角落，为农牧民送去医药，送去健康。

朝霞里，夕阳下，郊区卫生局局长杨培明那宽宏的声音、那稳健的脚步声，已被广大农牧民所熟悉。邓小平同志南巡讲话为进一步深化医疗卫生改革，又吹来一股强劲的风。郊区卫生局丢掉等、靠、要的习惯，提出依靠自己的力量以副养医、以副补医的口号，形成了一条自我完善、自我发展的新路子。他们还大胆地在卫生院试行股份制经营，为农村卫生事业的发展摸索出一条新途径。

截止1997年，郊区卫生局的业务收入比1984年翻了

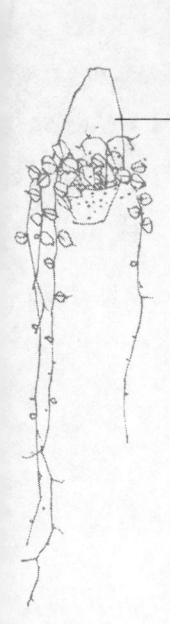

五番，业务纯结余增加了25倍，总收入以15%—20%的速度递增，今年，他们将突破600万元的大关。三级医疗保健网基本健全，医疗技术队伍稳定，服务质量不断提高，医疗技术水平，服务半径逐步扩大。农村卫生改革已初步走向正规，为人人享有卫生保健、为尽快解决农牧民看病难的问题做出了成绩。

世间一切事物中，人是第一宝贵的，提高全民族素质，这是改革的重要目的。人的素质包括身体素质、精神素质；医疗卫生事业的兴旺发达为提高人民的身体素质提供了保证。郊区医疗卫生事业的进步，直接促动了农牧民达小康的劲头。

郊区卫生局领导一班人认识到，在深化农村卫生改革的同时，必须重视医德医风建设，他们把医德医风教育、思想政治工作、业务技术培训紧密结合起来，在全系统中开展"白求恩"杯竞赛活动，从而使文明待患、廉洁行医蔚然成风。

他们把医德医风、服务态度等软指标变为可考核的硬指标纳入目标管理，建立健全了自我约束机制，定期进行医德医风检查，实行挂牌服务，设意见箱，举报电话，制定职业道德守则和具体条例及考评办法等，使广大医务人员自觉做到"五心"和"四个一样",职工的精神面貌发生了可喜的变化。

他们还注重工作环境的绿化、美化建设,局机关的庭院绿化、美化工作,在向形象化、立体化、园林小品化发展的基础上,注重花、草、树相结合。他们不但在庭院中种植了苹果树、松树、榆树外,还培植了牡丹、芍药、连翘、女贞等几十种药用花卉。目前,局属各单位都程度不同地种植了枸杞、鸡冠、海娜、牵牛、丁香等药用花卉,这不仅美化、绿化了工作环境,部分药用花卉还带来了经济效益。

沧海桑田,弹指一挥,十几年来,郊区卫生事业发生了翻天覆地的变化。

谁说郊区经济繁荣的军功章上,没有郊区卫生局的一半呢?

田野上的诗篇啊,写得潇洒、写得壮丽、写得真情洋溢。富饶的田野里,飘荡着白衣天使们的扯不断的情丝,巍巍青山下,镌刻着郊区卫生事业不朽的辉煌。

(本文刊于1999年4月9日《包头日报》的头版头条和1999年第九期的《草原杂志》。)

岁月痕

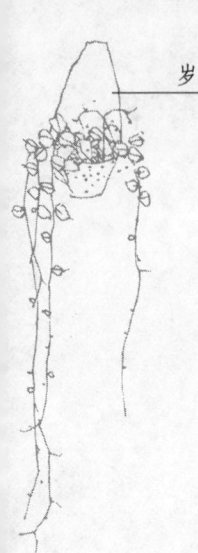

五、为了千万双眼睛（歌词）
——包头朝聚眼科医院院歌

我们热血沸腾，胸怀大志，情系四海百姓疾苦，光明行动，爱的奉献，可爱的白衣天使，绘出最美的彩虹，为了千万双眼睛，撒满金色的阳光。

我们朝聚人光明传承人，我们朝聚人光明传承人，顺乎民意，关爱民众，撑起一片蓝色的天空，点燃那美好希望之歌。

我们风雨同舟，唇齿相依，惦念五湖父老乡亲，汇聚英才，忠诚奋进，我们的神圣职责，呵护心灵的窗口，为了千万双眼睛，撒满金色的阳光。

我们朝聚人光明传承人，我们朝聚人光明传承人，勤奋好学，同甘共苦，我们的前途无限美好，点燃那美好希望之歌。

我们承载光明，任重道远，心灵窗户的保护神，热爱事业，承诺视觉，我们在播种希望，让爱充满人间，为了千万双眼睛，撒满金色的阳光。

我们朝聚人光明传承人，我们朝聚人光明传承人，光明天使，满腔热忱，爱心倾注深情的牵挂，点燃那美好希望之歌。

（该文刊于 2007 年第 51 期的《包头广播电视报》。《包头广播电台》、《交通立体声电台》、《调频台》同时播出。）

岁月痕

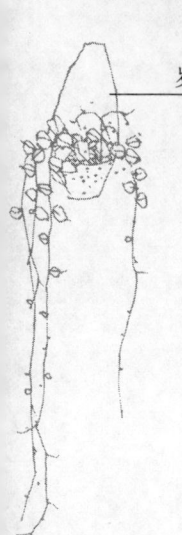

六、健康路上我们与您相伴（歌词）

——包头金氏中医医院院歌

我们是国粹的继承人，

为了黎民百姓的疾苦，

默默地播撒希望的种子，

不为名，不为利，

含辛茹苦，守望健康，

爱心开启患者的春天。

用心灵触摸寸关尺的真谛，

让丸散膏丹流淌深情的关切，

调百草，济苍生，

健康路上我们真诚与您相伴。

我们是国粹的传承者，

紧记江东父老的嘱托，

静静地托起生命的太阳，

多少情，多少爱，

生命之托，重于泰山，

欢笑与泪水一起碰撞。

用心灵触摸寸关尺的真谛，

让丸散膏丹流淌深情的关切，

调百草，济苍生，

健康路上我们真诚与您相伴。

(该文刊于《歌词作家》2012年第8期（总第68期）卷首。)

岁月痕

后记

　　辛卯年金秋时节，老上级高志荣亲自到沙河镇，送我一本他撰写的《往事回眸》，读后令我十分兴奋。且不说流畅的语句，浓郁的地方方言，曲折的家庭琐事的真实叙述。单就叙述的情节就引人入胜，正像他所说，有纪实性，无艺术夸张，完全讲真话、论真理，这便是这本书的可贵之处。《往事回眸》的字里行间涌动出的真人真事，虽是平凡的小人物，故事却有惊天动地的情节，章章都是从他的心中涌现倾出，字字带着亲情，句句散发着浓郁的温馨。在《往事回眸》的感召下，我萌生了书写自己真实生活的想法。可以这么说，没有《往事回眸》，肯定不会有《岁月痕》。

　　《岁月痕》初稿完成后，已是癸巳年正月，我鼓足勇

气毅然将自己的拙作捧于老上级的面前。令我万万没有想到的是，老上级愉快地留下了稿子，还十分谦虚地说："就我这点水平试试吧！"半月后，老上级电话约我前去。让我惊叹不已的是，短短的半个月时间，他竟将《岁月痕》逐字逐句仔细读过三四遍，这种甘为人梯赤诚待人的做派，与世无争的胸襟和一无所求的淡泊，是他军旅生涯养成的个性，终身没有改变过。

凡没有和老上级共过事的人，从他那严肃的面孔、富有学者风范的举止中，很难发现其内心深邃的闪亮点：为了一个承诺，可以丢弃一切，实令人感动不已。他从《岁月痕》章节的安排、病句的修改、标点符号的应用、错别字的纠正、情节的不妥之处……都一一提出了自己的看法、想法，与我商榷。从他批注《岁月痕》的字里行间可以看出，用一生的热诚铸成的处世风格是不会轻易改变的。更令人可敬可佩的是，他不顾古稀之躯和老眼昏花带来的诸多不便，真诚为《岁月痕》作序，着实令我肃然起敬。

包头市扶贫医院副院长郝建军不但医术精湛，而且文学修养很高，曾经读过不少名家的作品，对文学作品颇有自己独到的见解。他平时很忙，身上的担子也很重，医院

岁月痕

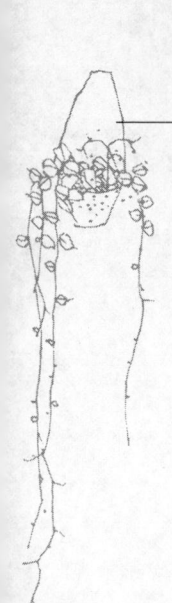

的医疗、行政工作都属他主管，节假日在医院加班加点是家常便饭，时间对于他来说是十分宝贵的，我不忍心让他再为自己的拙作费心，但当他知道我的意图时，竟爽快地答应了。他对《岁月痕》提出了很多修改意见，使我深受感动，在此衷心向我的忘年挚友表示真诚的谢意。

包头知名方志专家张福星、原包头市人大办公室主任王兆才对《岁月痕》提出了诸多诚恳的书面建议，令我颇有收益。在此，特向两位太极挚友道声谢。

我的兄长姊妹们对《岁月痕》也提出了很多建议和自己的看法，特别是两个妹妹在"家里的跌宕春秋"一章里叙述了许多真切感人的往事是我不知道的。不管怎么说，能顺利完成《岁月痕》的写作，与二哥、素梅、素贞等兄妹对《岁月痕》的支持和关心分不开，与诸多亲朋好友的支持分不开。

在编写《岁月痕》的过程中我得到了张龙飞、闫万明、李宝山、李忠、张亮、方义生、张海生、张媛、周子皓、金浩瀚等亲朋好友的鼓励和帮助，在此表示衷心感谢。

黄昏是一盏陈年的油灯，最适合回忆。岁月磨平了人的棱角，却不能删除埋在心底的记忆碎片。我最喜欢沿着

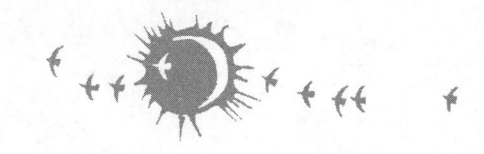

曲曲折折的林间小径踟蹰而行，捡拾着岁月深处的记忆。

平凡老百姓的生活，柴米油盐酱醋茶。人生平凡，生活清淡，既没有轰轰烈烈的伟绩，也没有惊天动地的创举。但我认为小小百姓的喜怒哀乐里充满了哲理，颇耐人寻味。

《岁月痕》的主导想法是回忆自己生活经历中的片段，想起什么就唠叨什么，并没有一条主线，常常把自己认为可歌、可赞、可悟、可叹的小事情写出来，与我的亲朋挚友分享、理解，从中悟出有益的东西。

《岁月痕》以叙事纪实、真情抒言、感叹顿悟之拙笔，零零散散地记录了自己从童年到退休前的生活经历。既有童趣难以忘怀之情或颇感兴致的片断，也有亲朋好友之间的情感纠结和自己生活的真实写照，还有对世事的感叹，也许对至亲好友有所启迪和借鉴。书中有加引号的地方是我摘录或编辑的内容，在此谨向原作者致以深切谢意。

人生什么最重要？每个人有各种不同的说法，心理学家经过分析、归纳，终于得出了这样一个结论：那些失去的，或即将失去的，才是人生最重要的。自己奋斗过，追求过，失败了又何妨！

写作是个艰苦的事情，但自己却把它作为丰富退休生

岁月痕

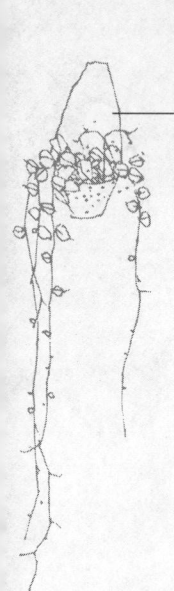

活的一种消遣，继《岁月痕》初稿完成后，我又在紧锣密鼓地整理《人生旅途觅箴言》《楹联里的故事》《人这一生》，我想只要勤耕耘就会有收获，到时候，一定拿出样稿让大家评头论足。

由于自己的写作水平有限，书中定会有不少疏漏或存在这样那样的不足，翘首盼望挚友亲朋不吝赐教。

2016年8月于鹿城沙河镇

图书在版编目（CIP）数据

岁月痕/张正义著. —上海：上海三联书店，2017.6
ISBN 978-7-5426-5760-2

Ⅰ.①岁… Ⅱ.①张… Ⅲ.①回忆录-中国-当代
Ⅳ.①I251

中国版本图书馆CIP数据核字（2016）第282362号

岁月痕

著　　者 / 张正义

责任编辑 / 杜　鹃
装帧设计 / 汪要军
监　　制 / 姚　军
责任校对 / 张大伟

出版发行 / 上海三联书店
　　　　　（201199）中国上海市都市路4855号2座10楼
邮购电话 / 021-22895557
印　　刷 / 上海肖华印务有限公司

版　　次 / 2017年6月第1版
印　　次 / 2017年6月第1次印刷
开　　本 / 710×1000　1/16
字　　数 / 220千字
印　　张 / 25.5
书　　号 / ISBN 978-7-5426-5760-2/I·1183
定　　价 / 79.00元

敬启读者，如发现本书有印装质量问题，请与印刷厂联系 021-66012351